KB232253

베이컨트

vacant

베이컨트 2

김남훈 판타지 장편 소설

초판 1쇄 찍은 날 § 2002년 2월 6일
초판 1쇄 펴낸 날 § 2002년 2월 15일

지은이 § 김남훈
펴낸이 § 서경석

편집장 § 문혜영
편집책임 § 박영주
편집 § 장상수 · 김희정 · 권민정
마케팅 § 정필 · 강양원 · 김규진

펴낸곳 § 도서출판 청어람
등록번호 § 제1081-1-89호
등록일자 § 1999. 5. 31
어람번호 § 제1-0208호

주소 § 경기도 부천시 원미구 심곡1동 350-1 남성B/D 3F (우) 420-011
전화 § 032-656-4452 팩스 § 032-656-4453
http://www.chungeoram.com
E-mail § eoram99@chollian.net

ⓒ 김남훈, 2002

값 7,500원

ISBN 89-5505-290-1 (SET)
ISBN 89-5505-292-8 04810

김남훈 판타지 장편 소설

베이컨트

Vacant

2

Chapter

신 념

도서출판

청어람

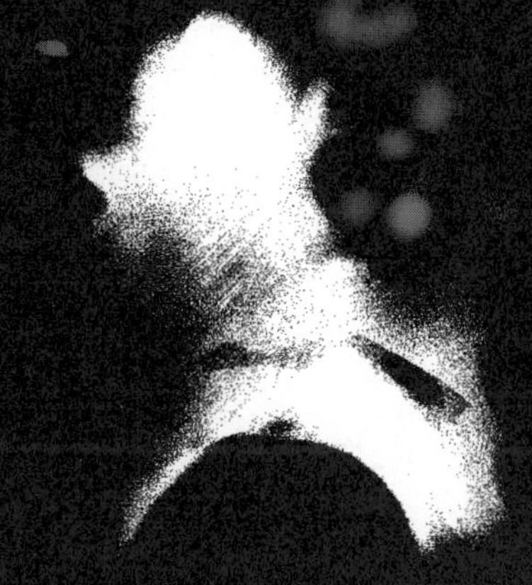

목차

Chapter 3 신념

뭔가를 가지고 그것을 지킨다는 것은
죽는 것보다 힘든 일이다.

Chapter 3 신념

1

달의 여신 헤르세니안. 그녀의 힘이 대지를 뒤덮고 모든 것을 안식의 세계로 이끄는 시간. 바로 인간들이 밤이라고 부르는 어둠의 시간이다. 모든 존재들이 밤에 안식을 취하는 것은 아니다. 그녀의 은총이 내려진 존재들은 그녀가 지배하는 시간 동안 활동하고 해의 신 아스트가 대지에 빛을 뿌릴 때면 안식을 취한다.

순식간에 낙엽이 떨어지고 있는 숲과 황금빛으로 말라가는 들판이 티아스의 뒤로 스치듯 지나갔다. 그녀는 희미한 인간의 냄새를 따라 달리고 있었다. 보통 사람들과 비교할 수 없는 빠르기로. 어느덧 달이 뜨기 시작하자 그녀의 걸음이 서서히 늦춰지기 시작했다.

어째서 노마인이 자신에게 그런 명령을 내렸는지는 몰랐다. 중요한 것은 티아스 자신은 노마인의 말에 복종해야 한다는 것. 하지만 역시 인간의 마을에 혼자서 들어가는 것은 그다지 탐탁지 않았다. 알에게 인간이란 존재가 얼마나 추악하고 더러운 존재인지 귀에 못이 박히도록 들은 그녀였다. 게다가 인간의 세상에 혼자서 다녀보는 것은 이것이 처음이었다.

과연 자신이 다른 인간들에게 자신의 정체를 드러내지 않을 수 있을까 걱정되기도 했다. 노마인은 인간들의 대부분이 수인족에 대해서는 모르고 있다고 했기 때문에 어느 정도 안심이 되긴 했지만 자꾸 알이 했었던 말이 떠올라 티아스를 괴롭혔다.

과거에 수인족과 인간이 큰 싸움을 벌인 적이 있었다. 그 싸움은 서로의 오해에 의해 일어났던 싸움. 서로가 마기를 모아서 어떤 일을 꾸미려 한다고 생각했기 때문에 일어났던 싸움이었다. 그리고 그 싸움이 끝나자 인간들은 수인족에 대한 모든 정보를 없애기 시작했다. 그것이 인간들이 수인족과 한 약속. 수인족들은 몇몇 인간들과 비밀리에 교류하며 서로 간의 이득을 위해서 돕기 시작했다. 수인족이라는 존재는 철저히 베일 속에 가려졌고 수인족에 대한 말이 실려 있는 책들은 금서가 되어 태워지거나 어딘가 깊숙한 곳에 봉인됐다. 하지만 아직 어린 티아스는 그런 사실에 대해서 알지 못했다. 티아스는 그저 인간이 무섭고 피해야 할 그런 존재라고 노마인과 알에게서 배웠을 뿐이었다.

티아스는 마음을 가라앉히고 여러 냄새가 섞여 느껴지는 인간의 마을 안으로 발을 옮기기 시작했다. 하지만 막 그녀가 마을 안으로 발을 옮기려는 순간 누군가가 그녀의 앞을 막아섰고 그녀는 당황해하면서 급히 뒤로 물러섰다. 그녀의 앞을 막은 두 명의 경비대들은 창을 들이대며 외쳤다.

"수상한 놈이군! 얼굴을 보여라!"

　티아스는 문득 인간 중에서 범죄자라는 것들 때문에 같은 인간이 인
간을 잡으려 한다는 것을 떠올렸다. 어떤 규칙을 지키지 않은 자가 벌
을 받는다는 것은 당연하다고 생각하던 티아스였기에 그녀는 죄에 대
한 대가를 치르지 않고 도망가려 하는 인간들이 이해가 되지 않았다.
물론 이것은 인간 세상으로 나가기 전 교육을 받아서 알고 있는 것이
었다.
　경비대원들은 으르렁거리며 티아스를 경계했고, 티아스는 자신에게
내밀어진 탁한 회색 빛을 머금은 창날과 경비대원들을 번갈아 보며 후
드 속의 눈살을 조금 찌푸렸다.
　"손. 대지 마."
　억양이 조금 이상한 말투였다. 인간의 언어를 배우기는 했지만 노마
인에 비하면 훨씬 부자연스럽고 어색할 수밖에 없었다. 그렇기 때문에
티아스는 노마인에게 되도록 인간 세계에서 말을 하는 것을 삼가라고
배웠다.
　어쨌거나 인간과 충돌을 벌이는 것은 좋지 않다는 것을 알고 있는
티아스는 얌전히 후드를 벗었다. 얼굴을 확인하면 저들로서도 이쪽을
더 이상 수상하게 보지는 않을 것이라고 생각했다.
　순간 티아스의 길다란 백발이 밤하늘로 퍼졌다. 윤기있고 끊어짐없
는 그녀의 머리카락은 마치 잘 정련된 미스릴을 가느다랗게 뽑아놓은
것처럼 스스로 은은한 빛을 내뿜고 있었으며, 밖으로 드러난 그녀의 얼
굴은 마치 백옥과 같은 재질로 깎아놓은 듯한 모습을 하고 있었다. 경
비대들은 그녀의 진보랏빛 눈동자를 멍하게 바라보았다. 그 아름다움
자체는 그냥 조금 예쁜 인간 정도였지만 인간에게서는 찾아볼 수 없는
백발과 진보라의 눈동자가 티아스를 마치 환상 속에서나 나오는 요정

이나 정령처럼 보이게 만들었다.

"토, 통과!"

맨 처음 그녀가 로브를 두르고 있을 때는 억압적인 자세로 나갔던 경비대들은 그녀의 서슬 시퍼런 기운과 이질적인 분위기에 자기도 모르게 그녀에게 길을 비켜주고 말았다. 그들은 본능적으로 티아스에게 어떤 압박감을 느끼고 있었다.

티아스는 후드를 다시 뒤집어쓰고 마을 안쪽으로 들어갔다. 경비대원들은 그녀가 마을 안으로 들어가는 것을 멍하게 바라보고 있을 뿐이었다. 그들은 잠시 후 티아스의 모습이 사라지고 나자 방금 보았던 여성이 어떤 존재였을지 이야기하기 시작했다.

티아스는 코를 찌르는 음식물 냄새와 함께 그 인간들의 냄새가 섞여 가까운 곳 어디선가 나고 있다는 것을 알아차리고 그 냄새의 자취를 따라가기 시작했다. 곧 티아스는 몇 발자국 가지 않아 인간들의 언어로 '벌판의 이삭'이라고 쓰여져 있는 건물을 금방 찾아낼 수 있었다. 하지만 막 티아스가 그 안으로 들어가려고 하는 순간 갑자기 웬 남자들이 티아스의 앞을 막아섰다.

"오랜만의 사냥감인데?"

"글쎄 그렇다니까. 아까 봤잖아? 그런 은발의 이종족은 희귀하다고."

그들은 각자 무기를 허리에 차고 지저분한 모습을 하고 있었다. 티아스는 본능적으로 그들에게 그다지 좋지 않는 기분을 느끼고 여차하면 싸울 생각으로 약간 뒤로 물러섰다. 하지만 그들은 여전히 능글맞은 웃음을 띠고 있었고 그중 한 명은 오히려 티아스에게로 다가오며 말했다.

"인간이 아니면서 이런 데 돌아다니면 쓰나. 우리가 좋은 데로 데려다 줄 테니 같이 가는 게 어때?"

전형적인 유괴범의 특징을 온몸에 덕지덕지 붙이고 있는 듯한 그 남자는 티아스를 꼬시기 시작했다. 원래 인간 세계로 나온 이종족들이 유괴당해서 신분 높은 귀족이나 사창가에 팔려가는 것은 드문 일이 아니었다. 대부분 이종족 여성이나 남성들은 보통 인간보다 뛰어난 미모와 분위기를 가지고 있기 때문에 비싼 값에 팔리기 일쑤였다. 게다가 인간과는 달리 이종족들은 감언이설에 잘 넘어가는 편이었다. 그렇기 때문에 몇몇 나라에서는 이종족 보호 계약이 체결되어 있는 경우도 있었지만 이종족 매매에 대한 제약은 어디에도 없었다. 납치를 다른 나라에서 했다면 법에도 저촉이 되지 않는, 말도 안 되는 법률이었다.

대부분의 이종족들이 상당한 전투력을 가지고 있기는 했지만 그들은 보통 너무나도 쉽게 속았다. 인간들은 그들의 순수함을 이용하는 법을 잘 알고 있었다. 남자는 자신의 눈앞에서 온몸을 꽁꽁 감싼 채 자신을 노려보고 있는 티아스를 향해 손을 뻗었다.

"자자, 이 아저씨 따라서 가자니까?"

＊　　　＊　　　＊

룬과 레전트는 차테라로 걸어가는 도중 한 대의 마차를 만날 수 있었다. 그 마차에 타고 있던 마부도 길드원 중 한 명이었기 때문에 룬은 헤일에 관한 일과 산적—도둑 길드의 도적들일 가능성이 더 높았다—에 대한 일을 설명했다. 하지만 데몬스케일에 대한 이야기는 하지 않았다. 그 수인족들이라면 데몬스케일을 추적해서 멸살했을 테니까 더 이상의 위험은 없을 거라고 생각했기 때문이다.

차테라에서 그룬까지는 반나절 정도 걸리는 거리였지만 숲의 끝에
서 그룬까지의 거리는 다행히 그다지 멀지 않았다. 걸어서 두 시간 정
도가 되자 룬과 레전트는 그룬이라는 마을에 도착할 수 있었다. 이미
해는 지평선 아래로 추락해 버린 시간이었다. 레전트는 배가 고프다고
투덜거렸고 룬은 즉시 식당을 하나 잡아 들어가서 식사를 주문했다.

"어서 옵쇼~"

식사가 나오고 레전트가 나이프와 포크를 들었을 무렵 누군가가 문
을 열고 들어오자 룬은 버릇대로 문 쪽을 힐끔 바라보았다. 늙은 남자
가 한 명 들어와서 카운터로 걸어가 앉았고 그는 주인과 잘 아는 사이
인지 손을 들며 외쳤다.

"맥주 한 잔!"

"예예~"

룬은 아무래도 오늘 하루 종일 많은 일이 일어나다 보니 경계심이
날카로워진 것 같다는 생각을 하며 딱딱한 빵을 반쪽으로 쪼갰다. 그
리고 팔에 차고 있는 건틀릿으로 눈을 돌리며 가볍게 한숨을 쉬었다.

건틀릿에는 금이 가 있었다. 디스트럭션을 사용했을 때 마찰로 철판
의 두께가 얇아진 부분이 데몬스케일에게 물린 탓에 충격을 이기지 못
하고 금이 간 것이었다. 룬의 건틀릿은 일반적으로 파는 물건이 아니
었다. 물론 대부분의 갑옷은 주문 제작을 하기는 하지만 룬의 건틀릿
은 특이했다.

룬은 빠른 몸놀림으로 전투를 하기 때문에 굳이 방패를 선호하지 않
았다. 그래서 건틀릿에 두꺼운 철판들을 덧붙인 기형 건틀릿을 사용했
다. 왼팔의 팔꿈치 부분까지 철판이 덧씌워져 있는 건틀릿은 사실 건
틀릿이라고 보기에도 무리가 있는 모습이었다. 게다가 지금 쓰고 있는

건틀릿은 자기 자신이 제작한 것이다. 그런 수제 건틀릿에 맞는 철판을 구하려면 어느 정도 시간이 걸리게 되기 마련이었다.

'만든 지 며칠이나 지났다고 벌써부터 금이 가다니……'

며칠이지만 참 힘든 나날이었다는 생각이 든 룬이었다. 룬은 노마인이 수정에 걸어둔 그 봉인이 안심할 수 있는 거라면 오늘과 같은 일은 일어나지 않을 거라고 생각하는 수밖에 없었다. 레젠트도 룬에게 주의를 받아 마을에서는 최대한 입도 열지 않으려고 노력하고 있는 중이었다.

룬은 커르니안이나 디스터에서 건틀릿을 수리할 생각을 했다. 각국의 수도에는 솜씨 좋은 대장장이들이 많기 마련이다. 아마도 건틀릿을 수리할 만한 철판 하나 정도는 금방 만들 수 있을 것이다. 다행히 그룬에서 또 다른 마을로 가는 이동 마차는 존재했다. 그룬은 영주의 성이 직접적으로 속해 있는 곳이기에 그만큼 사람들의 이동이 많았다. 잘하면 이곳에서 말을 살 수도 있을 것이다.

"어서 옵쇼~"

다시 한 번 활기 찬 목소리가 들려왔지만 생각에 잠겨 있던 룬은 이번에는 고개를 돌리지 않고 쪼개진 빵 조각을 입 안에 털어 넣었다. 식사를 빨리 끝내고 나서 여관을 따로 찾아야 했다. 보통 여관과 식당이 겸업을 하는 것은 일반적인데 이 마을에서는 여관가와 식당가가 분리되어 있었다. 룬은 빵을 수프에 적시며 꾸벅꾸벅 졸면서 식사를 하고 있는 레젠트를 불렀다.

"레젠트, 식사하면서 졸지 마라."

"으음… 아, 미안. 알았어."

레젠트는 굉장히 힘들게 식사를 하고 있었다. 잘못하면 수프로 얼굴을 세수할 뻔했고 빵을 코로 집어 넣으려는 행동도 보여줬다. 누군가 귀족이나 마법사에 대한 환상을 가지고 있다면 레전트를 보는 순간 깨지고 말 것은 분명했다. 룬도 그렇게 좋은 상태는 아니었다. 룬도 그냥 아무 곳에나 널브러져서 자버리고 싶은 생각이 무럭무럭 나는 중이었다.

룬은 어쨌거나 빨리 식사를 끝낼 생각으로 수프를 수저로 뜨려 하다가 문득 옆에 그림자가 진 것을 눈치 채고 고개를 돌렸다.

"……."

눈도 보이지 않을 정도로 온몸을 로브로 둘둘 말아놓은 것 같은 뭔가가 룬의 옆에 서서 룬과 레전트를 내려다보고 있었다. 룬은 이 오래되어 낡아 보이지만 실용적인 수수한 로브를 어디선가 분명히 본 기억이 있었다. 그리고 그 로브를 걸치고 있는 자가 뿜어내는 기운도 느껴본 적이 있었다. 그것도 오래전이 아니라 몇 시간 전쯤에.

"무슨 볼일입니까?"

그녀는 아무 말 없이 룬의 옆에 있는 의자에 앉았다. 룬은 가볍게 주위를 둘러봤다. 다른 두 명의 수인족들은 없었다. 계속 졸면서 식사를 하고 있던 레전트도 덩달아 고개를 들고 주위를 둘러보다가 자신의 옆에 앉아 있는 수인족을 보고 깜짝 놀라 했다.

"어, 다, 당시……."

"이런 데서 소리치면 눈길 끌게 된다. 가만히 있어."

룬이 날카롭게 자신을 노려보면서 경고하자 레전트는 급히 입을 다물었다. 그리고 잠이 다 깬 얼굴로 후드로 얼굴을 가리고 있는 수인족을 바라보았다. 티아스는 조용히 익숙하지 않은 공용어로 말했다.

"노마인에게 명령받았습니다. 당신들에게. 성수. 회수해 오라고."

룬은 묘하게 바로 옆에 있는데도 불구하고 기척이 거의 없는 수인족을 별 감정 없이 바라보았다. 룬과 레전트는 티아스의 목소리에서 그제야 티아스가 여성인지 알게 되었다. 남자의 미성은 여자의 미성과는 차이가 나기 마련이었다.

"내. 이름은. 티아스."

티아스는 자신의 말투가 어색한 걸 알고 있는지 옆 테이블에 들리지 않을 정도로 조용히 말하고 있었다. 지금 자신의 눈앞에 있는 두 명의 인간 이외의 인간에게는 자신의 정체에 대해서 밝히고 싶지는 않았다. 어차피 이 두 명의 인간은 자신의 정체에 대해서 알고 있었기 때문에 상관없었지만 다른 인간들은 아니었다.

쾅!

"이 새끼 어디 있어!"

룬은 문이 거칠게 걷어차이며 열리자 반사적으로 문을 돌아보며 이터의 칼집을 움켜잡았다. 숏 소드와 대거를 뽑아 든 불량배들이 식당 안으로 들어오자 술을 마시고 있던 사람이나 늦은 식사를 하던 사람들이 깜짝 놀라며 주춤거렸다. 식당 안을 두리번거리던 한 불량배가 손에 들고 있던 대거를 티아스를 향해서 집어 던졌다. 하지만 티아스는 미동도 하지 않았고, 대거는 티아스를 목표로 했음에도 불구하고 티아스를 맞추지 못했다.

룬은 재빨리 손을 뻗었다. 그리고 티아스를 지나쳐 레전트를 향해 날아가는 대거를 막았다. 사람들은 워낙 순식간에 일어난 일이었기 때문에 모두들 멍하게 그 장면을 지켜보았다. 그때 사람들 중 한 명이 퍼뜩 정신을 차리고 문을 박차고 바깥으로 뛰쳐나갔다.

쾅!

문이 거칠게 열리는 소리에 식당 안에 있던 모든 사람들도 마치 연

쇄 작용을 일으키듯 정신을 차렸다. 식당 안은 순식간에 난장판이 되어버렸고 사람들은 앞다투어 식당에서 뛰어나가기 위해 다른 사람을 밀쳤다. 곧 식당 안에는 룬과 레전트, 그리고 그들의 옆에 앉아 있는 티아스와 방금 이쪽으로 나이프를 던진 남자들만이 남았다.

"이 새끼가 감히 인간을 건드려?"

레전트는 자신의 앞에 있는 수프 그릇으로 피를 떨어뜨리고 있는 룬의 팔을 바라보았다.

"룬, 손이……."

"괜찮아, 깊은 상처는 아니다."

레전트는 하마터면 자신이 죽을 뻔했으면서도 룬을 걱정했다. 어쨌거나 다친 건 룬이었으니까. 레전트는 급히 품속에서 힐링 파우더가 들어 있는 주머니를 빼 들었고 룬은 손에 박힌 짧은 스로잉 나이프를 빼서 식탁 위에 올려두었다. 하지만 막상 그것을 던진 불량배들은 룬과 레전트를 신경 쓰지 않고 티아스에게 가까이 다가오더니 손을 치켜들었다.

룬은 분명히 싸우는 것을 즐기는 성격이 아니었다. 보통 룬은 자신의 적이거나 자신의 앞을 막는 것이 아니라면 불필요한 싸움은 피하려고 했다. 하지만 그런 룬의 심정과는 다르게 룬의 몸은 어느새 자리에서 일어서서 티아스에게 휘둘러진 주먹을 피가 흐르는 왼손으로 꽉 움켜쥐고 있었다.

"크, 크윽! 이 개자식이! 넌 뭐냐!"

룬은 기분이 아주 나빴다. 룬의 다리가 재빨리 움직이자 그 불량배는 비명조차 지르지 못하고 다리에 힘이 탁 풀리는 것을 느끼며 주저앉았다. 룬은 막 다리에 힘을 빼고 주저앉아 버리는 남자의 머리를 오른손으로 움켜잡아 피하지 못하게 하며 무릎으로 안면을 찍어버렸다. 그러고 나서야 룬은 자신을 놀란 눈으로 바라보는 나머지 두 명의 불량배에게 시선을 고정시키며 말했다.

"이런 데서 함부로 나이프를 던지다니. 무슨 짓인가!"

룬은 당장이라도 이터를 꺼내서 상대방을 베어버리고 싶은 감정을 눌러 참았다. 정당방위라고 하는 것은 적당히 해야 하는 것이다. 잘못하면 오히려 자신이 죄를 전부 뒤집어쓰고 잡혀갈 수도 있었다. 그리고 룬은 분노한다는 것이 굉장히 좋지 않은 것이라는 것을 알고 있었다.

그 둘이 아무 말도 하지 않자 룬은 얼굴을 감싸 쥐고 무릎을 꿇고 있는 불량배의 턱을 발로 올려 찼다. 그 불량배는 더 이상 턱을 부여잡고 꿈틀거리는 대신 그대로 뒤로 넘어가 버렸다. 그러자 그 뒤에 서서 그 광경을 지켜보던 녀석들 중 한 놈이 짐짓 룬을 위협하려는 듯한 목소리로 외쳤다.

"그, 그 이종족이 우리를 공격했다! 그래서 그러는 건데 너는 뭐냐! 인간이면서 이종족의 편을 드는 거냐!"

이종족이 인간을 함부로 공격할 이유가 없다. 룬은 그 불량배들이 어떤 짓을 하려고 했는지 예상하고 그 예상이 맞는지 알아보기 위해서 말을 꺼냈다.

"인신매매범인가?"

두 명의 불량배는 룬의 말에 찔끔하는 태도를 보였다. 룬은 고개를 뒤로 돌려 눈도 내놓고 있지 않은 티아스를 바라보았다. 그리고 다시 고개를 돌려 앞의 두 명을 노려보았다.

"꺼져."

"히, 히익!"

룬이 분노하는 감정을 가득 실어 내뱉듯이 말하며 이터를 뽑아 들려 하자 그 둘은 깜짝 놀라더니 구석에 쓰러져 있는 녀석도 놔두고 밖으로 뛰어나가 버렸다. 룬이 한숨을 쉬며 고개를 뒤로 돌리자 막 힐링 파우더가 들어 있는 주머니를 빼 든 레전트와 아무 말 없이 묵묵히 자신을 바라보고 있는 티아스가 보였다.

"여기를 뜨는 게 좋겠다. 어차피 식사는 더 이상 할 분위기가 아니니 이만 가자."

이런 상태에서 경비대에게 붙들리는 날에는 또 무슨 일이 일어날지 몰랐다. 레전트가 있으니까 대부분의 일은 무사 통과 하기는 하겠지만 이쪽에는 정체 불명의 이종족이 있었다. 아무래도 경비대에 붙들리면 귀찮아지는 일이 많아질 것이다.

"왜, 아직도 배가 고프나?"

레전트는 피가 흘러 붉게 물들어 버린 수프를 보고 묵묵히 고개를 흔들었다. 룬은 자신의 배낭을 어깨에 메면서 티아스에게 똑똑히 들리도록 말했다.

"따라와요."

끄덕.

"도망간 녀석을 찾아라! 이봐, 너하고 너는 남아 있어!"

콧수염을 길게 기르고 얼굴에는 개기름이 흐르는 남자가 외치자 그 옆에 서 있던 호리호리한 경비대들이 사방으로 흩어졌다. 경비대가 사방으로 흩어지자 그 남자는 고개를 돌려 주위를 쭉 훑어본 후 헛기침을 하며 거만한 걸음걸이로 룬과 레전트를 향해 다가왔다. 그리고 행색이 아무래도 말이 아닌 룬과 레전트를 아주 건방진 태도로 내려다보며 입을 열었다.

"너희들이냐, 소란을 피운 놈들이?"

"그렇다."

"재수없는 녀석들… 하마터면 이 베몬님이 순찰을 돌고 있을 때 말썽을 피우다니. 당장 무장을 해제하고 순순히 체포되는 게 좋을 거다!"

순식간에 두 명의 병사가 룬과 레전트를 향해서 창을 들이밀었다. 하지만 룬은 그런 병사들을 무시한 채 자신의 뒤에 가만히 서 있는 레전트를 불렀다.

"레전트."

"아… 그…….."

"그런 얼빠진 표정은 짓지 말라고."

레전트의 얼굴이 어이없다는 표정을 지었고 색깔이 변하기 시작했다. 원래 피부가 하얀 편인 레전트의 얼굴은 금방 붉게 달아올랐고 룬은 가만히 고개를 돌려 아직도 상황을 모른 채 이쪽을 거만하게 바라보고 있는 경비대장과 눈을 마주쳤다.

"무장을 해제하지 않고 뭐 하나!"

"건방진 놈! 감히 어디서 그런 빌어먹을 태도를 취한다는 말이냐! 당장 무릎을 꿇고 잘못했다고 빌지 않으면 죽어서도 네놈의 몸이 편히 쉬지 못하게 해줄 테다!"

레전트는 불같이 화를 내면서 품속에서 길드 문장을 빼 들었다. 레전트는 그동안 여행을 하면서 단 한 번도 평민 취급은 받아본 적이 없었다. 아무리 서민적인 레전트라고 하더라도 자신을 노골적으로 깔보며 무시하는 상황은 겪어보지 않았기 때문에 처음으로 그런 취급을 당했을 때의 반응은 상당히 격렬했다. 마법사 길드의 문장을 본 혈색 좋던 그 남자의 얼굴이 파랗게 돌변하며 레전트의 말대로 바닥에 주저앉았고 룬은 반대쪽 손에서 불꽃을 일으키며 씩씩거리는 레전트를 말렸다.

"참아라. 그보다……."

룬은 티아스에 대해서 생각했다. 룬과 레전트, 그리고 그 수인족. 즉, 이종족에 속하는 티아스는 아무런 관계가 없는 상태였다. 그리고 이 나라의 법은 이종족에게 굉장히 불리하게 만들어져 있었다. 만약 룬과 레전트, 그리고 티아스가 어떤 관계가 있다거나 동료라고 한다면 티아스는 레전트의 권리에 의해서 보호받을 수 있지만, 그렇지 않을 경우에는 노상에서 살해당해도 법적으로 아무런 하자가 없었다.

다행히 티아스는 경비대들이 이쪽으로 뛰어오는 것을 보더니 갑자기 몸을 솟구쳐 지붕 위로 훌쩍 뛰어넘어서 사라져 버렸다. 아무런 받침대 없이 한 번에 지붕 위로 뛰어 올라가는 짓은 보통 인간에게는 불가능한 행동이었지만 룬은 담담했다. 다만 그녀가 계속 그런 식으로 도망갔다면 여간해서는 잡히지 않을 거라는 사실이 중요했다.

룬이 티아스가 잘 도망갔으면 하는 이유는 따로 있었다. 아직 티아스가 이쪽에게 하려고 했던 말을 듣지 못한 것이 그 이유였다. 게다가 그 말이 이쪽의 일에 관계되어 있다면 들어두는 편이 더 안전할 것 같았다.

룬은 일단 사람이 별로 없는 곳으로 가야겠다는 생각을 했다. 모두들 자신을 잡으러 다니는 이런 상태에서 티아스가 순순히 모습을 드러낼 리가 없었다.

"…여관이나 잡도록 하지."

"하지만 이런 녀석……."

"내일 해도 늦지 않는다. 오늘은 꽤 피곤할 텐데?"

룬이 그렇게 말하자 앞에서 머리를 땅에다가 처박고 있는 경비대장의 몸이 움찔했다. 그는 조심스럽게 머리를 들어서 이쪽을 바라보더니 아까와는 완전히 다른 비굴한 목소리로 말했다.

“나, 나리, 제가 정말로 죽을죄를 졌사옵니다. 부디 저희에게 나리를 모실 수 있는 영광을 주시지 않겠습니까?”

“홍, 그걸로 네놈의 무례가 용서될 거라고 보는 거냐?”

“가, 가당치도 않습니다. 저는 단지…….”

레전트가 말하자 베몬은 정곡을 찔린 듯 아무 말도 하지 못하고 우물거렸다. 룬은 씩씩거리는 레전트의 어깨를 두드리며 말했다. 굳이 잠자리를 마다할 필요는 없었다.

“용서해 줄 것까지는 없지만 잠자리 확보는 되지 않나?”

“하지만 돈 내고 그냥 여관에 묵으면 되잖아.”

“이자도 무슨 생각이 있으니까 그런 소리를 한 거겠지. 그렇지 않나?”

룬이 마지막에 자신을 향해서 말하자 베몬은 엎드린 상태에서 고개를 끄덕였다.

“그, 그렇습죠. 이 마을에서는 나리가 지내실 만큼 시설이 잘 되어 있는 데가 없습니다. 그러니 부디…….”

“…쳇, 좋아. 안내해라.”

“가, 감사합니다!”

베몬은 죽다가 살아난 얼굴로 자리에서 일어났다. 다행히 병사들에게 창을 치우라고 명령을 내릴 필요는 없었다. 눈치 빠른 병사들은 이미 자신들의 대장이 바닥에 무릎을 꿇을 때부터 창을 치우고 뒤로 물러서 있었다. 베몬은 병사들에게 명령해 주위에서 우리를 구경하고 있던 마을 사람들을 해산시켰다. 그리고 병사 중 한 명을 잡고 귓속말을 하더니 레전트를 향해 공손히 고개를 숙이며 말했다.

"제 부하가 숙소까지 모실 것입니다. 그럼 저는 이만……."

"흥!"

레전트는 베몬을 보고 싶지도 않다는 듯이 고개를 돌려 버렸고 베몬
은 우물쭈물거리며 뒷걸음으로 물러서더니 어디론가 발이 보이지 않을
정도로 뛰기 시작했다. 그리고 레전트는 여전히 화가 난 얼굴로 덜덜
떨며 길을 안내하는 병사의 뒤를 따라갔다.

"식사는 어떻게 하시겠습니까?"

"됐으니까 가봐."

레전트가 귀찮다는 듯이 그렇게 말하자 깨끗한 옷을 입고 있는 여자
는 고개를 숙여 인사한 후 사라졌다.

룬이 보기에도 보통 여관에 비하면 굉장히 호화스러운 곳이었다. 보
통 다른 나라에는 영주의 저택이나 성안에 그런 숙소가 따로 있기 마
련이다. 하지만 네스트에서는 누가 누구를 뒤통수칠지 모르는 상황이
많았고, 때문에 아무리 귀한 손님이라고 해도 함부로 성안으로 불러들
이지 않았다. 그러다 보니 영주의 성이 있는 마을에는 귀한 손님을 모
시기 위한 숙소가 따로 있기 마련이었다.

룬과 레전트가 이곳에 도착하자마자 몇몇 하인들이 레전트를 모시
려고 했지만 레전트는 만사가 귀찮다는 듯 그들을 전부 돌려보내 버렸
다. 룬은 막 방문을 열려고 하는 레전트에게 말했다.

"그럼, 내일 찾아오겠다."

"에? 무슨 소리야? 너도……."

"말했지만 나는 여기서 묵을 만한 신분이 안 된… 웁!"

룬은 갑자기 자신의 입을 막아버린 손의 주인에게 눈빛으로 조용히

경고했다. 하지만 레전트는 싱글싱글 웃으며 그런 룬의 경고를 완전히 묵살해 버렸다.

"신경 쓰지 마. 네 신분이 어쨌든 넌 내가 고용했지? 그러니까 넌 나를 보호해야 할 신분이고, 그러니까 내 곁에서 떨어지면 안 되는 게 맞겠지?"

"……."

뭐라고 반박할 수가 없었다. 또 반박할 수 있다고 하더라도 입을 막고 있으니까 뭐라고 할 수도 없었다. 레전트는 룬이 아무 말도 하지 않고 가만히 있자 룬의 입에서 손을 치우더니 여전히 웃는 얼굴로 말했다.

"어쨌든, 나도 이런 데 많이 들러봤어. 원래 수행원은 그 주인하고 같은 방에서 묵는 거야. 어이어이, 왜 그런 표정을 짓는 건데? 이상한 생각 하지 마. 보통 귀족이나 가디언들은 시중받는 것에 더 익숙한 인간들이니까. 참고지만 수행원들은 주인이 잠든 후에야 씻고 식사하고… 힘들어. 아, 걱정하지 마. 그런 거 시키려고 남으라고 한 것 아니니까."

레전트는 그렇게 말하고 문을 열었고 룬도 조용히 레전트의 뒤를 따라서 들어가는 수밖에 없었다. 문 안쪽에는 굉장히 넓고 호화로운 방이 있었다. 보통 사람이라면 열 명이라도 잘 만한 곳이었다. 침대와 소파, 그 외의 시설이 간소하지만 고급스러운 방을 둘러본 레전트는 조금 시원찮다는 표정을 지었지만 곧 고개를 끄덕거리고 자신의 가방을 침대 옆에 있는 의자에 올리며 아까 화난 것은 생각나지도 않는 듯 빙긋 웃었다.

"목욕이나 할래?"

"…목욕?"

"목욕탕이 있으니까."

레전트는 그렇게 말하더니 방 안에 붙어 있는 또 다른 작은 문을 가리켰다. 웬만한 여관에는 목욕통이 겨우 있을 뿐인 것에 비하면 놀랄 정도로 호화스러운 시설이었다. 룬은 찬찬히 자신의 몰골을 살폈다. 레전트는 하늘을 날아다녔으니까 별로 묻은 게 없었지만 룬의 경우에는 피에 흙, 풀물이 여기저기 묻어 있었다.

"씻으려면 먼저 씻던지. 난 별로 더러워진 데가 없으니까 천천히 씻을게. 으으~ 간만에 푹신한 침대에서 자겠구나."

룬은 잠시 가만히 서 있다가 결국은 걸음을 옮겼다. 사실 룬은 밖에 있는 이들에게는 시종 신분으로 각인되어 있었다. 그리고 시종이 주인보다 앞서 씻거나 한다는 것은 말 그대로 죽을죄였다. 하지만 다행히도 레전트는 그런 것에 신경 쓰지 않았고 다른 이들은 레전트의 허락 없이 방에 들어오지 못했다.

룬은 건틀릿을 풀어 가방에 넣고 이터와 함께 벽에 세워두었다. 그리고 새 옷과 세면도구를 꺼내서 목욕탕이라는 곳으로 들어가려 하다가 문득 멈춰 서서 벽에 세워져 있는 이터를 바라보았다.

"왜 그래?"

"…아니, 아무것도."

룬은 배낭 안에서 철 조각을 찾아서 이터와 함께 들고 목욕탕이라는 곳의 문을 열었다. 목욕탕의 안쪽은 상당히 넓어서 방의 반 정도 크기였기 때문에 룬은 조금 묘한 느낌을 느꼈다.

귀족들이라면 성에 차지 않겠지만 룬에게는 불안할 정도로 넓은 곳이었다. 천장에는 수많은 등불이 켜져 있어서 거의 방 안과 다를 것 없이 밝았고 욕탕은 돌을 깎아 만들어져 있었다. 여기저기에는 대리석을 깎아 조각한 조각품들이 있었고 욕탕 한가운데서는 물고기 모양의 조각이 물을 뱉어내고 있었다. 룬은 이런 욕탕을 만들 돈이면 보통 집 몇 채는 세울 수 있겠다고 생각하면서 고개를 흔들었다.

게다가 한 가지 더 놀라운 것은 지금 이 욕탕에서 나오는 물이 뜨거운 물이라는 것이었다. 탕 안에서는 증기가 솟아오르고 있었고, 그 증기는 이 욕탕 안을 매우 따뜻하게 덥히고 있었다. 물론 겨울에는 날씨가 날씨인만큼 목욕할 때 뜨거운 물이 필요한 것은 어쩔 수 없겠지만 탕 하나를 가득 채우고도 계속 쏟아져 나오고 있는 뜨거운 물은 룬에게 옛날 용병 시절을 떠올리게 만들었다.

룬은 옷을 벗어둔 후 물이 뿜어져 나오는 탕에서 통으로 물을 퍼내 몸을 씻기 시작했다. 어쨌거나 씻으라고 만들어둔 시설이고 사양할 필요는 없었다.

용병들은 지저분하고 청결하지 못하다고 생각하는 경우가 많은데, 용병 생활을 하다 보면 그렇지 않다는 것을 알게 된다. 용병들은 씻고 싶어도 며칠, 몇 주 동안이나 씻지 못하고 생활해야 하는 경우가 많다. 그런 생활에서는 몸을 최대한 청결히 유지해야 병에 걸리지 않는다. 병에 걸리게 되면 용병단에서 버림받거나 격리 조치당하게 된다. 보통 용병들이 지저분한 이유는 청결하게 하기 귀찮아서 지저분하게 하고 다니는 것이 아니라 어쩔 수 없다 보니 그렇게 되는 것이었다.

룬의 경우에도 씻을 수 있을 때 최대한 씻어둔다는 것이 몸에 배어 있었다. 룬이 두 번째로 물을 끼얹으려 할 때 누군가가 문을 두드리는 소리가 났다.

"들어가도 돼?"

"맘대로."

룬은 나이프로 수염을 깎으면서 레전트가 문을 열고 들어오는 것을 철저히 무시했다.

"의외네. 당황하고 있을 줄 알았는데."

"뭐가?"

"이런 데 별로 안 와봤을 거 아니야? 그런데 너, 너무 태연하잖아."

"어쨌든 씻으라고 만들어둔 곳 아닌가? 그리고 나도 당황하지 않는
건 아니다."

룬은 세면도구 주머니에서 비누를 꺼내려고 하다가 레전트가 뭔가
를 자신에게 집어 던지자 반사적으로 그것을 받았다. 미끈거려서 하마
터면 잡았다가 놓칠 뻔했지만 룬은 그것을 용케 놓치지 않고 레전트를
바라보았다.

"그거 써."

"고맙군."

비누라는 것은 누가 만든 것인지는 모르겠지만 상당히 뛰어난 발명
품이었다. 룬도 그것이 편리한 물건이라는 것을 부정하고 싶은 마음은
없었다. 룬은 비누를 문질러 거품을 만들어내며 레전트가 탕에 들어가
는 것을 놔뒀다. 보통은 먼지 같은 것을 대충 씻어낸 다음에 탕에 들어
가기 마련일 테지만 귀족이나 가디언 같은 녀석들이 보통 시민이나 용
병들같이 여러 명과 목욕을 해봤을 리가 없었다. 그렇게 혼자서 탕 하
나를 쓰는 자들이 뒷사람을 생각한다는 개념이 있을 리가 없다.

"근데 그거 왜 들고 온 거야?"

레전트는 탕의 벽에 비스듬히 기대앉은 채 룬을 바라보며 말했다.
룬은 물을 뒤집어써서 거품을 씻어낸 후 말했다.

"할 일이 있어서."

"그런데… 검에 물 묻히면 녹슬지 않나? 미스릴이나 아다만티움이

나… 뭐 그런 건 녹슬지 않지만.”

　룬은 대답 대신 이터를 뽑아 들었다. 레전트는 그런 룬의 모습을 보고 하마터면 탕 안쪽으로 미끄러질 뻔하다가 몸을 가누었다.

　“걱정하지 않아도 된다.”

　“…사람 놀래키기는.”

　룬은 레전트가 눈을 감아버리는 것을 흘려보며 이터의 붉은 유리 같은 칼날을 자세히 살펴보았다. 이터는 마법검이라고는 하지만 단지 예리하고 마법 생명체를 칠 수 있다는 점을 제외하면 보통 강철검보다 약간 내구력이 약한 정도였다. 조금 과장되게 말하자면 유리로 만든 칼과 같이 예리함을 극도로 살린 검이라는 것이다.

　검과 검을 마주쳐서 상대방의 공격을 막을 경우에는 이터의 날이 깨져 나갔고 방패를 사용한다면 속력이 약간 떨어지고 양손으로 이터를 쥘 수 없었다. 상대방의 공격을 막을 뭔가가 필요했던 룬은 실드를 장비하는 대신 기형적인 건틀릿을 주문 제작하여 사용하곤 했었다. 룬의 주위에서는 그런 전투 방식을 사용하는 사람도 없었고, 그런 방식을 쓰는 사람도 본 적이 없었지만 룬은 이상할 정도로 헤비 건틀릿을 사용하는 전투법을 익숙하고 빠르게 배워 나갔다.

　이터는 예상한 대로 약간 날이 빠져 있었다. 다행히 이터는 보통 칼처럼 매일 날을 갈아주지 않아도 됐다. 룬은 이터를 눕히고 그 위에 아까 목욕탕에 들어오기 전 가방에서 빼 들었던 철 조각 하나를 올려놓았다.

　일을 마친 룬은 물통을 들어 올리다가 문득 팔을 바라봤다. 쿼렐에 의해서 꿰뚫린 팔은 힐링 파우더에 의하여 나아 있었지만 깊은 흉터가 남아 있었다. 룬은 자신의 온몸을 찬찬히 둘러봤다. 크고 작은 흉터들은 룬이 자신이라는 존재를 자각했을 때부터 존재했다. 보통 사람이라면 살아가면서 사라질 작은 흉터들도 룬의 몸에 끈덕지게 붙어 있었다. 룬은 또 하나 늘어난 흉터를 만지작거렸다. .

인간은 과거를 잊어간다. 몸에 입은 상처의 흉터가 살아가면서 점차 사라지는 것처럼 작은 흔적을 남기면서. 하지만 용병 생활을 하면서 늘어난 흉터는 그의 얼마 되지 않는 과거처럼 사라지지 않았다. 룬에게는 희미해질 오래된 과거에 대한 기억이 없었다. 룬의 가장 오래된 기억은 이그노어의 대평원에서 리테일을 만났을 때의 기억부터였다.

쏴아—

룬은 물통으로 온몸에 물을 끼얹으며 눈을 감았다. 룬은 자신의 과거가 아주 힘들었을 거라고 예측했다. 다른 동료 용병들은 룬의 과거를 알아맞히기 위해서 내기를 걸기도 했다(물론 답이 없는 내기는 성립되지 않았다). 하지만 룬은 함부로 자신의 과거에 대해서 생각하지 않았다. 어차피 떠오르지도 않는 과거에 대한 기억을 떠올리려고 노력해도 헛수고였다.

"스으… 후우… 스으… 후우……."

뒤에서 작은 숨소리가 들려오자 룬은 고개를 돌렸다. 레전트는 탕 속에 몸을 담근 채 자고 있었다. 제대로 놔뒀다가는 익사하겠다는 생각을 한 룬은 레전트를 두드리며 말했다.

"이봐, 일어나서 침대에서 자. 잘못하면 익사한다."

룬이 몇 번이나 자신을 두들기며 귀찮게 하자 레전트는 귀찮다는 듯이 눈을 뜨고 룬을 게슴츠레한 눈으로 바라봤다.

"왜 그래……."

"대충 씻었으면 침대에 가서 자라. 물에 빠져서 익사할 수도 있어."

"하암… 알았어. 그런데……."

"그런데?"

"흉터 많다, 너."

룬은 아무 말도 하지 않았다. 레젠트는 픽 웃곤 비틀거리며 탕에서 나오더니 다시 룬 쪽을 바라보았다.

"됐어. 씻다가 자지는 않을 테니까 걱정하지 말고 나가봐. 아, 그리고 피 묻은 옷은 놔둬. 하인이 알아서 가져다가 빨아다 줄 거니까."

"알겠다."

룬은 물기를 닦고 새 옷을 추슬러 입은 다음 이터를 들고 목욕탕 밖으로 나왔다. 밖으로 나오자마자 싸늘한 공기가 몸을 감싸자 룬은 약간의 한기를 느끼며 침대 옆에 있는 의자에 앉아 이터의 날을 살폈다. 이터 위에 올려두었던 철 조각은 사라져 있었고 대신 이터의 색깔이 약간 변해 있었다. 룬은 이터의 날이 전부 수복되어 있다는 것을 확인하고 검집에 넣어 벽에 세워뒀다.

방은 상당히 넓었지만 침대는 단 하나뿐이었다. 단지 지금 룬이 앉아 있는 길다란 의자가 있을 뿐. 아마 시종이 잠시 눈을 붙이는 곳일 것이다. 방 안의 다른 물건들에 비하면 턱없이 소박해 보이는 것을 보면 대충 용도를 짐작할 수 있었다. 룬은 그 의자 위에 잠시 몸을 뉘이고 눈을 감았다. 몸도 정신도 피곤했다. 오랜 시간 동안 용병 생활을 그만뒀었던 그에게 요 며칠 간 일어났던 일들은 피곤하기 짝이 없었다.

룬은 문득 그녀, 자신을 티아스라고 밝혔던 여자 수인족이 했었던 이야기를 생각했다. 그 노마인이라는 자는 마기가 겉으로 새어 나가지 않게 해준다고 했었고, 그 방법에 대해서는 믿을 만하다고 생각했다. 하지만 그는 룬과 레젠트에게 그 봉인을 푸는 법은 가르쳐 주지 않았다.

"노마인에게 명령받았습니다. 당신들에게. 성수. 회수해 오라고."

아마도 그녀는 자신들에게서 성수를 회수해 갈 목적일 것이다. 하지만 어떤 방법으로, 언제 회수해 갈 것인지는 알 수 없었다. 그렇게 오늘 있었던 일에 대해서 생각하던 룬은 얼마 지나지 않아 생각하는 것을 멈춰야 했다. 잠을 자면서 구체적인 생각을 할 수 있는 인간은 없었다.

*　　　　*　　　　*

"에딜?"

에딜이라고 불린 소년이 움찔하며 천천히 뒤를 돌아보았다. 칠흑처럼 검은 머리카락과 눈동자는 원래 자신이 그런 색깔이 아니라고 울부짖듯이 메말라 있었다. 살아 있는 이상 윤기가 돌아야 할 눈동자는 초점마저 완전히 잃어버린 채 먼 허공을 바라보고 있었고 머리카락도 푸석푸석해서 만지면 부스러질 것 같은 모습이었다.

"틴, 웬일이야?"

"대사제님이 놀고 오라고 했어."

티아스가 그렇게 말하자 에딜은 씁쓸하게 웃으며 중얼거렸다.

"…신경 써주시는 거구나, 이런 나를."

"무슨… 소리 하는 거야, 에딜은……."

티아스는 그 다음 말을 잇지 못했다. 원래부터 투명할 정도로 맑았던 에딜의 푸른색 눈동자와 머리카락을 다시는 볼 수 없는 것이다. 순수한 수인족이 아닌 불순한 피가 섞인 반(半)수인족. 모두들 그 사실을 알고 있었지만 에딜을 차별하는 수인족은 없었다. 에딜의 잘못이 아니었다. 인간과 접촉한 에딜의 어머니나 아버지가 잘못한 일이었다.

에딜은 다른 수인족과는 약간 달랐다. 보통 수인족들은 절대로 바라지 않는 숲 밖의 세계로의 여행을 바라고 있었다. 그렇기 때문에 에딜은 자진해서 신관 시험을 치르게 되었다. 모두 말렸지만 에딜은 포기하지 않고 시험을 차례차례 합격해 나갔다.

하지만 최후의 관문. 헤르세니안에게 신력의 일부를 받는 의식 중 그는 온몸을 갉아 먹는 고통을 호소하며 기절하고 말았다. 모든 밤에 사는 존재의 어머니 헤르세니안. 그녀는 에딜의 몸속에 있는 인간의 피를 거부했다.

"반은 인간인 내가… 신관이 되려고 했었다니… 우습지?"

에딜의 자조적인 중얼거림에 티아스는 아무 말도 하지 못했다. 이미 실명된 눈은 검게 변색되어 더 이상 빛을 보지 못한다. 근육도 더 이상 제 힘을 쓰지 못해 몸도 제대로 가두지 못했다. 티아스는 그런 에딜을 어떻게 달래야 할지 알 수 없었다. 아무도 에딜을 탓하지 않지만 단지 반수인족이라는 것 때문에 에딜은 신에게 거부받고 자신의 꿈조차 이루지 못했다. 인간 세상으로 나가겠다는 꿈.

"이게… 운명이라면… 나는 운명을 저주하겠어……."

티아스는 에딜 앞에 서서 아무런 행동도 하지 않고 반쯤 죽어버린 것 같은 에딜을 바라보기만 했다. 어떤 말을 한다고 해도 에딜에게는 위로가 되지 않는다는 것을 알고 있었으니까.

"돌아가, 틴."

그 말을 끝으로 에딜은 다시 벽을 바라보았다. 아니, 바라보고 있는 것도 아니다. 단지 몸을 돌렸을 뿐. 에딜의 눈은 더 이상 벽을 보지 못한다. 얼마 전과 같은 활기 찬 모습이 아닌, 삶 자체를 전부 포기해 버

린 에딜의 모습에 티아스는 볼 위로 뜨거운 뭔가가 흐르는 것을 느껴
야 했다.

"에딜… 나는……."

순간 티아스는 눈을 번쩍 떴다. 주위는 온통 어둠뿐이었지만 그녀의
눈에 어둠은 빛보다 친숙한 존재였다. 티아스는 자신이 잠시 잠들었었
다는 것을 알아차리고 주위를 둘러보았다. 그리고 자신이 꿈을 꾸고
있었다는 것을 기억했다. 어릴 적의 꿈을.

"에딜……."

그녀는 왠지 슬퍼지는 기분을 느꼈다. 사랑했던 존재. 자신이 사랑
했던 존재는 마을에서 도망쳐서 이 넓은 인간의 세계 어딘가에 있을
것이다. 하지만 과연 그를 다시 만날 수 있을까? 그녀는 붉은 빛을 쏟
아내는 달을 바라보며 울부짖었다.

"아우우우우우─"

룬은 뭔가 울부짖는 소리에 눈을 떴다. 그리고 급히 자리에서 일어
나 주위를 둘러보았다. 레전트는 침대 위에서 세상 모르게 잠들어 있
었고 주위에도 별다른 이상은 없어 보였다. 하지만 이런 마을 근처에
서 개도 아니고 늑대가 울부짖는 소리가 들린다는 것은 상당히 비정상
적인 일이었다. 게다가 룬은 그 울음소리가 약간 인간적으로 들린다고
생각했다. 짐승이 우는 소리가 인간적이라는 것은 분명히 이상한 생각
이었다.

룬은 자리에서 일어났다. 그 울음소리는 그다지 먼 곳에서 들리지는
않았다.

"우우우우우……."

다시 한 번 그 울음소리가 들려왔을 때 룬은 이터를 움켜잡고 바깥으로 나가려 했다. 하지만 곧 이런 시간에는 문을 걸어 잠가뒀을 거라는 것을 생각해 내고 창문을 열었다. 방 안의 따뜻한 공기와는 다른 차가운 공기가 따뜻한 공기를 바깥으로 밀어내며 재빠르게 방 안으로 침투해 들어왔다. 룬은 창문을 넘어 바깥으로 나간 후 창문을 굳게 닫았다. 굳이 레전트를 신경 쓰게 만들고 싶지는 않았다.

바깥은 조용했다. 밤의 저녁이 그렇듯 대부분의 집의 불이 꺼져 있었고 간간이 불이 켜져 있는 집도 있었다. 룬은 경비대들이 순찰을 돌며 지나다니고 있는 것을 피하며 그 울음소리가 들려왔던 곳으로 향하다가 걸음을 멈춰 섰다. 낮은 담이 마을의 주위에 깔려 있었고 울음소리는 그 밖에서 들려오고 있었다.

"아우우우우—"

다시 한 번 울음소리가 들려오자 입구를 지키고 있는 병사들이 뭐라고 투덜거리는 듯했다. 마을 근처에서 늑대가 울부짖는 소리가 들린다는 것은 좋은 징조가 아니었다. 룬은 병사들이 눈치 채지 못하게 마을의 입구에서 약간 떨어져 있는 벽으로 향했다. 보통 사람 키 두 배쯤 되어 보이는 높이였지만 룬은 몸을 날렵하게 움직여 담의 맨 끄트머리를 잡고 탄력을 실어 그대로 몸을 튕겨 담 위로 올라갔다. 그리고 조심스럽게 건너편의 땅에 착지한 룬은 여유있게 울음소리가 들려왔던 쪽으로 걷기 시작했다.

"아우우우—"

아까보다는 짧기는 했지만 그 울음소리는 룬을 인도하는 듯 다시 평원에 울려 퍼졌다. 어느새 룬은 마을의 입구에서 약간의 불빛이 보이는 곳에 서 있었다. 마을 주변은 온통 평야 지대여서 이곳이 상업이나 그 외의 목적이 아닌 농업을 목적으로 하는 마을이라는 것을 보여주고 있었다. 지금은 대부분의 농작물은 수확이 되기 시작할 때. 룬은 밀이 누렇게 익어 밤바람에 흔들리는 모습, 황금빛의 물결 사이에서 이질적인 은빛의 흔들림을 찾을 수 있었고 그것이 자신을 부르듯 울부짖던 주인공이라는 것을 알아차리는 데는 오랜 시간이 걸리지 않았다.

쐐아—

바람이 불자 황금빛의 거대한 물결과 함께 그 은빛도 휘날렸다. 확실히 눈에 띌 정도로 이질적인 은빛이었다. 하지만 룬은 그와 동시에 이상한 느낌을 느꼈다.

'전혀 어색하지가 않다……?

마치 그런 금빛 물결과 원래 하나인 것 같은 모습. 룬은 천천히 그쪽으로 걸어갔다. 그 은빛의 출렁임도 뭔가가 자신을 향해 다가오는 것을 느꼈는지 룬이 걸어오는 쪽을 바라보았고, 마침내 그것의 눈앞까지 다가간 룬은 무심히 입을 열었다.

"나오시죠. 그곳이 있으면 농작물이 상합니다."

티아스는 아직 수확되지 않은 밀 한복판에서 서 있었다. 룬의 말을 들은 티아스는 마치 유령같이 누런 밀 사이를 가볍게 지나쳐 논두렁 위로 올라왔다.

"무사했군요."

끄덕.

티아스는 룬을 뚫어지게 쳐다봤다. 상대방에게 주시당하고 있다는 것이 상당히 익숙하지 않은 룬이었지만 상대방이 너무나 노골적으로 자신을 바라보니 뭐라고 할 마음도 생기지 않았다. 룬의 온몸을 쭉 훑어보던 티아스는 자신의 진보랏빛 눈동자를 룬의 검은색 눈동자와 마주치며 입을 열었다.

"어떻게. 내가 여기 있는지. 안 거죠?"

확실히 인간이 아니라는 느낌이 으스스하게 룬에게 전해져 왔다. 백발이 아닌 순수한 은빛의 머리카락. 그리고 인간에게서는 절대 찾아볼 수 없는 진보랏빛의 눈동자. 그리고 그 눈동자의 주위로 투명한 액체가 조금 묻어 있었다. 어둠 속에서도 인간치고는 예리한 룬의 시력은 붉은 달빛에 빛나는 그 눈물을 볼 수 있었다.

"이런 곳에서 늑대가 울부짖는 소리가 들린다면 누구나 한번쯤 의심해 볼 수 있을 겁니다. 그리고……."

룬은 이 말을 꺼내야 할지 잠시 망설였지만 결국 말하고 말았다.

"왠지 인간적으로 들리더군요."

티아스는 룬의 말에 아무런 반응도 하지 않았다. 룬은 잠시 자신이 말을 잘못한 건지 생각했지만 티아스의 기색에는 아무런 변화도 없었다. 티아스는 룬이 무안할 정도의 무표정한 얼굴로 룬을 바라보다가 문득 입을 열었다.

"당신들은. 이런 기분을. 인간적이라고. 하는 거군요."

"이런 기분?"

티아스는 룬의 질문에 대답하는 대신 침묵을 유지했고 룬은 대신 다른 질문을 하기로 했다.

"그럼 티아스 양이라고 불러도 되겠습니까?"

"티아스."

"예?"

"티아스."

티아스는 인간 세계의 예절에 대해서 잘 몰랐다. 그렇기에 자신의 이름 뒤에 이상한 단어—인간에게는 예절이지만—가 더 붙는 것을 원하지 않았다.

"그럼 티아스, 몇 가지 질문을 해도 되겠습니까?"

끄덕.

룬은 아까 잠자기 전에 생각했었던 의문에 대해서 질문하기로 했다.

"당신은 성수를 회수해 간다고 했습니다. 아마 그 수정을 봉인하고 있는 펜릴이라는 성수를 데리고 간다는 소리겠지요. 맞습니까?"

끄덕.

"그럼 당신은 언제 성수를 회수해 가겠다는 겁니까?"

중요한 내용이었다. 그 데몬스케일들도 어디서 날아온 건지도 모르게 그만큼 엄청난 숫자가 모여들었다. 그만큼 룬은 느끼지 못했지만 수정에서 흘러나오는 마기가 상당하다는 소리였다. 만약 봉인이 풀어진다면 앞으로 얼마 동안은 목숨이 위협당하게 될지도 몰랐다. 만약 지금 회수해 간다면 룬으로서는 말려야 했다.

"당신들이 원할 때."

반가운 대답이었다. 룬은 고개를 끄덕이며 말을 계속했다.

"이쪽과 같이 여행하겠다는 소리인가요?"

도리도리.

"……."

티아스는 룬을 향해서 눈을 깜빡이며 룬이 느끼기에는 뭔가 묘한 표정을 짓고 있었다. 룬은 티아스가 자신을 경계하고 있다는 것을 알 수 있었다.

"그렇다면 어떻게 할 작정입니까?"

"같이 여행하지는 않아요. 인간. 무서우니까."

룬은 티아스의 말에 약간 충격을 받았다. 티아스가 그 알이라는 남자의 힘의 절반만이라도 가지고 있다면 인간같이 약한 존재가 무서울 리 없을 것이다. 하지만 티아스의 태도는 결코 장난이 아니었다. 룬은 티아스가 진심으로 인간이라는 존재를 무서워한다는 것을 알 수 있었다.

"왜. 그렇게 봐요?"

"아무것도 아닙니다."

룬은 잠시 생각했다. 그렇다면 오늘처럼 미행하듯 자신들을 따라온다는 소리였는데, 그렇다는 것은 룬으로서는 매우 피곤한 일이었다. 수인족에게는 본능적으로 느껴지는 뭔가가 있었다. 룬은 공포라고 말하는 것일지도 모르는 느낌을 그들에게서 느꼈다.

"왜. 그래요?"

"……."

그렇게 신경 쓰이는 존재는 차라리 눈에 보이는 곳에 있는 것이 좋다. 눈에 보이는 곳에 있으면 그 존재가 지금 무엇을 하고 있는지 파악은 되니까. 눈에 보이지 않는 상대에게 신경을 쓰는 것과 눈에 보이는 상대를 신경 쓰는 것은 상당히 차이가 큰 일이었다.

"차라리 같이 여행하는 것은 어떻습니까?"

"싫어요."

티아스는 별로 생각하지도 않고 딱 잘라서 룬의 요청을 거절했다. 룬은 티아스의 사고방식이 인간과 다르다는 것을 새삼스레 느꼈다. 비꼬는 기색도 없었고 망설이면서 우물쭈물거리지도 않았다. 그래서 룬은 약간 당황했다. 자신이 당황한 것 자체가 인간이란 존재의 고정관념 때문인 것을 생각한다면 조금 기분이 묘했다. 몇 년 전이라면 이런 것 때문에 당황하거나 하지는 않았을 자신이었다.

“저희는 계속 육로로만 이동할 것은 아닙니다. 중간에 워프 게이트라는 시설을 이용할 텐데, 당신은 신분이 증명되지 않으니까 함부로 사용할 수 없을 겁니다.”

“…….”

룬은 이 수인족에게서 흥미를 느꼈다. 그냥 겉으로 보면 눈과 머리색만 빼면 그냥 평범한 인간 여자와 다를 것이 없었다. 하지만 티아스에게는 룬의 본능을 자극하는 오싹오싹한 뭔가가 느껴졌다.

“저희로서도 당신의 도움을 받아야 합니다. 당신도 임무를 완수해야 할 텐데요.”

인간과 비슷하게, 어떤 면에서는 똑같이 생겼지만 그 생각하는 방식은 완전히 다른 알려지지 않은 종족. 순수하지만 다룰 수 없을 것 같은 위험한 감각이 티아스라는 수인족에게서 느껴졌다. 아까는 인기척도 느껴지지 않을 정도로 존재감이 없던 그녀였지만 룬은 지금의 그녀에게서 광활한 초원을 뛰어다니는 맹수에게서나 느껴질 그런 야성을 느꼈다.

“어떻게 하시겠습니까?”

“…….”

대답을 기다리는 룬과 대답을 하지 못하고 우물거리는 티아스의 주위로 차가운 가을의 밤바람이 스쳐 지나가기 시작했다.

Chapter 3 신념

2

“뭐, 뭐라고?!”

레전트가 큰 소리를 질렀지만 다행히 그 소리를 듣고 달려오는 사람
은 없었다. 룬은 조용히 레전트를 응시했고 레전트는 한숨을 쉬면서
다시 수프 그릇을 은수저로 휘저었다. 아침 식사를 앞에 두고 큰 소리
를 질렀던 레전트는—게다가 뭔가를 먹으면서—자신이 상당히 예의에 어
긋나는 짓을 했다는 것을 눈치 채지 못했고, 룬은 자신 앞의 수프 그릇
을 가렸던 손을 치우며 레전트의 것과는 다른 나무 수저를 집어 들었
다.

“같이 여행하면 좋을 텐데… 설득 좀 잘해보지 그랬어?”

“자기가 끝까지 싫다고 하는데 어쩌라는 건가.”

“그건 그렇지만 말이야…….”

원래 룬의 식사는 따로 차려져 있었지만 레전트는 시종이 나가고 나

서 그 음식들을 자신과 같은 식탁 위에 올려놓고 룬과 같이 이야기를 하며 식사하고 있었다. 룬은 지난밤 있었던 일에 대해서 자세히 이야기했고 레전트는 그 이야기에 흥분하고 말았다. 그 존재 자체가 일반인들에게 알려져 있지 않은 지적 생명체를 알아간다는 것은 레전트에게 있어서는 멋진 일이었기 때문이다.

하지만 룬이 말한 마지막 결론은 '같은 일행으로서 여행 불가'였고 그 결과 레전트는 풀이 잔뜩 죽은 모습으로 수프 그릇을 휘저어야 했다.

티아스는 룬과 여행하는 것을 끝까지 거부했다. 그렇게까지 거부하는데 굳이 같이 여행을 할 필요는 없다고 생각한 룬은 티아스에게 워프 게이트에서만 잠시 동료가 되자는 의견을 제시했다. 워프 게이트를 통과하지 않고 여행을 떠날 경우에 걸리는 기간은 지금의 몇십 배가 되기 때문에 워프 게이트를 사용하지 않을 수는 없었다. 티아스는 룬이 제시한 일종의 절충안에 대해서는 고개를 끄덕였고 룬은 더 이상 티아스와 대화를 하려고 하지 않았다.

"그럼 이럴 때가 아니잖아! 빨리 준비하고 출발해야지!"

"왜?"

"왜라니? 당연하잖아. 우리가 출발해야 그… 티아스? 하여튼 그 수인족이 우리의 뒤를 따라올 거 아냐?"

"나는 너를 보호함에 있어서 최대한 안전을 생각하면서 여행을 하려고 한다. 지금 이 상황에서 네가 서두르게 된다면 너와 나에게 피해가 오게 된다. 그녀는 우리와 같이 여행하고 있지 않아. 굳이 그녀의 의견을 존중할 필요는 없어."

"크윽!"

“왜, 불만있나?”

“응, 너무 논리적이어서 마음에 안 들어. 도대체 그런 화법은 어디서 배운 거야?”

레전트가 잔뜩 뚱한 얼굴로 불평하듯 말했지만 룬은 표정을 지으면 표피가 갈라질 것 같은 딱딱한 얼굴로 아무렇지 않게 대답했다.

“리테일의 말로는 나를 발견했을 때부터라고 하더군.”

“…너라는 인간의 과거가 굉장히 궁금해진다, 룬 크리셔드.”

룬의 말은 상당히 비인간적이기는 했지만 논리적이었고 일리가 있었다. 레전트는 끝없이 구시렁거리면서 식사를 계속했지만 불행히도 그것은 룬의 신경을 긁지 못했다. 자신의 식사를 깨끗이 비운 룬은 어제 빨아서 말린 옷과 잡다한 짐을 배낭에 집어넣으며 떠날 준비를 하기 시작했다.

어젯밤에는 잠시 그 티아스라는 수인족에 대해 관심을 가졌던 룬이지만 굳이 집착하지는 않았다. 지금 중요한 것은 그녀는 이쪽의 동료도 아니고 별다른 관계도 아니라는 것이었다. 타인이 혼자서 이쪽에 매달리는 것에 대해서 굳이 사정을 고려해 줄 필요는 없었다.

“그런데 너 어떻게 수인족이란 종족에 대해서 알고 있었던 거였나?”

“탑 안에서는 할 일이 없어서 대부분의 자유 시간을 독서로 보내거든.”

“너도 그 책에 적혀 있는 내용 정도만 아는 건가?”

“조금 더 알지.”

“설명해 줄 수 있겠나?”

“뭘?”

“수인족에 대해서.”

레전트는 은수저를 든 채로 짐을 단단히 싸고 있는 룬에게 눈을 돌렸다. 레전트는 결국 은수저를 탁자 위에 놓아버리고 자리에서 일어났다. 그리고 자신의 짐을 챙기기 시작했다.

"나도 자세히는 몰라. 미리 말해 두는데 수인족은 인간에게는 잘 알려지지 않은 생명체라고. 게다가 수인족들도 되도록 인간과 마주치지 않으려고 하고."

"그럼 어제 그들은 어째서 우리에게 그렇게 스스로의 존재에 대해서 밝힌 거지?"

"수인족… 그러니까 헤르세니안의 종자들은 우리 인간들하고는 달라서 좀 문명적으로는 뒤떨어진 종족이야. 하지만 그만큼 신에 가깝지. 지금의 신성마법이나 마법으로는 인간의 정신을 조작할 수 없지만 그들은 그런 것도 가능해. 우리의 정신을 왜곡시킬 수도 있었다는 거지."

"그럼 그들은 어째서 우리를 그냥 내버려 둔 거지? 그들로서도 심장을 가지고 가버리고 우리들의 기억을 조작해 버리면 괜찮았을 텐데."

"아……?"

막 옷을 구겨 넣던 레전트가 작은 탄성을 지르며 고개를 들었다. 그리고 머리를 굴리며 그 이유를 생각하던 레전트는 어깨를 으쓱하며 자신도 모르겠다는 듯한 제스처를 취했다. 룬은 자신의 징 박힌 가죽 장화를 단단히 조여 매면서 말을 이었다.

"그게 아니라면 이미 정신 조작이 끝나 있는지도 모르지. 나하고는 상관없지만."

룬의 말뜻을 눈치 챈 레전트는 머리를 긁적이더니 자신의 배낭 속 깊숙한 곳에 있던 심장을 꺼냈다. 봉인이 되어 있는 심장은 은빛으로 번쩍이고 있었다. 레전트는 잠시 그 위에 손을 올려두고 눈을 감은 채 정신을 집중했다. 그리고 한숨을 내쉬며 다시 그 심장을 가죽 주머니에 넣어 자신의 가방에 넣으려 하다가 룬을 향해 집어 던졌다.

"불안하게 만들지 마. 진짜 맞아."

"확신할 수 있나?"

"적어도 9할 정도는. 성수의 기에 눌려 있긴 하지만 확실히 마기는 느껴져. 어쨌든 네가 가지고 있어. 난 잘 덤벙대니까 잘못하면 잃어버릴 수도 있으니까. 비싸 보이기도 하는 물건이니까 또 도둑맞으면 심각하기도 하고."

룬은 더 이상 아무 말도 하지 않고 그 가죽 주머니를 받아 자신의 배낭 안에 집어넣었다. 차라리 그들이 레전트를 속였다면 일이 더 쉬웠을 수도 있었다. 하지만 룬은 그런 말을 입 밖으로 꺼낼 만큼 부주의하지는 않았다.

룬은 레전트가 짐을 다 챙길 때까지 기다린 후 레전트가 허리를 펴고 일어서자 문을 열었다. 더 이상 그 문제에 대해 말하는 것은 레전트를 불안하게 만드는 것밖에는 되지 않았다. 불안감에 빠진 인간의 행동력은 좋아지기는 하지만 그에 반비례하여 집중력이 떨어진다. 룬은 만에 하나라도 전투가 벌어질 때의 사태를 대비했기에 레전트를 불안하게 만들고 싶지는 않았다. 마법사는 몸이 아니라 머리로 싸우는 자들이었다.

"가자."

"안녕히 주무셨습니까!"

"……."

바깥으로 나간 룬과 레전트는 두 마리의 말의 고삐를 잡고 문 앞에 서 정중한 자세로 서 있는 어젯밤의 그 남자를 볼 수 있었다. 룬은 힐 끔 하늘에 떠 있는 해를 바라보았다. 아직 정오도 되지 않은 시간이었 다. 룬은 그 남자가 자신들이 나올 때를 알았던 것이 아니라면 아침부 터 이렇게 서 있었다는 것을 예측했고 룬의 예측은 틀리지 않았다.

베몬은 룬과 레전트가 나올 때까지 계속해서 이곳에서 기다리고 있 었다. 잘못하면 정말로 자신의 목이 바닥에 굴러다니게 될지도 몰랐 다. 마법사들은 그만한 힘이 있고 그런 일을 저지를 수 있는 괴팍함이 있는 존재들이었다.

"영주님이 마법사님을 만나고 싶어하십니다."

"영주가?"

"예, 옛!"

레전트는 몰랐지만 룬은 이 마을, 그룬이 사베이언 공작령에 속해 있는 것을 알고 있었다. 그룬은 중남부를 지배하는 사베이언 공작의 성에서 가장 가까운 마을이었다. 규모가 작기는 했지만 영주의 성이 가까운 만큼 그룬은 마을이라고 하기보다는 도시에 가까운 곳이었다.

네스트의 영지들은 거의 이런 형식을 띠고 있었다. 공작들은 마을 전체에 방벽을 설치하는 것보다는 성을 마을 가까운 곳에 만드는 쪽을 택했다. 넓은 지대를 방어하는 것보다는 좁은 지대를 방어하는 것이 용이했기 때문이다.

과거에 마물이 쳐들어오면 영주민들은 마을 가까이에 있는 성으로 재빨리 대피해야 했고, 대피하지 못한 주민들은 마물들의 시간을 끄는 미끼 역할을 하게 되었다. 잔혹하지만 오히려 이렇게 하는 편이 영주 에게는 피해가 적게 돌아왔다. 영주에게 주민들은 그저 물자나 자원의

한 부분에 지나지 않았다.

룬은 레전트를 바라보았다. 모든 것은 레전트가 정하고 룬은 그것을 행동으로 옮긴다. 하지만 레전트는 이곳에서 시간을 지체하고 싶지 않았다. 영주를 방문하게 된다면 적어도 며칠 이상은 이곳에 발이 묶여 있어야 할 것이 뻔했다.

"나는 바쁜 몸이다. 시간을 함부로 지체할 수 없으니 영주에게는 그렇게 전하도록."

"하, 하지만 마법사님……."

"귀찮아."

레전트가 그렇게 외치며 베몬을 노려보자 베몬은 움찔하며 뒤로 몇 발자국 물러섰다. 눈을 돌린 레전트는 문득 그가 잡고 있는 말고삐를 바라보더니 그 말고삐에 매여 있는 말들을 바라보았다. 그리고 룬의 귀에 대고 조용히 중얼거렸다.

"저 말 어때?"

"……?"

"그러니까… 저런 말 있으면 금방 목적지까지 갈 수 있겠지?"

"그렇겠지."

레전트는 룬의 대답에 고개를 끄덕이더니 베몬을 향해 말했다.

"그 말을 이쪽으로 넘겨라. 아마 우리를 데리고 오라고 내준 말이겠지?"

"예? 하, 하지만……."

"시끄럽게 굴지 마라. 어차피 이쪽이 이용하게 하기 위해서 데리고 온 말이 아닌가!"

순간적으로 자신의 고용주가 날강도 수준의 협박을 하고 있다는 것을 안 룬은 한숨을 내쉬었다.

베몬은 후에 영주에게 처벌을 받을지도 모른다는 생각을 했지만 지금 자신의 눈앞에 있는 마법사는 자신의 목숨을 잡고 협박을 하고 있었다. 베몬은 건방지기는 했지만 그다지 멍청하지 않은 남자였다. 그렇기에 그는 자신의 목숨과 후에 받을 벌 중에서 어떤 것이 더 무거운지 금방 구분해 냈다.

레전트는 앞으로 척척 걸어가 베몬이 잡고 있는 말고삐를 낚아챘다. 훈련이 잘되어 있는 말들은 주인이 바뀌었는데도 얌전히 레전트에게 끌려왔다. 레전트는 룬에게 말고삐를 쥐어준 다음 자신의 말에 가볍게 올라탔다. 그리고 옆에 남아 있는 한 마리의 말을 향해 턱짓을 하며 말했다.

"걱정하지 마."

"……."

룬은 나머지 한 마리의 말의 안장 위에 올라탄 후 울상을 짓고 있는 남자를 바라보았다.

베몬은 레전트에게 살해당할 것은 면했지만—물론 레전트는 실제로 베몬을 살해할 생각은 없었다—영주에게 받을 질책을 상상하며 머리를 감싸 쥐었다. 룬은 그런 베몬을 바라보면서 작게 고개를 내저었다. 자신이 더 이상 신경 쓸 문제가 아니었다.

"가자, 룬."

"그러지."

룬은 오랜만에 타는 말의 등이 어색했지만 고삐를 가볍게 흔들어 말을 출발시켰다. 그런 두 명의 뒤를 바라보는 베몬은 얼굴 가득히 언제 사라질지 모르는 울상을 지어야 했다.

레전트는 말 위에서 앉아 느긋하게 푸른 하늘을 올려다보며 중얼거
렸다.

"날씨 좋구나. 좀 서늘하지만."

레전트가 베몬에게서 강탈한 말들은 꽤나 좋은 말이었다. 명마나 빼
어난 준마는 아니었지만 중간 이상은 될 정도로 튼튼했다. 게다가 보
통 훈련을 잘 받은 말들은 주인 이외의 사람이 타면 거부하는 경우가
많았지만 이 말들은 처음 보는 룬과 레전트의 말을 잘 들었다. 여러 사
람이 타기 위한 말은 성격이 순해야 했다.

"아직도 생각하면 열받네. 도대체 태도가 왜 그 모양이야?"

"숙소와 말을 얻었으니까 됐지 않나. 이제 그 일은 그만 잊어버리는
게 어떤가. 이미 이 정도로 골탕먹였으면 충분하다고 생각하는데."

"그래도 열받는 건 받는 거라고. 하기야… 이 정도면 영주에게 꽤
야단맞을 테지만. 그런데… 그 수인족, 지금 우리 쫓아오고 있는 거
야?"

"아마도."

룬은 그녀, 티아스의 존재 자체에 신경이 쓰이던 중이었다. 분명히
어디에선가 자신들을 쫓아오고 있다는 느낌은 있지만 정확히 그게 어
딘지 어떤 의도를 가지고 있는지는 전혀 느껴지지 않았기 때문에 더
더욱 신경이 써졌다. 그나마 다행인 것은 상대방으로부터 이쪽을 공격
하겠다는 적대감이나 살기가 느껴지지 않는다는 것 정도였다.

룬은 그냥 티아스에 대해서 신경을 끄려고 노력했다. 하지만 레전트
는 룬이 티아스의 일에 대해서 잊어버리지 않기를 원하는지 룬이 조금
만 그 존재를 망각하려고 하면 그녀의 존재를 다시 인식시키고 있었다.

“어디쯤 있는데? 알 수 있어?”

“모르겠다.”

룬의 무뚝뚝한 대답에 레전트의 표정이 조금 머쓱하게 변했다.

사실 룬은 상당히 감탄을 하고 있었다. 도대체 어떻게 하면 존재감을 이 정도로 죽이면서도 그 존재감을 느끼게 할 수 있는 건지… 룬은 상대방이 어디에 존재하는지는 모르겠지만 분명히 주위에 존재하고 있다는 느낌은 인식하고 있었다. 확실히 모순되는 느낌이긴 했지만 다른 말로 설명할 길이 없었다.

“후… 기분 나쁘군.”

“응? 뭐가?”

“아니, 아무것도 아니다.”

자꾸 신경이 쓰이니 기분이 나쁠 수밖에 없었다. 룬과 레전트가 타고 있는 말들도 그런 기분을 느꼈는지 자꾸 귀를 움직이며 불만감을 표시하고 있었다. 룬은 그런 느낌을 털어버릴 겸 아무 이야기나 하기로 결정했다. 승마에 익숙하지 못한 룬이 말을 타고 가면서 할 수 있는 일은 그 정도밖에 없었다.

“그런데 그 말의 이름은 정한 건가?”

“응? 아, 뭔가 허전하다 싶었는데 잊고 있었네. 너는 정했어?”

“아니.”

“뭐, 나는 전에 그 말의 이름을 쓰면 되니까. 좋았어. 이봐, 이제부터 네 이름은 에다인이다… 라고 해봤자 들을 리가 없는 걸까? 어쨌든 그럼 너는?”

“글쎄, 나는……”

“스톰 차일드.”

룬은 순간적으로 움찔하며 소리가 들려온 쪽으로 고개를 돌렸다.

"티아스 양?"

"티아스."

"아, 예, 티아스."

바로 말 옆에서는 온몸을 로브로 가려 햇빛을 막은 누군가가 걷고 있었다. 티아스가 바로 자신의 곁으로 다가올 때까지 아무런 눈치를 못 챈 룬은 약간 눈살을 찌푸렸다. 시야에서 보이지 않는 사이에 이렇게나 빨리 자신의 곁으로 다가왔다면 적어도 바람을 가르는 소리나 땅을 박차는 소리는 들렸어야 했다. 하지만 티아스는 그런 작은 기척도 내지 않았다.

"그런데 뭐가 스톰 차일드라는 겁니까?"

"그 아이 이름."

룬은 자신이 타고 있는 말의 뒤통수를 가만히 내려다보았다. 룬은 문득 옆에 조용해진 것을 눈치 채고 레전트를 돌아보았다. 레전트는 턱뼈가 빠진 것처럼 얼이 빠진 얼굴로 입을 벌리고 있었다. 하지만 그러는 와중에도 말은 계속 앞으로 걷고 있었다.

"어떻게 안 겁니까?"

"읽었으니까."

룬은 잠시 생각했지만 무엇을 읽었다고 말한 건지 알 수 없었다. 결국 룬은 고개를 흔들고 다른 질문을 던졌다.

"그런데 우리와 같이 여행하지 않겠다고 하지 않았습니까. 방금 전까지도 우리와 떨어져서 왔으면서 어째서……."

"뭔가. 당신들. 쫓아오고 있어요."

티아스는 인간의 말에 익숙하지 않은지 말을 중간중간 끊으면서도 자신이 룬과 레전트에게 접근한 이유를 밝혔다. 룬은 주위를 둘러봤지만 들판밖에 존재하지 않는 사방에는 아무것도 눈에 보이지 않았다.

"뭔가가 우리를 쫓아오고 있다는 건가요?"

끄덕.

"어디쯤 있는지 알려주실 수 있겠습니까?"

티아스는 룬의 물음에 방금 룬과 레전트가 지나온 길을 손가락으로 가리켰다. 룬은 눈을 찌푸리면서 그 건너편을 응시했지만 눈이 좋은 편인 룬에게도 아무런 모습이 보이지 않았다.

"기분 나쁜. 위험한 것."

얼마 지나지 않아 룬도 뭔가를 보았다. 인간 형태의 뭔가가 길을 따라서 빠른 속력으로 뛰어오고 있었다. 룬은 뭔가 이상하다는 것을 금방 알아차리고 말을 멈춰 세웠다. 겨우 눈에 보일 정도의 거리에 있던 그것은 점점 더 속력을 올리고 있었다. 금세 그것의 크기는 확실히 눈에 보일 정도가 되었고 룬은 급히 말에서 내려 전투 자세를 취했다.

도망가기에는 이미 늦어버린 상황이었다. 기마술이 능숙하지 못한 룬으로서는 말 위에서 싸우는 것이 더욱 불리한 데다가 저것이 달려오는 속력은 불행히도 말이 뛰는 속력보다 훨씬 빨랐다. 룬은 급히 주위의 지형지물을 다시 한 번 확인했지만 몸을 숨길 곳은 존재하지 않았다.

'쓰러뜨릴 수밖에 없나?'

레전트도 말을 뒤로 돌게 하더니 멀리서 뛰어오는 것을 눈으로 확인하고 깜짝 놀랐다. 레전트의 눈에도 똑똑히 보일 정도로 그것은 이쪽을 향해서 빠른 속력으로 뛰어오고 있었다.

"저건 도대체 뭐야?"

“모르겠다. 하지만 절대로 정상적인 뭔가는 아닌 것 같은데. 레전트,
어쩔지 모르니까 위로 올라가 있어.”

“알았어. 그런데……”

레전트는 망토를 펄럭이면서 티아스를 바라보았지만 티아스는 그런
레전트의 시선을 무시했다. 곧 레전트는 그런 티아스의 태도가 머쓱했
는지 아무 말 없이 하늘 위로 날아올라 밑을 내려다보았다. 룬도 이터
를 뽑아 들고 저쪽에서 살기가 느껴질 경우 가차없이 킬 블레이드를
발동시킬 준비를 끝냈다. 하지만 그것은 이쪽이 어떤 반응을 보이던지
상관하지 않고 점점 속력을 높였다.

“마기. 느껴져요.”

티아스의 말에 룬은 뭔가 끈적끈적한 느낌을 느끼고 이터를 꽉 움켜
잡았다. 티아스가 마기라고 말하는 마수에게서 느껴지는 기분 나쁜 느
낌. 룬은 이쪽을 향해서 뛰어오는 그것의 모습에서 눈을 떼지 않고 허
리춤에서 대거를 뽑아 들어 싸울 준비를 끝냈다.

“이봐! 그 봉인 확실했던 거야?”

이미 마수에게 습격을 당한 전례가 있는 룬은 하늘 위에 둥둥 떠 있
는 레전트에게 소리를 질러 질문했고 레전트는 고개를 끄덕였다. 그
봉인은 레전트도 아주 자세히 느끼려고 노력하지 않으면 느껴지지 않
을 정도로 완벽한 것이었다.

레전트도 자신들에게 다가오고 있는 그것이 절대로 호의적인 목적
으로 뛰어오고 있는 것은 아닐 거라는 것을 눈치 채고 손을 움직였다.
레전트의 손이 공중에서 빠르게 움직이자 그의 몸 주위로 안정되어 있
던 마력이 움직였다.

“너를 아는 자가 말한다. 나의 의지로 흐름이 되라. 더블 스펠. 빛. 파

괴가 되라. 나의 적을 치는 화살이 되라. 매직 미사일!"

마법사들이 기초적으로 배우는 공격 마법이면서 가장 유용하게 사용되는 매직 미사일이 더블 스펠과 동시에 발동되었다. 평소의 두 배쯤 되는 십수 개의 빛덩어리들은 레전트가 시선을 고정하자 '그것'을 향해서 거침없이 날았다. 단 한 발로도 보통의 인간을 절명시킬 수 있는 위력을 가진 빛덩어리들이 대기를 찢으며 날았다. 룬은 그 빛덩어리들의 위력을 알고 있었기에 상대방이 멈출 거라고 예상했다. 달려오는 속력에 그대로 저런 마법을 맞는다면 웬만해서는 다시 일어나지 못할 것이다.

"뭐, 뭐야!"

하지만 그것은 멈추지 않았다. 손에 들고 있던 길다란 검을 휘둘러 수 개의 매직 미사일을 쳐내 버린 그것은 몇 개의 매직 미사일에 정통으로 맞으면서도 속력을 약간 줄였을 뿐 계속 룬을 향해 달려왔다. 룬은 그것의 모습을 자세히 관찰하며 찌르기 자세를 취했다.

상체는 검은색 플레이트 메일로 완전히 감싸져 있고, 매직 미사일을 맞은 부분의 철판은 찌그러져 있었다. 얼굴도 헬름으로 완전히 감싸고 있는 모습은 그저 보통 기사나 다름없는 모습이었다. 하지만 룬은 헬름 안에 감추어져 있는 그것의 눈이 붉은빛으로 빛나는 것을 보고 눈살을 찌푸렸다. 기본적으로 눈에서 빛을 뿜어내는 생물은 없었다. 그리고 그것은 절대로 자신이 정상적인 생명체가 아니라는 것을 끝끝내 증명하고 싶었는지 하체 부분이 마치 사슴의 그것과 같은 모양을 하고 있었다.

'디스트럭션!'

갑자기 이터에서 강한 마력이 흐르기 시작하자 티아스가 마력을 느끼고 깜짝 놀라며 뒤로 물러섰다. 하지만 룬은 그런 것에 신경 쓰는 대신 마력을 개방하며 이터를 허공을 향해서 찔러 넣었다. 망설일 틈이라고는 전혀 존재하지 않았다. 이미 그것은 불과 십수 미터 전방에까지 다가와 있었다.

마력이 그것을 향해서 뿜어져 나갔다. 그것도 마력탄의 위험성을 알았는지 몸을 슬쩍 틀었다. 하지만 그런 최소한의 움직임만으로 피할 수 있을 만큼 마력탄은 만만하지 않았다. 마력탄은 여지없이 그것의 어깨 부분을 관통하며 왼쪽 어깨를 산산조각 내버렸다.

"……!"

룬은 아찔해지는 머리를 흔들며 급히 자세를 바로잡았다. 왼쪽 어깨 부분이 완전히 사라질 정도의 공격이었지만 그것은 통증도 느끼지 못하는지 룬을 향해 계속 돌진해 올 뿐이었다. 그런 그것의 모습은 레전트조차 질리게 만들었다.

이히히힝!

말들이 한차례 울부짖더니 어디론가 마구 뛰어가기 시작했다. 말들도 공포를 느끼고 있었다. 룬은 저것의 정체에 대해서 눈치를 챌 수가 없었다. 언데드나 골렘 같은 것은 속력이 저렇게 빠르지 않았다.

그것은 갑옷을 입고 있었기 때문에 인위적인 무언가라는 것 정도가지는 알 수 있었다. 그리고 마치 다른 생물을 합성시켜서 만든 것 같은 육체와 통증을 무시하는 공격성이라는 단서로 겨우 그것의 정체를 유추해 낼 수 있었다.

룬은 이를 악물었다. 만에 하나라도 자신의 예상이 맞다면 이 싸움은 힘들었다.

"키메라인가……?"

룬은 재빨리 왼팔을 들었다. 그리고 그와 동시에 엄청난 속력으로 달려오던 그 무언가는 룬을 향해서 부딪쳤고 룬은 몇 바퀴나 뒤로 구르며 나동그라지고 말았다. 하늘과 땅이 몇 번이나 위치를 바꾸며 룬의 균형 감각을 흩뜨려 놓았지만 룬은 왼팔로 땅을 튕기어 겨우 땅에서 몸을 떼고 일어섰다. 만약 마력탄과 매직 미사일로 속력을 줄이지 않았다면 팔 정도는 가볍게 부러지고 내장 파열까지 일으켰을 정도로 묵직한 몸통박치기였다.

"캬아!"

그와 동시에 룬은 머리 위로 서늘한 감촉을 느끼고 몸을 움직여 자신을 향해 내려쳐지던 바스타드 소드를 아슬아슬하게 피해냈다. 룬은 바스타드 소드를 피해냄과 동시에 칼등을 발로 밀어내었다. 땅에 박힌 바스타드 소드는 그것을 손에 쥐고 있는 자의 몸을 크게 흔들었고 룬은 재빨리 뒤로 물러서며 중심을 잃은 그것의 목을 노려 이터를 휘둘렀다.

'킬 블레이드!'

하지만 진공파는 불행히도 그것의 목을 날려 버리지 못했다. 잘라진 헬름이 요란한 소리를 내며 땅에 떨어지자 이 세계에서 원래 존재하지 않을 정도로 끔찍한 몰골이 겉으로 드러났다. 밋밋한 붉은 살덩어리 한가운데 박혀 있는 커다란 붉은 안구, 그리고 그 아래에 날카로운 이빨이 달려 있는 입. 신에게 창조되어 저런 불완전한 모습을 하고 있는 존재는 없다. 마수라고 해도 저런 불완전한 모습은 취하고 있지 않았다. 신보다 불완전한 존재가 창조한 존재가 완벽할 수 있을 리가 없었다.

"크아아아악!"

키메라는 룬에게 공격당한 것이 분한지 룬을 향해서 바스타드 소드를 휘둘렀다. 룬은 한 손으로 휘둘러지는 바스타드 소드를 왼팔의 건틀릿으로 막으며 다시 킬 블레이드를 발동시키려 했다. 원래 한 손 반 검이라고 불리는 바스타드 소드를 한 손으로 휘둘렀을 경우에는 정확도나 위력이 아무래도 떨어질 수밖에 없었다. 하지만 그런 룬의 행동은 키메라의 힘을 얕보는 행동이었다.

우둑.

뼈에 금이 가는 소리가 낮게 울리며 내구도의 한계를 넘어선 철판이 깨져 나갔다. 룬은 팔의 통증을 무시하고 몸이 뒤로 날아가는 것을 느끼며 급히 자세를 바로잡으려 했다. 자리에서 바로 일어나지 않으면 쓰러지는 순간 두 번째 공격을 당하고 말 것은 뻔했다. 하지만 룬은 자신이 바로 방금 전에 키메라의 힘을 얕봤었다는 것을 급히 생각해 냈다.

"크윽!"

룬은 급히 팔을 교차시켰다. 키메라는 공중에 떠 있는 룬을 향해 바스타드 소드를 휘둘렀고, 룬은 그 공격을 피하지 못한 채 그대로 땅에 처박히고 말았다. 잠시 동안이지만 숨이 멈춰질 정도로 끔찍한 타격이 뼈를 타고 온몸으로 흘러들었다. 룬은 격한 기침을 하며 자리에서 일어나려고 했지만 키메라의 발이 룬의 가슴을 짓밟았다. 그리고 룬은 키메라의 바스타드 소드가 하늘 높이 올라가 있는 것을 보며 누군가의 이름을 불렀다.

"레전트!"

"매직 미사일!"

거의 절규에 가까운 목소리가 울려 퍼지며 룬의 가슴을 짓밟고 있던 탓에 무게 중심이 불안정했던 키메라의 몸이 쓰러졌다. 룬은 힘겹게 자리에서 일어나서 멀뚱히 선 채 이쪽을 바라보고 있는 티아스를 힐끔 바라보았다. 어째서인지 티아스는 움직일 생각을 하고 있지 않았다. 룬은 다시 키메라를 주시했다. 어차피 룬은 그녀를 전력으로 보고 있지 않았었다.

키메라는 마법사나 마법을 어떤 형태로든 다룰 수 있는 누군가가 온갖 생명체를 이용하여 만든 괴물, 말 그대로 괴물인 존재들이었다. 사용자의 의도에 따라 만들어져 사용자의 명령을 철저히 따르는 괴물.

룬은 문득 막 자리에서 일어나려고 하는 키메라에게서 끈적끈적한 느낌을 느끼며 이터를 꽉 움켜잡았다.

'마수의 몸을 조합한 건가, 이 녀석은?'

"킬 블레이드."

왜 그런 키메라가 자신들을 습격했는지는 알 수 없었다. 하지만 룬은 그런 생각을 하기보다는 이터를 다시 크게 휘둘렀다. 그런 의문은 나중에 생각해도 충분했다. 진공파가 뻗어 나가자 키메라가 걸치고 있던 갑옷의 철판이 잘라져 땅으로 떨어졌다. 그러자 붉은 고깃덩어리 같은 몸체가 바깥으로 드러났다. 얇은 상처가 난 키메라의 몸체에서는 붉은 체액이 흘러나오고 있었다. 막 자리에서 몸을 일으킨 키메라는 주저하지 않고 룬을 향해 다시 달려들었다. 룬은 자신의 가슴께로 휘둘러지는 바스타드 소드를 피해 몸을 숙이며 이터를 키메라의 다리를 향해서 휘둘렀다.

퍼억—

이터를 앞으로 뻗던 룬은 갑작스러운 사태에 급히 이터를 회수하고 뒤로 팅기듯이 물러섰다. 이터가 키메라의 다리에 닿기도 전에 뭔가가

자신의 어깨를 짚고 앞으로 넘어가는가 싶더니 키메라가 바닥을 뒹굴
고 있었다.

"왜 이들을 공격하는 거죠. 먹기 위해서?"

어느새 룬의 앞에는 티아스가 로브를 벗어버린 모습으로 서 있었다.
그녀의 은빛 머리카락이 바람을 타고 휘날리자 룬의 시야가 가려졌다.
보통 때의 룬이라면 시야를 가리는 머리카락을 피해 뒤로 물러섰겠지
만 룬은 왜인지 휘날리는 은사들을 바라보며 잠시 동안 멍한 상태를
유지했다. 하지만 그런 것도 한순간, 룬은 급히 허리를 펴고 몸 상태를
점검하면서 티아스에게 말했다.

"그 녀석은… 마법 생명체입니다. 주인의 목적을 따를 뿐 다른 의도
는 전혀 없는 녀석입니다."

"마법. 생명체?"

티아스의 얼굴이 살짝 뒤로 돌려지며 룬을 바라보았다.

"인간이 만든 부정한 생명체라는 겁니다. 저 녀석은 살아 있는 그런
생명체가 아닙니다."

"……."

그녀의 얼굴이 다시 앞을 향했고 대신 그 자리에는 시릴 정도로 눈
부신 은발이 자리 잡았다.

"살아 있지도 않으면서. 어째서. 해치려고 하는 거죠? 살아 있는 자
를?"

룬은 티아스에게 키메라와 이야기를 나누려고 하는 생각 자체가 틀
렸다고 말해 주고 싶었지만 결국 포기했다. 아무리 자신이 말을 한다
고 해도 티아스를 납득시킬 수는 없을 것 같았다. 룬은 티아스가 자신
을 도와준 것 하나만은 고마워해야겠다고 생각했다.

“대답해요.”

“크아아악!!”

키메라는 티아스의 말에 분노에 찬 울음소리로 대답했다. 룬은 이 키메라가 라이칸슬로프에 비할 만큼 어려운 상대라는 것을 인식하고 있었다. 보통 키메라는 잘못 만드는 경우 보통 인간만큼의 힘도 가지지 못하지만 이 키메라는 적어도 보통 성인 남자의 몇 배에 해당하는 힘을 가지고 있었다. 룬은 하나밖에 없는 눈을 충혈시킨 채 입가에 끈적끈적한 액체를 흘리고 있는 키메라에게 시선을 고정시키고 티아스를 불렀다.

“티아스 양.”

“티아스.”

“…티아스, 도와주실 수 있겠습니까?”

다시 티아스의 얼굴이 뒤를 향했다. 적을 앞에 놔두고 이런 여유를 부리는 티아스의 모습은 룬을 조금 조급하게 만들었지만 키메라는 자신의 눈앞에 있는 여성을 향해 쉽게 검을 휘두르지 못했다.

티아스의 진보랏빛 눈동자가 잠시 동안 검은 머리칼에 가려져 있는 룬의 눈동자를 똑바로 주시했다.

“예.”

대답과 동시에 그녀의 몸이 룬의 앞에서 사라졌다. 룬의 눈앞에서 순간적으로 사라졌던 티아스는 막 입을 벌리고 괴성을 지르려 하던 키메라의 얼굴을 다시 한 번 걷어찼다. 티아스는 거기에서 그치지 않고 키메라의 얼굴을 찬 발을 축으로 삼고 공중에서 몸을 회전시키며 반대쪽 발로 키메라의 얼굴을 찍어눌렀다.

키메라는 상당한 데미지를 입은 듯 비틀거렸고, 룬은 그사이에 이터를 땅에 꽂고 허리춤에서 대거를 빼 들었다. 티아스는 키메라에게 쉴 틈을 주지 않으려는 듯 착지를 한 그대로 자세를 낮춘 채 땅에 손을 대고 몸을 회전시켜 키메라의 다리를 걸어챘다.

"키엑!"

티아스가 펼치고 있는 격투술은 어디에서도 볼 수 없는 종잡을 수 없는 격투술이었지만 룬이 보기에는 굉장히 효율적이었다. 하지만 룬은 감탄할 틈도 없이 막 쓰러지려고 하는 키메라의 눈을 노리고 대거를 집어 던졌다. 거리가 거리인만큼 대거는 빗나가지 않고 얼굴의 정중앙에 있는 키메라의 눈에 정확히 박혔고, 룬은 대거가 목표에 명중하기도 전에 땅에 꽂혀 있는 이터를 뽑아 앞으로 돌진했다.

'킬 블레이드.'

룬은 왼팔의 고통을 무시한 채 오른팔만으로 이터를 꽉 움켜잡고 나지막이 킬 블레이드를 중얼거렸다. 거의 연속해서 사용했기 때문에 머리가 어질해지기는 했지만 지금은 그런 것을 따질 때가 아니었다.

티아스는 이터에서 미세한 마력의 흐름을 감지했는지 땅을 박차고 뒤로 물러섰다. 룬은 마력에 극도로 예민한 티아스의 반응에 조금 신경이 쓰였지만 몸을 한 바퀴 회전시키며 허리힘을 있는 대로 실어 이터를 대각선으로 휘둘렀다. 룬은 한 손으로는 킬 블레이드를 사용하여 진공파를 생성시킬 자신이 없었다. 그만큼 진공파를 생성하는 것은 강한 팔 힘이 필요했다.

보통 때는 이렇게 곡예를 하듯 검을 휘두르면 오히려 자신이 반격을 당할 테지만 지금 상대방은 땅에 쓰러져서 구르고 있었다. 룬은 몸을 한 바퀴 돌려 이터를 뿌린 다음 자세를 낮추어 중심을 잡아 다음 상황에 대비했다. 하지만 다행히도 다음 상황은 오지 않았다.

공기가 갈리며 진공파가 뻗어 나가자 막 일어나려 하던 키메라의 오른쪽 허리에서 왼쪽 어깨까지 붉은 실선이 그려졌다.

"그르, 그르륵, 그르르……."

곧 그 실선이 갈라지며 내장과 붉은 체액이 내부의 압력으로 바깥으로 꾸역꾸역 몰려 나왔다.

룬은 대부분의 키메라가 재생 능력이 있다는 것을 알고 있었다. 비록 지금 자신에게 공격당한 키메라는 재생이 불가능할 정도로 몸이 망가졌지만 그렇다고 안심할 수는 없었다. 룬은 이상한 울음소리를 내며 입에서 체액을 토해내는 키메라의 목을 향해서 힘껏 이터를 내려쳤다.

이터가 목의 절반을 자르고 들어가자 키메라는 몸을 꿈틀거리던 것을 멈췄고 룬은 그제야 살짝 한숨을 쉬었다. 그리고 확인 겸 키메라의 가슴에 이터를 꽂아두고 키메라의 모습을 살펴보기 시작했다.

"뭐야, 이거. 키메라? 이런 곳에 왜 이런 게 돌아다니지?"

레전트는 하늘에서 내려와 상처 사이에서 내장과 체액이 흘러나오는 키메라의 사체를 보더니 얼굴을 찡그리며 고개를 돌렸다. 룬은 무덤덤하게 사체를 헤집어보고 있었지만 레전트는 그다지 비위가 좋은 편은 아니었다. 룬은 고개를 뒤로 돌리고 있는 레전트를 향해 확인 겸 질문을 던졌다.

"확실히 키메라인가?"

"내 눈이 틀리지 않았다면. 그런 괴상망측한 생물이 이 세상 어디에 있겠냐? 그런데 도대체 왜 우리를 공격한 거야?"

룬은 가만히 고개를 저었다. 자신이나 레전트가 습격당할 만한 일을 한 기억은 없었다.

'잘못 만들어진 녀석인가?

그럴 가능성도 있었다. 마법사가 폐기 처분한 키메라가 돌아다니면서 사람을 공격하는 것일지도 몰랐다. 하지만 그런 것치고는 입고 있는 갑옷이나 룬을 공격했던 검이 너무나도 깨끗했다. 녹 하나 슬어 있지 않은 깨끗한 신품. 룬은 문득 혹시 자신이 아니라 티아스를 뒤따라 왔을지도 모른다는 생각에 고개를 뒤로 돌렸다.

하지만 티아스는 멍한 표정으로 자신의 머리카락을 만지작거릴 뿐이었다. 잠시 후 티아스의 머리카락의 일부가 빛을 내며 꿈틀거리더니 다른 머리카락 사이에서 떨어져 나와 어떤 모습으로 변해갔다. 룬은 그것이 어제 보았던 그 늑대, 펜릴이라고 불렸던 성수라는 것을 기억해냈다. 노마인이 소환했던 성수에 비하면 작고 약해 보였지만 그것은 분명히 성수였다.

"왜 성수를 불러낸 겁니까?"

"그것. 마기. 정화해야 하니까."

룬과 레전트는 죽어서도 여전히 기분 나쁜 묘한 느낌을 내고 있는 키메라의 시체를 바라보았다. 아까 티아스의 말과 룬이 느낀 것, 그리고 지금 티아스의 행동을 종합해 볼 때 결론은 확실했다. 마기를 임의적으로 주입해서 생물을 변태시켰거나 마수의 몸을 사용한 것. 둘 중에 어느 것 하나도 정상적인 방법이라고 할 수는 없었다.

그 키메라의 정체는 레전트의 얼굴을 더 더욱 일그러뜨리게 만들었다. 키메라를 만들 때 마수의 몸이나 마기를 사용하는 것은 이 대륙에서는 마법사 길드의 이름으로 금지되는 사항이었다. 그런 키메라는 만들 수 있다고 해도 마수의 기본적인 성격 때문에 보통 인간이 제어하기는 어려울 뿐더러 난폭하고 전투적이었다. 주인도 살해할 정도로 난폭한 키메라는 단지 괴물에 불과했다. 레전트는 간단한 키메라도 조합해 본 적이 없었지만 항상 그런 사실을 자신의 스승에게서 배워왔던 참이었다.

그런 중에도 룬은 그 키메라의 목에 발을 대고 대거를 뽑아 들었다. 그리고 찬찬히 보기에도 역겨운 그 키메라의 모습을 관찰하기 시작했다. 온몸을 플레이트 메일로 감싸고 있던 이유는 자체 방어력이 떨어지기 때문인 것 같았다. 갑옷 안쪽의 붉은 근육들은 피부라는 것이 없는 것처럼 밖으로 노출되어 있었다. 룬은 단검으로 키메라의 입을 벌려 입속을 관찰했다. 이빨은 날카로운데다가 몇 겹으로 나 있어서 잘못 물리면 크게 다치는 정도로 끝날 것 같지 않았다.

룬은 몸을 일으키고 대거를 풀에 문질러 닦아 허리의 홀더에 꽂았다. 그리고 키메라의 가슴 한가운데에 꽂혀 있는 이터도 같은 방법으로 체액을 닦아내 검집에 집어넣었다. 룬은 문득 눈을 키메라의 다리로 돌렸다. 사슴의 그것과 비슷하지만 사람 발바닥의 두 배 정도로 넓은 발굽과 엄청나게 굵은 다리. 적어도 룬의 지식 내에는 저런 다리를 가지고 있는 생명체는 존재하지 않았다. 무거운 플레이트 메일을 걸치고도 그런 속력으로 이쪽을 쫓아왔었다는 것 자체가 근육의 힘을 증명했다.

룬이 키메라의 몸을 자세히 관찰하는 동안 다섯 마리의 펜릴이 그를 향해 다가왔다. 펜릴들은 룬의 몸을 몇이나 킁킁거리며 룬의 다리를 핥았다. 룬은 순간 몸을 멈칫하기는 했지만 펜릴들에게서는 별다른 악의가 느껴지지 않았기에 펜릴들이 자신에게 그런 행위를 하는 동안 아무런 저항도 하지 않았고, 오히려 몸을 낮춰 그런 그들의 작업을 도왔다. 물론 펜릴들이 몸을 핥는 동안 룬은 어쩔지 모르는 상황에 대비해 이터의 손잡이를 꽉 잡고 있었다.

곧 펜릴들은 룬에게서 떨어지더니 이제 완전히 죽어 체액도 뿜지 못하는 사체의 곁으로 다가가 룬에게 한 것과 같은 행동을 취했다. 레전트는 키메라의 사체에서 마기가 씻겨 나가듯 사라지는 것을 느끼며 새삼 수인족의 능력에 감탄했다.

더 이상의 키메라의 외관으로는 별다른 정보를 얻을 수 없다고 생각한 룬은 키메라의 사체로부터 떨어졌다. 부러진 팔이 붓기 시작했기 때문에 룬은 건틀릿을 풀어 배낭에 넣었다. 부러진 팔에 건틀릿을 달고 있을 수는 없는 노릇이었다. 룬은 레전트가 펜릴들을 자세히 관찰하는 동안에 근처의 나뭇가지를 서너 개 정도 꺾어 땅에 박아 적당한 굵기로 깎았다. 그리고 부러진 팔에 힐링 파우더를 뿌리고 깎아놓은 나무를 부목으로 삼아 부러진 뼈를 고정시켰다. 힐링 파우더를 뿌린다 해도 부러진 뼈가 그렇게 쉽게 치유될 거라고는 생각하지 않았지만 적어도 아무것도 하지 않은 것보다는 나았다.

“팔… 부러진 거야?”

“그래. 너하고 같이 다니면서 몸 성할 날이 없군.”

뒤늦게 걱정이 가득 묻어나는 말을 룬에게 던졌던 레전트는 룬이 내뱉은 가시 돋친 말에 어색하게 웃으며 뒤통수를 긁었다. 룬은 팔을 고정시키고 사체를 바라보았다. 펜릴들은 하나둘씩 빛이 되어 티아스의 머리카락 안으로 스며들어 가고 있었다.

펜릴들을 회수한 티아스는 머리를 크게 흔들어 머리카락을 휘날리게 만들었다. 레전트는 그런 티아스의 모습에 깜짝 놀랐지만 티아스는 곧 머리를 흔드는 것을 멈췄다. 펜릴들이 나오고 들어가느라 약간 헝클어졌던 머리카락이 원상태로 돌아왔다.

룬은 뜨겁게 내리쪼이는 가을 햇빛을 피해 근처에 있는 나무 그늘 아래로 들어갔다. 레전트는 티아스를 내버려 두고 그런 행동을 하는 룬의 태도에 흠칫했지만 곧 레전트도 아무 말 없이 나무 그늘 아래로 들어왔다. 티아스는 룬이나 레전트가 어떤 반응을 보이던지 상관하지 않고 먼 하늘을 바라보고 있었다.

"도대체 왜 저런 게 우리를 공격한 거지?"

"혹시 근처에 사는 마법사가 키메라를 만들었다가 놓친 게 아닐까?"

"나라면 그런 불완전한 키메라에게 무장을 해주지는 않을 거다."

어차피 누군가의 눈에 띄어도 의심받을 만한 일이 아니었기에 룬은 키메라의 사체를 그냥 대로에 내버려 둔 상태였다. 레전트는 룬이 오른손으로 가리킨 키메라를 보다가 고개를 끄덕였다. 그것에 대해서는 확실히 레전트도 동감하고 있었다. 레전트는 자신이라면 애초에 그런 불완전한 키메라를 허술하게 방치하지는 않았을 것이라 생각했다.

"원한 관계?"

"키메라는 만들기가 쉬운 것이 아닐 텐데. 나라면 차라리 용병들을 고용하겠다. 그리고 원한 관계라고 해도 그 도적 길드에서 겪은 일을 제외하면 특별히 우리가 누군가에게 원한을 살 짓을 했다고는 생각하지 않아."

자신의 두 번째 의견이 부정당했음에도 불구하고 레전트는 고개를 끄덕거렸다. 룬의 말은 틀리지 않았다. 레전트는 결국 누군가가 만들었든 키메라가 자신들을 공격한 것이 '우연' 이 아니면 누군가 자신들을 공격하게 만든 '필연' 이라는 것 이외의 의견을 말할 수 없었다.

"우연 아니면 필연이겠지?"

"우연이라면 상관없겠지만……."

"나는 필연 쪽에 가깝다고 생각해. 네 말대로 너무 무장이 잘 갖춰져 있어. 그렇다면 누가 우리를 습격하게 키메라에게 명령을 내린 거지? 그것도 제조 자체가 금지된 이런 키메라로? 게다가 이런 건 사람 눈에 너무 띄잖아?"

일어서서 주위를 정신 사납게 걸어다니며 생각을 하던 레전트는 흠칫 놀라며 뒤로 물러섰고, 룬은 반사적으로 이터의 칼집을 움켜잡았다. 그런 쪽에 대해서는 무지한 레전트가 반응할 정도로 짙은 살기가 가만히 하늘을 주시하고 있는 티아스에게서 뿜어져 나오고 있었다.

"기분 나빠."

어쩌면 딱딱한 무표정의 룬과 비슷했었을지도 모르는 티아스의 명한 얼굴이 점차 굳어가며 분명한 적의를 드러내고 있었다. 룬은 여전히 이터의 손잡이를 잡은 채 티아스가 바라보고 있는 하늘을 향해 눈을 돌렸다가 얼굴을 찡그렸다. 아무것도 없는 하늘에서 다가오고 있는 그것들은 별로 좋지 않은 레전트의 눈에도 확실히 보였다.

"공중전, 무리겠지."

"미리 말해 두지만 난 새가 아니야."

전문적으로 하늘을 날아다니는 '적'을 하늘을 날지 못하는 인간이 마음껏 상대할 수 있을 리가 없었다. 아무리 레전트가 하늘을 날아오른다고 해도 그 점에 대해서는 레전트도 고개를 흔들었다.

"그런데 저것도 적이야?"

"티아스가 저렇게 반응하는 것을 보니까 아마도."

등에 커다란 검은 날개를 펄럭이며 하늘을 날아오는 그것들을 향해서 눈을 고정시킨 룬은 이터를 다시 뽑아 들면서 한숨을 쉬었다. 룬은 그것들의 외모를 간단히 날개 달린 리저드맨이라고 일축시킬 수 있겠다고 생각했다.

"그런데 언제부터… 티아스라고 부르는 사이가 된 거야?"

"나중에 티아스와 이야기 좀 나눠보면 알게 될 거다. 어쨌든 원거리 공격은 네 쪽이 나보다 낫겠지. 부탁한다."

"알았어."

레전트는 품속을 뒤적거리며 상대방과의 거리를 측정했다. 그리고 자신의 배낭에서 가죽 주머니를 꺼내 그 가루를 주위에 흩뿌렸다. 룬은 레전트가 그런 것을 쓴 적이 없었기 때문에 의아한 듯이 레전트를 바라보았다. 뭔가 마법을 쓰려고 하는 것은 알겠지만 그 이상은 알 수가 없었다.

레전트가 주위에 뿌린 것은 일종의 시약이었다. 강력한 마법을 사용할 때는 반드시 어떠한 시약이 필요했다. 룬이 그동안 보아왔던 마법사들은 대부분 전투 마법사로서 간단하면서도 위력적인 공격 주문만을 사용했었기 때문에 룬은 레전트가 시약을 사용하는 것을 흥미를 가지고 바라보았다.

아무렇게나 흩뿌린 것 같은 푸른 가루가 레전트의 주위에 원을 그리며 내려앉았다. 잠시 하늘을 향해 손을 뻗어서 바람을 측정하던 레전트는 양손을 앞으로 뻗고 수인을 맺으며 힘차게 외쳤다.

"좋아, 오랜만이지만… 한번 해볼까?"

'…오랜만이라고?'

레전트가 눈을 감고 정신을 집중하자 룬은 목구멍을 넘어서 올라오던 의문을 입속으로 중얼거렸다. 레전트가 어떤 수인을 맺으며 발을 이상하게 놀려 진법을 밟자 바람이 불기 시작했다. 룬은 그 바람이 정상적인 바람이 아니라는 것을 금방 알 수 있었다. 바람은 레전트를 중심으로 점점 거세지고 있었다.

"아카스카둠 스카 라메디파라 큐카프스 에올레파 윌위드자소스 그라들 에할디지 비할류지카프, 스카 라메디파카 큐카프스……."

레전트는 눈을 뜨고 빠른 속력으로 이쪽을 향해 날아오는 그것들을 주시하며 계속 주문을 외웠다.

"에올레파 인라메프지파레마 그라들 에할디지 비할디멜 스나딜 에할프 위디제카."

레전트의 캐스팅이 끝나자 순간 룬은 왠지 모르게 공기가 무거워지면서 가슴이 답답해지는 것을 느꼈다. 폐로 들어오는 공기의 무게가 느껴졌고 평소 때 아무런 무게를 느끼지 못했던 바람이 몸을 서서히 짓눌렀다.

"크르륵?!"

룬은 야수가 으르렁거리는 소리를 듣고 문득 잊고 있었던 티아스의 존재를 생각해 냈다. 티아스는 저쪽이 아니라 오히려 레전트에게 달려들 것 같은 표정을 짓고 송곳니를 드러내고 으르렁거리고 있었다. 하지만 티아스는 가까스로 스스로를 억누르며 레전트를 향해 달려들지 않는 데에 성공했다. 원래 수인족은 성수에 가깝기 때문에 마력의 흔들림 같은 것에 굉장히 예민했고 격렬하게 반응했다. 티아스는 생전 처음으로 인간 마법사가 마법을 쓰는 장면을 보면서 자신도 모를 공포를 느끼고 있었다.

다행히 그런 느낌은 오래가지 않았다. 다시 공기가 가벼워지며 강력한 바람이 사방에서 휘몰아치기 시작했다.

휘이이이이이이—

룬이 킬 블레이드나 디스트럭션을 사용할 때 들리는 찢어질 듯한 비명 소리가 무색할 정도로 날카롭고 강한 바람 소리가 청각이 예민한 룬과 티아스의 귓전을 울렸다. 티아스는 그대로 땅에 주저앉더니 귀를 막아버리고 말았지만 룬은 왼팔이 부러진 상태인데다가 또 오른손에는 이터를 들고 있는 터라 아무 짓도 하지 못했다. 덕분에 룬은 공중에서 몰아치는 폭풍을 확실히 감상할 수 있었다.

한정된 곳에 몰아치는 마력이 만들어낸 격한 바람은 어떤 사물이라도 부숴 버릴 듯한 강력한 힘으로 공중에서 이쪽으로 날아오던 키메라들의 몸을 두드려 대기 시작했다. 그 키메라들은 뭔가 소리를 질렀지만 바람의 포효와 대기의 울부짖음은 그들의 단말마 비명까지도 가려 버렸다. 금세 하늘은 날카로우며 무거운 바람의 칼날과 망치와 두들겨 찢어진 그 키메라의 것으로 추정되는 체액으로 붉게 물들었다.

한차례 폭풍이 지나가자 그 키메라들은 '키메라로 추정되는 고깃덩어리들'로 변해서 땅으로 추락했다. 키메라들이 시야에서 상당히 벗어난 곳에서 숲 속으로 떨어졌기 때문에 상황이 어떤지는 알 수가 없었지만 그래도 살아남았을 가능성은 없어 보였다. 이미 공중에서 몇 조각으로 갈라진 몸이 땅으로 추락까지 했다면 제아무리 트롤이라 하더라도 살아남을 수는 없을 것이다.

룬은 오른손으로 이터를 쥔 채 바람 소리에 얼얼한 귓가를 만지작거리며 귀를 막고 주저앉아 있는 티아스에게 가까이 다가가 어깨를 건드렸다.

"괜찮습니까?"

"히… 히잉……."

"이제 괜찮으니까 일어나요."

그렇게 강력한 힘을 가지고 있으면서 이런 반응을 두려워하는 티아스의 모습이 이상하게 보였지만 룬은 곧 고개를 흔들었다. 자신마저도 놀랄 정도로 엄청난 마법이었다. 룬은 이터를 다시 칼집에 꽂으며 티아스를 향해 손을 뻗었다. 티아스는 울음이 가득한 눈으로 룬과 룬의 손을 바라보면서 우물쭈물했고, 룬은 티아스가 자리에서 일어날 때까지 계속 손을 내밀고 있었다.

잠시 후 티아스는 결국 룬의 손을 살짝 잡았고 룬은 그대로 팔에 힘을 줘서 그녀의 몸을 일으켰다. 룬은 문득 그녀의 모습이 마치 태어난 지 얼마 안 된 강아지 같다는 생각을 떠올렸다.

"오랜만에 쓰는 거라서 좀 불안했는데, 잘 써졌네."

룬은 팔짱을 끼고 웃고 있는 레전트를 힐끔 바라보았다가 아직도 울상을 짓고 있는 티아스를 달래야 할지 어쩔지 고민했다. 달랜다고 하더라도 어떻게 달래야 통할지도 모르는 그였다. 결국 룬은 티아스의 옆에 계속 서 있는 방법을 택했다. 레전트는 티아스에게 무슨 일이 일어났는지 몰랐기 때문에 룬을 향해서 고개를 돌리며 들으라는 듯 큰 소리로 말했다.

"어때? 나도 하면 이 정도는 한다고. 이거 사용하려면 좀 주위 환경에 제약을 많이 받기는 하지만… 이것도 다 재능 아니겠어?"

"레전트, 수인족에 대해서 잘 안다면 티아스를 좀 봐줘."

"야, 무시하는 거야?"

룬은 아직도 몸을 제대로 움직이지 못하는 티아스를 부축하며 레전트에게 가까이 다가갔다.

"그게 급한 게 아니잖아. 어쨌든 수고했다."

"쳇, 어지간히도 칭찬에 인색한 녀석이라니까."

레전트는 입맛을 다시며 티아스를 잠시 살펴더니 배낭 속에서 그 금서라고 불리는 책을 꺼내서 살펴봤다—룬은 그 책의 제목을 잊어버리고 있었다—잠시 후 레전트는 소리가 나게 책을 덮어서 다시 배낭 속에 넣더니 어깨를 으쓱하며 고개를 흔들었다.

"모르겠는데? 나도 수인족에 대해서 잘 아는 건 아니니까."

"그러면 잠시 쉬게 놔두는 게 좋겠지. 조금만 더 가서 쉬도록 하자."

"쉬려면 여기서 쉬는 게 좋잖아?"

룬은 레전트의 물음에 땅에 널브러져 있는 키메라의 사체를 턱짓으로 가리켰고, 레전트도 그것을 보고 말없이 고개를 끄덕이더니 룬의 배낭까지 들고 빙긋 웃었다.

"너도 팔 부러졌으니까 조심하라고."

"…고맙다."

룬은 앞으로의 상황이 걱정스러웠다. 만약 이 녀석들이 뭔가를 노리고 이쪽을 공격한 거라면 앞으로도 계속 공격이 올지도 모른다는 소리였다. 룬은 잠시 그런 생각을 하다가 팔에서 느껴지는 아픔과 머리가 윙윙거리는 것을 이를 악물어 참고 걸음을 옮기기 시작했다. 어쨌거나 지금 당장은 여기서 벗어나는 것이 우선이었다.

Chapter 3 신념

3

어둡고 음침한 기운이 흐르는 커다란 방. 그 안에는 점잖게 보이는 중년 남성이 호화롭게 치장된 의자에 앉아 있었다. 커튼 사이로 스며 들어 오던 빛은 자신의 존재 가치를 증명하지 못하고 절규하며 흩어져 사라지고 있었다. 한참 동안 잠자듯 눈을 감고 있던 그는 가만히 눈을 뜨고 중얼거렸다.

"지병(地兵)과 비병(飛兵)들의 모습이 보이지 않는군."

"그렇다면 설마 그들이?"

그의 앞에는 한 기사가 금방이라도 전쟁에 나갈 것같이 완전무장을 한 채 한쪽 무릎을 꿇은 상태로 고개를 숙이고 있었다. 그 기사의 눈에서는 으스스한 푸른 안광이 뿜어져 나오고 있었고 그의 주위에서는 이질적인 암흑이 스스로의 존재감을 퍼뜨리며 주위의 빛을 사그라뜨리고 있었다.

“어쩔 수 없지. 그쪽을 우습게 본 이쪽의 불찰일세.”

“죄송합니다, 주인님.”

“아니아니, 자네가 그럴 필요는 없네. 원래 마법사라는 인종의 행동은 항상 예측하기 힘들지.”

둘의 관계는 확실한 주종 관계로 보여지고 있었다. 겉보기에는 전혀 어울리지 않는 두 사람이지만 둘은 어떤 공통점을 가지고 서로 이어져 있었다. 그 남성은 갑자기 방금까지 웃던 얼굴을 거두고 자신의 앞에서 무릎을 꿇고 있는 남자에게 엄한 목소리로 명령을 내렸다.

“시드리칸, 병사들을 얼마나 데리고 가든지 상관없네. 반드시 ‘그 것’ 과 그 마법사를 데리고 오게나.”

“병사들을 데리고 갈 필요까지는 없습니다. 혼자서 다녀오겠습니다.”

“내가 자네를 못 믿어서 그러는 것이 아니네. 이미 한 번 실패한 바가 있으니 조금 신중할 필요가 있지 않겠나.”

“죄송합니다, 주인님.”

시드리칸이라고 불린 남자가 그 자리에서 일어섰다. 허리를 펴고 일어선 그의 온몸은 칠흑빛의 갑옷으로 완전히 감싸져 있는 데다가 자체적으로 덩치도 상당했기 때문에 흡사 골렘이나 오거와도 맨손으로 싸울 수 있을 것처럼 강인해 보였다.

“그렇다면 비병 다섯을 빌리겠습니다. 그 정도면 충분합니다.”

“좋네. 그럼 해가 지기 전에는 돌아오도록.”

시드리칸은 자신의 주인에게 가볍게 고개를 숙여 보이고 바깥으로 향하는 문을 열었다. 문을 열자 밝은 빛이 그의 몸 주위로 몰려들었지만 그의 몸에서 뿜어지는 암흑은 오히려 그런 빛을 잠식해 들어가며 자신의 영역을 넓혀갔다. 다시 문이 닫혀지자 의자에 앉아 있던 남자는 다시 눈을 감았다.

"예상치 못한 결과가 자꾸 일어나는군. 즐거운 일이야."

그의 머리 속에서는 어떤 장면이 떠오르고 있었다. 아무런 빛도 나지 않는 돌처럼 수수하고 강인한 한 남자와 은은한 달빛의 기운을 받은 한 여성, 그리고 자연과 신의 눈을 속일 줄 아는 마법사의 모습이.

단단한 돌로 물샐틈없이 만들어진 성의 맨 꼭대기, 거기에서 시드리칸은 하늘을 바라보았다. 아직 태양은 하늘 위에서 갈색으로 말라가는 대지를 비추고 있었다. 모든 낮의 존재의 아버지, 태양신 아스트의 기운은 그의 신경을 거슬리게 만들고 있었다. 그렇다고 밤의 존재의 어머니, 헤르세니안의 기운이 그를 편하게 만드는 것은 아니었다. 불완전한 혼돈과 몸을 감싸고 있는 갑옷인 '어둠', 그리고 손에 들고 있는 거대한 헬버드인 '파괴'에게서 뿜어지는 마기만이 그의 몸과 정신을 온전하게 유지시켜 주고 있었다.

시드리칸은 성의 아래를 내려다보았다. 성은 마을에서 꽤 떨어진 외딴 곳에 존재하고 있었기 때문에 일반인의 모습은 보이고 있지 않았다. 아니, 그것을 제외한다고 해도 이 성에는 인간이 존재하지 않았다.

"이곳에 존재하는 자들! 주인님의 이름으로 명하니 나를 따르라!"

시드리칸의 거대한 몸이 꿈틀거리더니 등에서 두 장의 검은 날개가 갑옷의 철판을 젖히며 튀어나왔다. 거대한 그의 몸에 걸맞게 엄청나게 거대한 날개였다. 자신의 그림자가 성 전체를 덮을 듯이 퍼져 나가는 가운데 시드리칸은 자신의 몸에서 튀어나온 날개를 쭉 펴고 단단한 돌로 만들어진 바닥을 걷어찼다. 그러자 육중한 그의 몸이 중력을 거부

하듯 하늘 위로 튀어 올라갔다. 아무리 그 날개가 튼튼하다고 해도 중
장갑옷을 입고 하늘을 자유롭게 날 수 없는 것은 당연했다. 하지만 시
드리칸의 몸은 그런 법칙을 완전히 비웃듯이 하늘로 날아올랐다. 그리
고 그런 그의 뒤를 따라 다섯 마리의 비병이 하늘로 날아올랐다.

＊　　　　＊　　　　＊

"다음에는 묘인족을 고용해 보는 것은 어떤가?"

"뭐? 왜?"

"묘인족은 목숨이 아홉 개라고 하지."

"…나도 이렇게나 위험하게 될 줄은 몰랐다고. 누군 뭐 이럴 줄 알
아서 너 고용했겠냐?"

"아닐 거라고는 생각하지만 난 아직 죽고 싶지 않거든."

"알았으니까 그만 해."

우연이라고 하기에 요 며칠 간 일어난 일은 룬을 극도로 혹사시키고
있었다. 마치 누군가 일부러 그런 것처럼 벌어지는 일들은 룬을 정신
적으로나 육체적으로 지치게 만들었다. 룬은 자신이 무의식 중에 레전
트에게 화를 내버렸다는 것을 감정이 돌아온 증거로 좋아해야 하는 것
인지, 아니면 이상한 일로 봐야 하는지 헷갈려 해야 했다.

룬은 지금 잠시 동안 앉아서 쉬는 중이었다. 말들은 이미 도망쳐 버
린 상태에서 남은 이동 수단은 두 다리밖에 없었고, 레전트도 그 사실
을 잘 인식하고 있었기에 불평 불만 없이 길을 걸었다.

문제는 티아스였다. 룬에게 부축을 받으며 걸어가던 티아스는 정신
을 잃어버리더니 그대로 잠들어 버리고 말았다. 축 늘어진 사람이나

시체의 무게는 보통 때보다 훨씬 더 무겁게 느껴지기 마련이다. 그렇게 축 늘어져 잠들어 버린 티아스를 룬이 한 팔만으로 업고 가기에는 무리가 있었고 레전트의 힘으로는 업고 가는 것이 힘들 수밖에 없었다.

결국 티아스는 레전트가 마법을 사용하여 만든 투명한 원반 위에 올려져서 실려왔다. 그리고 지금 룬과 레전트는 그 마법의 효력이 끝났기 때문에 겸사겸사 쉬고 있는 중이었다.

룬은 눈을 감고 웅크려 있는 티아스의 곁에서 왼팔을 살펴보고 있었다. 당연히 부러진 뼈가 도로 붙었을 리는 없었지만 부기만은 상당히 빠져 있었다.

"날아가는 것이 좋긴 하겠지만 티아스 때문에 무리가 있겠는데."

"날아가? 무슨 소리야?"

"평소에 잘 날아다니던데… 날아다니는 법을 까먹은 건가?"

"아니, 그런 소리가 아니라… 왜 날아가야 하는데?"

룬은 자리를 털고 일어나 주위를 둘러봤다. 슬슬 출발해야 할 시간이었다.

"왜 쫓기는 건지는 모르겠지만 지상으로 가면 흔적이 남으니까. 바람은 흔적을 남기지 않지."

군이 말하자면 공기 중에도 냄새 같은 것은 남지만 적어도 지상으로 걸어가는 것보다는 흔적이 훨씬 덜 남게 된다. 레전트는 룬의 말을 듣고 고개를 끄덕여 알아듣겠다는 표현을 했다.

룬은 일단 티아스가 정신을 차리는 것이 관권이라고 생각했다. 아무리 마법 아이템의 힘을 빌린다고는 하지만 룬은 레전트가 자신과 티아스를 둘 다 들고 하늘을 날 수 있을 만큼 튼튼하지는 않다는 것을 알고 있었다. 티아스는 정신을 차린다면 자력으로 충분히 따라올 수 있을 것이다.

룬은 그냥 티아스를 내버려 둬도 괜찮을 거라고 생각했지만 그것은 어디까지나 생각이었다. 그런 것을 굳이 말해서 레전트와 언쟁을 벌이고 싶지는 않았다.

룬은 티아스가 언제 일어나는지 살피고 있었기 때문에 본의 아니게 티아스의 모습을 세심히 관찰했다. 인간의 관점에서는 꽤 미인이지만 그건 룬에게는 상관없는 일이었다. 몸은 호리호리해서 근육이 별로 없어 보였다. 룬은 이런 호리호리한 몸으로 키메라를 그렇게나 쉽게 무력화시켰다는 것이 신기하게 느껴졌다. 근육만 많다고 힘을 잘 쓰는 것은 아니지만 그렇다고 근육이 없는 사람이 힘을 쓴다는 것은 더욱 말도 안 되는 소리였다.

그때 마치 시체가 일어나듯 티아스가 자리에서 일어났다. 아무 생각 없이 티아스의 몸을 내려다보고 있었던 룬은 흠칫 놀라며 티아스의 얼굴로 눈을 옮겼다. 하지만 티아스는 그런 것에는 신경을 쓰지 않는 듯 주위를 둘러보더니 천천히 입을 열었다.

"…아까하고 다른 곳. 여기 어디?"

"거기서 조금 떨어진 곳입니다. 일단은 도망쳐 온 것이라고 해둘까요."

멍하게 앉아 있던 티아스는 잠시 후 약간의 상황 파악이 됐는지 고개를 숙이며 중얼거렸다.

"…죄송합니다."

"괜찮습니다. 그보다 무슨 일로 정신을 잃었던 겁니까?"

티아스는 룬의 질문에 조금 주저하는 눈치를 보였다. 순간적으로 자신이 쓸데없는 것을 물은 건 아닌지 걱정이 된 룬이었지만 다행히도 티아스는 룬의 우려와는 다르게 가만히 고개를 돌리고 중얼거리듯이 말했다.

"…무서우니까."

조금 이상한 대답에 룬은 아무 말 없이 티아스를 바라보다가 한숨을 내쉬었다.

"어쨌든 티아스, 우리는 이제 하늘을 날아서 도망칠 겁니다. 당신이 우리와 같은 일행인 줄로 착각하면 당신도 당할 수도 있을 테니까 도망치세요."

"도망? 왜? 당신들?"

룬은 만에 하나라도 키메라가 자신들을 습격한다면 제대로 상대할 수 있을 거라고 생각하지 않았다. 마법 쓸 틈도 없이 접근해 버린다면 레전트는 확실히 상대가 불가능했고 룬도 한 마리 이상의 키메라와 싸워서 이긴다는 것에 대해서 지극히 회의적인 생각을 가지고 있었다.

티아스가 정신을 차린 것을 본 레전트가 이쪽으로 다가오자 티아스는 슬그머니 룬의 뒤로 숨어들었다. 그러자 레전트는 묘한 표정이 되더니 그 자리에서 딱 멈춰 섰고 룬은 그제야 한 가지 사실을 알 수 있었다.

"레전트, 가까이 다가오지 마라."

"루, 룬, 너마저……."

"헛소리하지 말고. 티아스가 너를 무서워해서 하는 소리다."

룬의 뒤로 숨어 있던 티아스는 자신의 몸을 가볍게 덮고 있던 로브를 한 손에 몰아 쥐고 레전트를 경계했다. 룬이 자신을 힐끔 바라보자 티아스는 곧 룬에게서도 멀어져 숲 속 어딘가로 사라져 버렸다.

"티아스도 없어졌으니까… 레전트?"

"내, 내가 그렇게 무섭게 생긴 거야? 응? 룬, 그런 거야?"

"…헛소리는 그만 하고."

룬은 아마도 외모 문제는 아닐 거라고 생각했다. 레전트는 객관적으로 봐도 금발 머리가 눈부신 꽤 매력적인 청년이었다. 오히려 룬이 레전트에 비하면 좀 더 살벌한 모습을 하고 있었다. 그것은 룬 자신도 인식하고 있는 사실이었다.

혼자서 고개를 폭 숙이고 중얼거리는 레전트를 어떻게 달래야 할까 생각하던 룬은 문득 자신들의 머리 위에 짙은 그림자가 생기는 것을 느꼈다. 룬은 재빨리 고개를 들었다. 그러자 레전트의 바로 머리 위에서 태양을 가리고 떨어지고 있는 뭔가가 보였다. 룬은 그것이 무엇인지 생각하기도 전에 혼자 중얼거리고 있는 레전트의 허리를 감아쥐고 재빨리 땅을 굴렀다.

콰앙!

금방 레전트가 있던 자리에는 검은색의 갑옷이 떨어져 있었다. 보통 사람이 입기에도 상당히 커보이는 그 갑옷 안에 뭔가가 들어 있다면 낙하 시의 충격으로 즉사해야 정상일 테지만 룬은 그것이 죽지 않았다는 것을 확신했다.

죽었다고 보기에는 너무나도 생생한 기운이 그 갑옷을 중심으로 주위로 퍼지고 있었다. 그것에게서 뿜어지는 기운에 주위의 풀과 나무가 급속도로 말라 죽었다. 룬은 재빨리 이터를 뽑아 들며 레전트를 뒤로 밀었다. 레전트가 도망친 후라면 자신은 어떻게든 도망칠 수 있을 것이라는 생각에서였다.

"네가 지병과 비병을 처치했나?"

마치 지옥의 악마가 강림한 듯한 으스스한 목소리가 얼굴을 완전히 가린 헬름 사이에서 흘러나왔다. 룬은 그 목소리에서 확실히 살기를 느꼈고, 그 질문에 대답을 하는 대신 낮게 킬 블레이드를 중얼거렸다. 그것은 낙하 시의 충격 때문인지 자리에서 일어나지 못하고 있었다. 룬은 아직 완전히 뼈가 붙지 않은 왼손으로도 이터를 꽉 움켜잡았다. 그리고 몸을 크게 뒤로 젖혔다가 이터를 앞으로 내려치듯 뻗어냈고 대기는 어김없이 찢겨지며 무형의 진공파를 내뱉었다.

어차피 이것으로 상대방이 쓰러질 거라고는 생각하지 않았다. 룬은 그저 상대방의 갑옷에 균열이 생기기를 바랐을 뿐이었다. 룬은 풀 플레이트 메일을 직접 자를 수 있을 만큼 자신의 힘이 강하다고 생각하지 않았고, 이터가 갑옷을 자를 수 있을 정도의 검이 아니라는 것도 알고 있었다.

하지만 아직 웅크리고 있던 시드리칸의 몸에 진공파가 적중했을 때 룬은 얼굴을 찡그리고 앞으로 달려나가며 아직 영문을 모르고 뒤에서 우물거리는 레전트에게 외쳤다.

"레전트, 도망가!"

그 갑옷에는 약간 큰 흠집이 났을 뿐 그 외의 타격은 전혀 없어 보였다. 룬은 진공파가 완전히 막혀 버린 것에 놀라워했지만 지금은 그런 것을 생각하고 있을 때가 아니었다. 공격이 먹히지 않는 상대를 이길 수 있는 방법은 존재하지 않았다.

룬은 레전트가 도망칠 때까지 시간을 벌기 위해서 시드리칸을 향해 달려들었다. 하지만 룬이 그것에게 가까이 다가갔을 때 시드리칸은 막 자리에서 일어나더니 등에 달린 날개를 크게 펼쳤고, 룬은 허무하게 그 풍압에 밀려 뒤로 나가떨어지고 말았다.

"어둠에 상처를 입힐 정도인가. 어느 정도 실력은 있어 보이는군."

날개를 쭉 펴고 제자리에 서 있는 그 모습은 확실히 공포스러웠다. 룬은 승리라는 단어가 어떤 의미를 가지고 있는 단어였는지 잠시 생각했다. 잠시 숨을 고르던 룬은 대답을 들을 수 있을 거라고 생각하지 않았지만 일단 질문을 던졌다.

"우리를 공격한 이유는?"

"알 것 없다."

룬이 자리에서 일어서는 사이 시드리칸은 날개를 접었다. 룬은 그 날개가 등 뒤로 사라지는 것을 보면서 상대방의 정체에 대해 생각했다. 마족? 키메라? 아니면 평범한 인간? 하지만 룬은 곧 더 이상 생각하는 것을 멈추고 몸을 움직였다.

룬은 보기에도 질릴 정도로 거대한 헬버드가 자신을 향해 휘둘러지는 것을 보며 몸을 급히 낮췄다. 그레이트 엑스만큼 커다란 헬버드의 날이 룬의 머리 위를 스치고 지나갔다. 공격을 완벽히 피했다고 생각했던 룬은 어이없게도 몸을 휘청거리며 옆으로 쓰러지고 말았다. 룬이 급히 몸을 일으키며 뒤로 물러서자 막 룬이 쓰러졌던 자리에 거대한 검은 칼날이 내리꽂히며 땅을 헤집었다.

쾅!

땅이 약간 흔들리며 갈라질 정도로 엄청난 위력이었다. 건조한 땅이 후벼 파이며 먼지가 휘날리는 것을 힐끔 바라본 룬은 낮게 중얼거리며 자세를 바로잡았다.

"인간이라고는 생각하지 않았지만……."

룬은 자신의 몸이 왜 흔들렸는지 알고 있었다. 무기를 휘두를 때 스피드를 최대한 살려서 공기를 끊듯이 휘두르면 공기 중에 진공파가 형성된다. 하지만 무겁고 뭉툭한 무기를 힘을 넣어 휘두르면 공기가 잘라지는 것이 아니라 같이 몰아치게 된다.

대기에 폭풍을 몰아치게 만들 정도의 힘. 왼팔이 멀쩡했다고 하더라도 저런 공격을 막을 수는 없었다.

"도망치기만 해서는 이길 수 없을 텐데."

룬은 직감적으로 자신이 이길 수 있는 가능성이 완전히 사라졌다는 것을 깨달았다. 칼도 박히지 않고 공격을 막을 수도 없다. 하지만 레전트가 도망칠 시간만은 벌어야 했다.

룬은 의미없는 말을 내뱉었다.

"네가 그 키메라들의 대장인가?"

"흠!"

시드리칸은 룬의 질문에 대답을 하는 대신 다시 한 번 헬버드를 휘둘렀다. 스피드는 그다지 빠르지 않았기 때문에 충분히 피할 수 있었다. 다만 그 뒤에 따라오는 돌풍이 상당히 위협적이라는 것을 알고 있었기에 룬은 그 공격을 좀 더 여유있게 피하며 숲 속으로 뛰어들었다. 저런 무기는 휘두를 공간이 줄어들면 그만큼 위력이 떨어지기 마련이었고 룬은 그런 사실을 잘 알고 있었다.

"도망가는 거냐!"

우지지직—

하지만 룬이 그것이 상당히 잘못된 생각이라는 것을 알아차리는 것에는 오랜 시간이 걸리지는 않았다. 헬버드가 휘둘러지자 자라나는 데 몇십 년이 걸렸을 아름드리 나무들이 순식간에 부러지며 사방으로 넘어갔고, 룬은 쓰러지는 나무들을 피하며 더 더욱 숲 안쪽으로 들어가야 했다. 아름드리 나무를 몇 그루나 박살 내면서 전진하는 것은 오거라고 해도 불가능한 일이었지만 시드리칸은 그 불가능한 일을 해내고 있었다.

"왜 우리를 공격하는 건가!"

"알 필요는 없다! 나의 주인님을 위해서 얌전히 죽어라!"

도망치면 칠수록 상대와의 거리가 넓혀지기는 했지만 그럴수록 숲 속에는 거대한 길이 새로 생겨나고 있었다. 하지만 룬은 무조건 나무 사이를 뛰었다. 자신이 이러는 사이에 레전트가 도망친다면 그걸로 충분했다. 그 후에 자신 혼자서 도망치는 일이라면 어떻게든 할 수 있을 것이고, 이터에 마법이 걸려 있다고 했으니까 레전트는 자신을 찾을 수 있을 것이다.

하지만 룬이 그런 생각을 하며 숲 사이를 뛸 때 공중에서 붉은 빛이 번쩍였고 그와 동시에 커다란 폭발음과 비명 소리가 들려왔다.

"으아아아아악!"

레전트의 비명 소리는 들어본 기억이 없었지만 룬은 이 비명 소리가 분명히 레전트의 것이라는 것을 알 수 있었다. 순간 룬은 부주의하게 걸음을 늦추고 말았고 그와 동시에 룬의 뒤통수를 노리고 헬버드가 횡으로 휘둘러졌다. 룬은 막 뒤통수에서 느껴지는 서늘한 바람의 감촉을 느꼈다.

"싸움 중에 한눈을 파는 건가!"

"힘만 믿고 설치는 괴물한테 그런 소리 듣고 싶지 않아!"

룬은 그렇게 씹어 뱉듯이 말하며 자세를 최대한 낮추어 자신을 향해 휘둘러지는 헬버드를 피해냈다. 자세를 낮춘 룬은 순간적으로 그 헬버드의 머리 부분과 창대 부분을 잇는 곳이 약할 거라는 생각을 떠올리며 반사적으로 손에 들고 있던 이터를 양손으로 바로 잡고 있는 힘껏 휘둘렀다.

까앙!

헬버드와 이터가 부딪치는 소리가 나무와 나무 사이를 타고 숲 곳곳으로 흩어져 갔다. 싸움 중 생각은 한순간, 그리고 행동이 전부였다. 룬은 헬버드와 이터가 부딪칠 때의 충격으로 몸 전체가 떨려오는 것을 느끼며 행동을 멈춘 시드리칸을 바라보았다. 시드리칸은 룬을 바라보고 있지 않았다. 시드리칸의 시선은 풀숲 사이에 떨어져 있는 헬버드의 머리를 바라보고 있었다.

"파괴를… 부러뜨린 건가."

룬은 이터가 조금 가벼워졌다는 것을 알았다. 중간쯤이 부러진 이터의 칼날이 아무렇게나 자라나 있는 숲 속의 나무에 박혀 있었다. 잠시 자신의 무기를 확인하던 둘은 동시에 대치 상태에 빠져들었다.

룬의 머리 속이 점차 어지러워지고 있었다. 레전트에게 무슨 일이 생겼는지는 알 수가 없었고, 자신의 앞의 괴물은 부러진 이터로 상대할 만큼 약한 상대가 아니라는 것은 확실했다. 전투에 집중하지 못하는 룬의 모습에서는 서서히 빈틈이 드러나고 있었다. 시드리칸은 창대밖에 남지 않은 파괴를 가볍게 휘두르며 룬을 위협했다.

그때 공중에서 뭔가 펄럭이는 소리와 함께 룬의 귀에 익숙한 가냘픈 목소리가 들려왔고, 룬은 부주의하게도 고개를 들어 하늘을 바라봤다. 하지만 시드리칸은 빈틈이 너무나도 완벽하게 드러난 룬을 공격하지 않았다.

"룬… 도망… 가……."

"레전트?"

"빨리… 그걸 가지고……."

룬의 얼굴이 서서히 붉게 달아올랐다. 룬은 힘겹게 고개를 다시 내려 자신 앞에 서 있는 시드리칸을 바라보며 이를 악물었다.

"젠장! 너!"

"움직이지 마라."

룬은 막 움직이려고 하다가 차분하게 말하는 시드리칸의 말에 멈춰서고 말았다. 시드리칸의 갑옷 위로 새빨간 피가 떨어지고 있었다. 룬은 그 피가 시드리칸이 흘리는 피가 아니라는 것을 알 수 있었다. 시드리칸의 머리 위, 공중에 떠 있는 레전트의 팔다리에서 피가 떨어져 내리며 시드리칸의 갑옷을 일정한 리듬으로 두들기고 있었다.

"흥분하고 있군."

"큭, 네놈……."

룬은 기분이 점점 나빠지는 것을 느꼈다.

"동료인가, 아니면 너의 주인인가?"

감정을 누그러뜨려야 했다. 흥분하면 아무것도 되지 않는다. 그렇다는 것을 알고 있기 때문에 룬은 감정을 최대한 누그러뜨리려고 했다. 하지만 분노가 서서히 룬의 뇌리를 휘감고 있었다.

'왜?

레전트 때문에? 단지 고용인이 당했을 뿐이고 고용인이 죽거나 어떤 일을 당했다면 자신은 계약이 파기된 것으로 치고 도망가면 끝나는 것이다.

'그러면 되는 거다.'

하지만 룬은 자신의 이성이 내린 결론하고는 다른 말을 입 바깥으로 내뱉었다.

"레전트를 놔줘."

"그럴 수는 없지. 나의 주인님은 이 마법사와 어떤 물건을 원하신다.

네가 가지고 있는 것을 내놔라.”

“내가 가지고 있는 것?”

하늘에서 그 도마뱀 머리의 키메라 한 마리가 내려오더니 이쪽으로 다가와 길다란 손톱으로 룬을 위협했다. 하지만 뭔지 몰라도 그것을 내놨다가는 자신이나 레전트의 안전을 보장받을 수 없다는 것은 확실했다.

확실히 그런 것을 생각할 이성은 있었지만 피를 흘리는 레전트의 모습을 보고 있자니 이상하게 룬의 손은 서서히 배낭으로 다가가고 있었다.

“룬 크리셔드!”

위에서 들려오는 강렬한 목소리에 룬은 움직임을 딱 멈추고 고개를 올려 레전트를 바라보았다. 키메라들의 손톱이 팔과 다리에 박혀 있어서 계속적으로 피가 흐르고 있었지만, 레전트는 그런 것에 상관하지 않고 노기를 띤 얼굴로 외쳤다.

“이 망할 놈아! 난 네 고용주다! 고용주의 말을 들으란 말이야! 그러니까… 빨리 그걸 가지고 도망쳐!”

키메라들의 손톱이 좀 더 깊숙이 박혀왔지만 레전트는 비명을 지르지 않았다. 레전트는 룬이 도망치기를 진심으로 바라고 있었다.

룬은 한 걸음씩 뒤로 물러서고 있었다. 고통스러울 만큼 머리가 아파왔다. 이성과 이성, 감정과 감정이 부딪치며 머리가 부서질 만큼 아린 고통을 만들어내고 있었다. 뒤로 물러나는 룬의 눈에는 갑작스러운 레전트의 행동에 당황하는 키메라의 얼굴과 희미하게 웃고 있는 레전트의 얼굴, 그리고 헬멧의 갈라진 부분에서 푸른빛의 안광을 뿜어내고 있는 그것이 비춰졌다.

도망가라고?

확실히 그것이 현명한 방법이고 정석이었다. 이 이상 싸우거나 뭔지 모를 그 물건을 넘기면 둘의 안전은 보장받을 수는 없었다. 룬은 그 사실을 잘 알고 있었다.

"젠장!!"

룬은 그들에게서 등을 돌리고 숲 속을 마구 뛰어가기 시작했다. 룬은 자신이 젠장이라는 말을 내뱉었다는 것을 인식하고 있지 못했다. 숲 속을 아무렇게나 뛰는 룬의 손발이 나무에 긁혀 피를 흘렸지만 룬은 그런 것에 상관하지 않고 계속 뛰었다.

당연한 일이었다, 여기서 도망치는 것은.

"당연하지 않아!"

룬은 자신이 이해하지 못할 말을 마구 내뱉고 있었다. 당연하지 않은 일이라면 자신의 몸이 숲을 헤치며 앞으로 나갈 리가 없었다. 당연하지 않는 일이라면 도망치지 않아야 했다. 하지만 룬의 몸은 계속 앞으로 달리고 있었다.

"도대체 왜!"

큐웅—

뭔가가 뒤에서 날아오는 소리가 들렸고, 룬은 어리석게도 고개를 숙이는 대신 뒤를 돌아보고 말았다. 그리고 그와 동시에 검은빛의 길다란 뭔가가 룬의 왼쪽 가슴을 꿰뚫었다.

'나… 찔린 건가?

분명히 아프기도 하고 숨도 가빠져 오지만 실감이 나지 않았다. 이보다 더 약한 고통에도 아프다는 감각을 느꼈던 룬이었다. 룬은 문득 자신의 몸을 찌르고 있는 이것이 아까 부러뜨린 시드리칸의 헬버드라는 것을 생각해 냈다.

'쓸데없어.'

이런 때 이런 걸 생각해도 쓸모없는 일이었다. 그보다는 이것을 뽑아야 했다. 하지만 어떻게 뽑아야 하는 것인지도 생각나지 않았다. 룬의 머리 속은 텅 비어 있었다.

창대의 무게 때문인지, 아니면 몸의 고통 때문인지 서서히 무릎이 꺾이며 룬의 몸이 뒤로 넘어가기 시작했다. 곧 룬은 닥쳐 올 메마른 땅의 차가운 감촉과 딱딱함을 상상했다.

'무슨 바보 같은 짓을 한 거지? 나는…….'

쓰러지는 짧은 시간 동안 룬은 가슴의 고통을 완전히 잊어버린 채 자신이 도대체 무슨 바보 같은 짓을 한 것인지에 대해서 생각했다. 쓰러지는 동안 눈에 들어오는 것은 아무것도 없었다. 그저 흐릿하게 갈색으로 물들어가는 숲과 그 사이에서 드러나는 파란 하늘이 룬의 눈동자 깊숙이 파고들었다.

툭.

룬은 이상할 정도로 부드러운 땅의 느낌에 의아해했다. 차가울 것이라고 예상했던 땅은 의외로 따뜻하게 룬의 몸을 감쌌다.

'피를 흘려서 그렇게 느껴지는 건가?'

그때 룬의 뒤에서 희고 가느다란 누군가의 손이 앞으로 뻗어 나와 룬의 가슴에 박혀 있는 헬버드의 창대를 뽑아냈다. 치명적인 관통상을 입었던 자리에서 피가 콸콸 쏟아져 나왔다. 룬은 피가 빠져나가자 머리가 어찔해지는 것을 느끼며 격한 기침을 내뱉었다. 그 손은 피가 쏟아져 나오는 룬의 가슴을 막았고, 곧 신기하게 상처에서 피가 약간씩 멈추며 아물어갔다.

"누구······."

룬은 고개를 뒤로 돌리고 싶었지만 몸이 마음대로 움직여지지 않았
다. 피를 너무 흘린 탓인지 몸도 움직이지 않고 눈도 서서히 감겨왔다.
그때 룬의 주위로 차가운 가을바람이 몰아쳤다.

룬이 마지막으로 눈을 감기 전에 본 것은 그 바람을 따라 휘날리는
흰 은사들. 룬은 나락으로 굴러 떨어지는 정신을 더 이상 막지 못하고
정신을 잃어갔다.

"당신은······."

룬은 더 이상 말을 잇지 못하고 정신을 완전히 잃어버렸다.

티아스는 자신의 손이 인간의 붉은 피로 물드는 것을 두려워하지 않
았다. 그리고 자신과 인간 남자 앞으로 한 걸음씩 걸어오는 검은 갑옷
의 남자도 두려워하지 않았다.

시드리칸은 쓰러져 있는 룬을 감싸 안고 있는 티아스를 말없이 바라
보았다. 룬의 가슴에 났었던 구멍이 메워졌을 때쯤 시드리칸은 마치
신음하듯 낮게 중얼거렸다.

"너는······."

"······."

하지만 여전히 티아스는 입을 다문 채였다. 둘 사이에서 왠지 모를
정적이 흘렀다. 시드리칸은 노골적이지는 않지만 조용한 적의를 드러
내며 티아스를 위협했다. 하지만 티아스는 몸을 움츠리지도 않았고 다
른 행동을 보이지도 않았다. 시드리칸은 서서히 적의를 거두었다.

"그 남자의 짐을 내놔라. 그럼 놔주지."

티아스는 고개를 저었고, 그 순간 시드리칸의 살기가 티아스를 향해
쏟아져 나갔다. 하지만 티아스는 조금도 위축되지 않은 모습으로 시드

리칸을 마주 보았다. 한참 후 시드리칸은 땅에 떨어져 있는 파괴의 창을 집어 들고 뒤로 물러섰다.

"수인족이라면 너희들의 규칙을 알 테지. 다시는 내 눈앞에 보이지 않기를 바라겠다."

티아스는 그의 모습이 완전히 사라질 때까지 아무 말도 없이 룬의 몸을 안고 있었다.

……..

꿈을 꾸고 있었다.

갈색의 짧은 머리카락에 자애로운 표정을 짓고 있는 성숙한 여성. 그리고 그녀에게 느껴지는 따뜻함. 온몸이 편안해지는 그런 기분에 좀 더 그 느낌에 심취하고 싶다고 생각했다.

그녀가 누구인지는 기억나지 않는다. 나와 가까운 사람일까? 아니면 나에게 있어서 소중한 누군가일까?

따뜻하고 좋은 기분이 온몸을 감싸고 주위는 온통 초록빛으로 물들어간다고 생각했을 때, 어느 순간 그 빛이 조각조각 파괴되기 시작한다. 유리 조각에 금이 가는 것처럼 급격히 초록빛 사이사이에 금이 가고 그 사이로 차디찬 어떤 기운이 올라와 따뜻한 기운을 몰아낸다. 주위에서는 어느새 아프고 차가운 어두운 청색의 기운이 나를 노려본다.

'싫어…….'

그렇게 나는 그 속에서 발버둥치고 벗어나려고 하지만 그 차가운 기운들은 내가 어떤 반항을 하듯 신경도 쓰지 않고 내 몸을 찌르고 들어온다. 고통은 느껴지지 않지만.

싫다.

이런 건 싫다고 내 몸 어디에선가 외치고 있다. 하지만 쓸데없는 저항일 뿐, 곧 내 몸을 감싼 차가운 기운이 온몸을 관통하며 딱딱하게 굳어가기 시작하고 나는 숨결조차 얼어붙을 추위를 느끼며 몸을 떤다.

…….

"…포기… 인가?"

어느새 주위는 온통 갈색 숲이 펼쳐졌다. 그리고 그와 동시에 꿈과는 다른 현실적인 따뜻함과 차가움이 동시에 자신의 몸을 감싸고 있는 게 느껴졌다. 누군가의 몸에서 전해지는 따뜻한 온기와 차가운 바람이 몸을 스쳐 지나가자 그 상반된 기운에 온몸에서 오한이 일어났다. 꿈이 아닌 현실이었다.

룬은 눈앞에 펼쳐진 광경을 보고 천천히 정신을 차려갔다. 난장판이라고 일축할 수 있을 정도로 엉망이 된 숲 속의 풍경은 그를 천천히 현실의 세계로 끌어들였다.

"정신. 차렸나요?"

문득 룬은 자신이 아까 티아스에게 이렇게 말했었던 것을 기억해 내고 가만히 눈을 떴다. 룬은 자신의 몸을 받쳐 주는 티아스에게서 따뜻함과 부드러움을 느꼈다. 룬은 티아스의 따뜻함이 온몸으로 전해지자 좀 더 자고 싶다고 느끼며 눈을 감았다.

'이 망할 놈아!'

두근.

하지만 눈을 감자 마지막으로 들었던 누군가의 절규가 환청이 되어 귓가에서 들려왔다.

'난 네 고용주다! 고용주의 말을 들으란 말이야!'

따스함에 굳어버렸던 심장이 다시 거칠게 뛰기 시작했다.

"젠장……."

괴롭게 느껴졌다. 현실이란 꿈보다 냉정하고 고통스러운 것이다. 룬은 억지로 상반신을 일으켰다. 티아스와 룬의 사이에 차가운 바람이 몰아치자 룬은 티아스의 몸에서 느껴지던 따스함을 완전히 털어내고 몸에 묻어 있던 꿈의 온기를 떨쳐 버리며 현실로 돌아왔다.

몸을 일으키자 가슴의 상처가 스스로의 존재를 룬에게 알렸고, 룬은 격하게 느껴지는 고통에 가슴을 가볍게 눌렀다.

"괜찮아요?"

"예."

상처가 어느 정도 치유됐는지 피는 멈춰 있었다. 하지만 몸에 바람 구멍이 났었던 상처가 그렇게 쉽게 아문다면 상처를 입어서 죽을 사람은 단 한 명도 없을 것이다. 룬은 자신의 가슴을 더듬었다. 격한 통증은 계속 룬의 신경을 자극하고 있었다.

룬은 정신을 잃기 전 티아스의 손이 자신의 상처를 감싸 쥐고 출혈을 억제했던 것을 기억했다. 룬은 일단 감사의 말을 전하기 위해서 뒤를 돌아보려고 했다. 하지만 부드러운 손이 그런 룬의 어깨를 강하게 움켜잡고 행동을 저지했다.

"아직. 움직일 정도는 아니니까. 잠깐만."

룬의 어깨를 잡았던 티아스의 손이 위치를 바꿔 룬의 가슴으로 올라갔다. 룬은 상처를 감싼 손에서 흰 빛이 어리자 상처의 통증이 줄어가는 것을 느꼈다. 룬은 그것이 치료 마법이라는 것을 느낄 수 있었기 때문에 아무런 반항도 하지 않았다.

'헤르세니안의 신관이라고 했었던가……'

새삼스럽게 수인족이라는 종족의 능력에 대해서 다시 생각하게 된 룬이었다. 곧 티아스는 손에서 빛을 거두며 룬의 가슴에서 손을 뗐고 룬은 힘겹게 몸을 일으켰다. 아직 약간의 통증은 있었지만 조금 전의 그 엄청난 통증과 비교하면 굉장히 약한 통증이었다.

막상 자리에서 일어나고 보니 냉정한 현실이 온몸을 스멀스멀 기어올랐다. 룬은 가슴을 내려다보며 아직 남아 있는 상처를 만지작거렸다. 그 창대는 룬의 왼쪽 가슴의 폐를 깨끗하게 관통하며 갈비뼈를 부러뜨렸다. 상처의 위치와 아픔 등으로 그것을 대충 알아차린 룬은 피식 웃었다. 만약 티아스가 없었다면 자신은 몇 분도 채 버티지 못하고 죽어서 썩어가는 고깃덩어리 신세가 됐을 것이다.

룬은 자신이 헛웃음을 지었다는 것에 대해서 아무런 생각을 떠올리지 못했다. 냉정하고 날카로운 현실은 룬으로 하여금 자신이 무슨 행동을 하고 있는지도 알아차리지 못하게 만들었다.

룬은 자신이 쓰러졌을 때 떨어뜨렸을 이터를 집어 들고 마지막으로 시드리칸과 검을 맞부딪쳤던 곳으로 향했다. 아까 뒤돌아서 꽤 오래 뛰었다고 생각했지만 그곳까지의 거리는 십 미터도 채 되지 않았다.

나무 둥치에 아무렇게나 박혀 있는 이터의 칼날을 조심스럽게 빼낸 룬은 부러진 이터의 조각과 손잡이 부분을 보며 한숨을 쉬었다. 날이 깨져 나가서 이어 붙이는 것은 확실히 무리였다. 이 정도의 칼날이 다시 재생하려면 적어도 일주일 이상의 시간이 소요될 것이다.

"……."

검집에 부러진 이터의 조각을 넣고 이터를 꽂아 넣은 룬은 멍하게 하늘을 바라보았다. 레젼트가 어디로 갔는지도 모르는 자신은 아무것도 할 수가 없었다. 게다가 무엇보다 그가 그 괴물과 싸워서 이길 수 있을 거라고는 더 더욱 생각하지 못했다.

룬은 점점 비참한 기분이 엄습하는 것을 느끼며 아랫입술을 깨물었다. 하지만 룬은 침착하게 감정을 조절했다. 발광 같은 것을 해봤자 자신에게 오는 이득은 없었고 오히려 몸이 다칠지도 모른다.

"젠장……."

왜 자신이 그렇게 레젼트가 잡혀간 것에 대해서 집착하는 건지 알 수가 없었다. 그저 고용인일 뿐이었다. 서로 간의 이득 관계에 묶여 있는 고용인일 뿐이었다.

'단지 그뿐인데… 나는 왜?'

왜 레젼트를 찾으려고 하는 거지?

룬은 스스로에게 자문했지만 문제에 대한 답은 떠오르지 않았다. 충동적인 감정은 아니었다. 룬의 머리 속에서는 수많은 가정이 세워지고 부스러지며 레젼트가 납치된 이유와 어디로 납치됐는지, 그리고 어떻게 구해야 할 것인지에 대한 생각이 검토되고 있었다.

나무 등치에 머리를 기댄 채 생각을 하던 룬은 뒤에서 누군가가 걸어오는 인기척을 느끼고 고개를 들어 뒤를 바라보았다. 룬의 짐이 담겨 있는 배낭을 가진 티아스가 룬의 뒤에 가만히 서 있었다. 티아스는 룬의 시선이 자신을 향하자 손에 들고 있던 배낭을 룬을 향해서 내밀었고, 룬은 그 배낭을 받으며 가볍게 고개를 숙였다.

"티아스, 감사합니다."

"당신도. 나 도와주었으니까."

"그런데 죄송하지만… 뭐 하나 물어봐도 되겠습니까?"

끄덕.

룬은 중요한 사실 하나를 기억해 냈다. 자신이 기절했을 때 티아스는 바로 자신의 뒤에 있었다. 그리고 자리도 전혀 옮겨지지도 않았다. 그렇다고 해서 티아스가 그를 물리친 것은 분명히 아니었다. 싸운 흔적이 전혀 남아 있지 않았고, 아무리 티아스라고 해도 그런 괴물에게 이길 수 있을 거라고는 생각하지 않았다. 룬은 그런 주위 환경과 티아스의 태도에서 그가 싸우지 않고 얌전히 물러갔다는 것을 유추해 낼 수 있었다.

"어째서 그들이 그냥 물러간 겁니까?"

티아스는 룬의 질문에 움찔하더니 고개를 돌려 버렸다. 그다지 많지 않은 경험에도 불구하고 룬은 그것이 티아스가 대답을 회피하려 할 때 하는 행동이라는 것을 알고 있었다. 그리고 절대로 대답을 하지 않는다는 것도.

"좋습니다. 그럼 다른 질문을 하지요."

아무도 없는 숲 속에 정적이 감돌았다. 한참 동안이나 딴청을 피우던 티아스는 작게 고개를 끄덕였다.

"그들이 어디로 갔는지 알고 있습니까?"

룬이 그렇게 묻자 티아스는 다시 고개를 정면으로 향해서 룬을 바라보았다. 표정은 상대방에게 감정을 전하기에 좋은 수단으로 쓰인다. 그리고 지금 티아스가 짓고 있는 표정의 의미는 '어이없다' 였다.

"갈, 생각? 그를 구하러?"

"예."

"…미친 짓이에요."

"가르쳐 주실 수 있습니까?"

도리도리.

티아스는 고개를 크게 흔들었다. 절대적으로 싫다라는 감정을 룬에게 나타내려는 듯 미친 듯이 고개를 흔들던 티아스는 잠시 후 행동을 멈추고 룬을 이상한 눈으로 바라봤다.

"죽을 뻔했는데. 당신은. 절대로 이기지 못할 텐데. 어째서 구하려고 하는 거죠? 그 인간을?"

확실히 아까도 죽을 뻔한 룬이었다. 티아스가 없었다면 과다 출혈이든 즉사든 어떤 형태로든지 죽음을 맞이했을 것이다. 룬 자신도 그렇게 겨우 살아난 목숨을 쓰레기 버리듯 버릴 생각은 전혀 없었다.

일시적인 감정도, 냉철한 이성에서 나오는 판단도 아니었다. 감정이라고 보기에는 합리적이고 이성이라고 보기에는 합리적이지 못했다. 단지 레전트를 구해야 한다는 생각과 어떻게 구해낼 것인가에 대한 생각으로 머리 속이 꽉 차는 가운데 룬은 지금 자신의 행동을 어떤 단어로 말할 수 있는지를 생각해 냈다.

"약속입니다."

"약속?"

티아스는 더욱 이상한 눈초리로 룬을 바라보았다.

"나는 레전트에게 고용됐습니다. 제 임무는 레전트의 일을 3년 간 돕는 것. 그렇다면 저는 레전트의 안전을 책임질 필요가 있는 겁니다."

뭔가 조금 달랐다. 하지만 지금 룬이 할 수 있는 생각 중에서 이것 이외의 합리적인 생각은 없었다. 책임감이라고 할 수 있는 것. 룬은 자신의 속에서 다르다고 중얼거리는 무언가를 무시하며 말을 끝맺었다.

“하지만. 당신. 반드시 죽을 거예요. 그는. 당신보다 강하니까.”

“잘 알고 있나요, 그를?”

도리도리.

티아스가 고개 흔드는 것을 보던 룬은 티아스의 앞으로 걸어갔다. 티아스는 갑작스러운 룬의 행동에 뒤로 물러서려고 했지만 이번에는 룬이 좀 더 빨랐다.

“……!”

룬의 손이 기습적으로 뻗어 나가 뒤로 물러서려고 하는 티아스의 머리를 움켜잡았다. 티아스는 그런 룬의 행동에 아무런 반항을 하지 못했다. 룬의 손놀림이 예상외로 빠른 이유도 있었지만, 자신의 머리를 움켜잡고 있는 룬의 팔에 힘이 전혀 들어가 있지 않은 것을 느꼈기 때문이었다. 티아스는 오히려 힘이 들어가 있지 않은 룬의 손을 뿌리치지 못했다. 티아스는 반사적으로 중간까지 올라갔던 손을 내리고 자신의 눈을 똑바로 바라보고 있는 룬을 주시했다.

피가 빠져나가 차가워진 몸에 티아스에게서 전해지는 온기가 번져 나가자 굳어 있는 룬의 입가가 그 온기에 녹아 작게 움직였다. 티아스는 아주 살짝 미소 짓는 룬의 얼굴을 바라보며 단호하게, 하지만 냉정하지는 않게 말했다.

“…놔요.”

“그들이 어디로 갔는지 말해 주신다면 놔드리죠.”

“몰라요.”

“거짓말인 거 알고 있습니다. 표정 관리 좀 하시는 것이 좋겠군요. …실례했습니다.”

룬은 티아스의 머리를 잡고 있던 손을 치우며 자신의 행동에 대해

사과했다. 평소 때의 룬과 지금의 룬은 뭔가 굉장히 달랐고 룬 자신도 그것을 인식하고 있었다. 평소 때의 룬이라면 상대방이 아무리 편해도 장난 같은 것은 하지 않았을 것이다.

문득 자신이 그런 경솔한 행동을 했다는 것에 대해서 이상하다고 생각하고 고민을 시작하려던 룬의 귓가에 아주 작은 티아스의 목소리가 스쳐 지나갔다.

"…당신들이 떠나온 곳. 그 근처에."

티아스는 더 이상 말을 하지 않았다. 하지만 그 말 한마디로도 룬의 머리는 재빨리 돌아갔다. 아마도 티아스가 말한 당신들이 떠나온 그곳이라는 것은 자신들이 오늘 아침에 출발했던 곳. 바로 그룬을 말하는 것일 것이다. 하지만 그룬이 아무리 큰 마을이라고 하더라도 그 근처에 그런 키메라가 마음 놓고 있을 만한 곳은 없을 것 같았다. 무엇보다 그룬은 주위가 온통 평야 지대였다. 산이나 계곡이 없어 뭔가가 숨어 살기에는 아주 좋지 않은 환경이라고 할 수 있었다.

"당신, 정말로. 구하러 갈 건가요?"

룬은 고개를 끄덕이며 길가로 걸어갔다. 얼마 걷지 않아서 뭔가 깊이 패여 있는 자국과 아무렇게나 널브러져 있는 레전트의 배낭이 룬의 눈에 들어왔다. 배낭의 내용물은 아무렇게나 끄집어내져서 여기저기에 흩어져 있었다. 거칠게 다룬 것이 눈에 보일 정도로.

룬은 찢어진 옷가지 등을 잠시 바라보다가 먼지를 털어 레전트의 배낭 안에 집어 넣었다. 용도를 모를 여러 작은 가죽 주머니들도 일부는 터져서 내용물이 흘러나와 있었지만 룬은 그런 것들도 따로따로 모아 쓰지 않는 주머니에 넣었다.

티아스는 룬이 배낭을 전부 챙겨서 어깨에 멜 때까지 아무런 말도 하지 않고 그를 지켜보았다. 룬은 마지막으로 자신의 배낭 안에 있는 짐을 확인한 후 티아스를 향해서 고개를 살짝 숙여 보였다.

"도와주서서 감사했습니다."

"다시 한 번. 말할게요. 포기해요. 당신 갈 길을 가요."

하지만 룬은 망설이지 않고 자신과 레전트가 걸어왔던 길을 향해서 발을 내디뎠다. 그리고 작게, 하지만 티아스에게 들릴 정도로 선명히 말했다.

"이쪽이 제가 갈 길입니다."

어느새 핏빛으로 변해 버린 저녁놀이 앙상하게 말라가는 나뭇가지 사이로 비춰들었다.

가슴에 구멍이 뚫렸었다는 것은 당연히 큰 상처다. 아무리 치료 마법을 걸고 약물을 뿌려대도 쉽게 낫지는 않는다. 원래 이렇게 큰 상처를 당하면 며칠이고 몇 주고 쉬는 것이 제일이다. 하지만 룬은 무리를 하면서도 아까 말을 타고 왔던 그 거리를 걸어서 돌아가고 있었다.

해는 이미 들판 너머로 넘어가 버린 지 오래였다. 그룬을 향해 걷고 있는 룬의 뒤로는 묘한 기척이 계속 따라붙고 있었다. 그 기척은 룬이 멈춰 서면 같이 멈춰 서고 다시 걸으면 걷는 식으로 룬과 일정 거리를 계속 유지하고 있었다. 룬은 그 기척의 주인공이 대충 누군지 눈치 챘지만 아무런 내색을 하고 있지 않았다.

대충 걷는 동안 생각이 몇 개 정리된 것이 있었다. 확실히 자신이 그 검은 갑옷의 괴물을 이기는 것은 무리다. 룬에게는 그 지병이나 비병이라고 하는 녀석들을 상대하는 것이 고작이었다. 하지만 도망치는 것으로 한다면 상당히 가능성이 상당히 있어 보였다.

그들이 자신을 노리고 달려든 것은 절대 아닐 것이다. 자신은 그저 육체적 능력이 보통 인간에 비해서 약간 뛰어난 인간일 뿐이었다. 그 증거로 그 검은 갑옷의 괴물은 자신에게 어떤 물건을 내놓으라고 말했지 군이 굴복시키려 하지는 않았다.

룬은 그것을 확인할 겸 마을에서 며칠 간 상처를 치료하며 지내볼 작정이었다. 그리고 상대방이 자신이 아닌 그 물건, 자신이 가지고 있는 것 중에서 가장 상식이 빗나가는 라이칸슬로프의 심장을 노렸다는 확신이 서게 된다면 지금 자신의 뒤를 따라오는 티아스에게 부탁해서 수정의 봉인을 풀어달라고 부탁할 생각이었다. 그리고 그것으로 녀석들을 유인한 다음 본거지를 알아내고 레전트를 구출한다. 그런 다음 어떻게든 도망쳐서 최대한 빨리 칼스로 이동한다는 것이 룬의 계획이었다. 적어도 커르니안까지라도 이동한다면 그들도 함부로 손을 쓰지는 못할 것이다.

물론 이대로 잘 풀린다면 좋겠지만 어디까지나 계획은 계획이다. 아무리 잘 세웠다고 해도 사람 마음대로 풀리기만 하지는 않을 거라는 소리였다. 하지만 룬은 지금 그 계획을 머리 속으로 세우고 빈틈을 다듬어내는 일밖에 할 수 없었다.

'그런데…….'

하지만 레전트가 납치된 이유는 도저히 알 수가 없었다. 룬의 머리 속에는 온갖 황당무계한 생각이 떠올랐지만 그것들은 전부 '현실성없음' 이라는 전제 하에 사라졌다(대부분 옛날이야기에 나오는 마왕의 제물이나 노예 등등의 이야기였다). 하지만 어쨌거나 중요한 것은 상대방이 살아 있는 레전트가 필요했었다는 것이다. 그리고 또 다른, 룬이 가지고 있는 라이칸슬로프의 심장도.

"부족해······."

룬은 부러진 이터가 꽂혀 있는 검집을 움켜잡으며 아려오는 가슴을 움켜쥐었다. 내려진 결론도, 그리고 그에 대한 대책도 너무나 빈약했다. 하지만 어쩔 수 없었다. 룬 크리셔드라는 남자는 신이나 마족이 아닌 인간이었다. 앞을 예측할 수도 없었고 그런 앞날을 무자비하게 헤쳐 나갈 수 있는 신과 같은 힘도 없었다.

그렇게 계속 걸어가던 룬은 마을의 불빛을 찾았다. 사방이 어둠인 벌판에서 본 마을에서 뿜어져 나오는 빛은 너무나 밝았다. 이제 달이 기울 시간이 가까워짐에 따라 마을의 빛은 더욱 밝아지고 있었다.

룬은 티아스의 말대로 그들이 이 근처에 본거지를 마련하고 있다면 정보를 수집해 두는 것이 좋겠다고 생각했다. 어떤 정보든지 좋았다. 요즘 무슨 일이 있었는지, 그리고 수상한 사람은 없었는지. 룬은 그 정보를 어떻게 모을 것인가 방법을 차근차근 생각하며 불빛을 향해서 천천히 걸어갔다.

"며칠 사이지만 죽어라고 고생하는군. 젠장!"

룬은 흔히 말하는 짜증이라는 느낌이 머리 속을 채우는 것을 느끼고 이빨을 꽉 깨물었다. 이빨과 이빨이 서로 맞물리자 머리 아픈 것이 조금 나아지는 듯한 기분이 들었다.

어제 일 때문에 얼굴이 약간 알려지기는 했겠지만 인간의 기억이란 상당히 불확실하기 마련이었다. 다만 눈을 살짝 가리는 검은 머리카락은 보통 인간에게 각인되기 쉬운 특징이었다. 다행히 밤의 어둠은 경비원들의 의식을 느슨하게 만들었다.

룬은 어젯밤과 마찬가지로 담을 넘어 사람의 눈이 잘 띄지 않는 골목길로 걸었다. 물론 그전에 옷 갈아입는 것을 잊지는 않았다. 피로 검붉게 물들어 버린 옷은 눈에 띄는 특징이 되어버리기 마련이었다.

룬은 사람들의 이미지에 강하게 각인되는 자신의 짙은 검은색 머리카락이 맘에 들지 않았지만 어쩔 수 없었다. 검은색의 머리카락은 염색이 가장 힘든 색이었다. 웬만한 색과는 달리 검은색은 다른 색에 쉽게 물들지 않았다.

애초에 별로 긴 여행길이 될 거라고 생각하지 않아 두꺼운 로브도 입지 않았던 룬이었다. 룬은 두건이라도 사서 써야겠다는 생각을 했다. 이제 점점 차가워지는 계절 탓에 챙이 없는 모자나 두건을 쓰고 다니는 사람은 많았다.

마을로 들어간 룬은 당장 여관 하나를 잡았다. 룬과 레전트가 이 마을에 있을 때 머물렀던 곳은 동쪽 입구에서 가장 먼 곳에 위치하고 있는 '안식의 여정' 이라는 이름의 여관이었는데, 굳이 입구에서 가장 먼 곳의 여관을 잡은 이유는 그나마 손님이 가장 적을 것으로 예상됐기 때문이다. 인간이란 의외로 게으른 존재라 서비스가 어떻든 당장 눈앞에 보이는 곳에 들어가서 일단 쉬고자 하는 본능이 있다. 손님이 없는 여관은 눈에 띄지 않아 숨어 지내기에 안성맞춤이었다.

대충 여관을 잡은 룬은 피가 말라 붙은 옷은 어떻게든 버리기로 하고 앞으로의 일을 곰곰이 생각했다. 녀석들이 살아 있는 레전트가 필요했다고 하더라도 오랫동안 시간을 끌 수는 없었다. 최악의 경우에는 오늘이라도 레전트의 생명이 위험할지도 몰랐다. 하지만 정보를 얻기 위해서 자신이 돌아다니다가 눈에 띄는 것은 되도록 삼가고 싶었고 그렇다고 사람을 고용하는 것도 미덥지 못했다.

그나마 도둑 길드에서 정보를 얻는 것이 어떻게 보면 가장 안심할

수 있었다. 냉정하게 따지자면 도둑을 믿는다는 것이 말도 안 되지만
그래도 도둑 길드의 인간들은 그런 정보를 파고 사는 데 꽤나 능력이
있었다. 룬은 램프에 불을 붙이고 길드원과 접촉할 방법을 생각했다.

"정말로, 구해낼 거예요?"

"예."

부러진 왼팔을 만지작거리던 룬은 듣기에 약간 어색한 목소리가 들
려온 창문가를 바라보지도 않고 대답했다. 열려 있는 창문으로 티아스
가 훌쩍 뛰어 들어왔다. 룬은 티아스가 창문을 넘어오며 로브가 바람
가르는 소리를 내는 것 이외의 소음이 들려오지 않았다는 것에 대해
약간 놀라워했다. 인간이라면 아무리 완벽하게 체중 이동을 한다고 하
더라도 나무판을 끼워 맞춰 만든 마루 바닥에 아무런 소리를 내지 않
고 착지한다는 것은 불가능했다.

하지만 정작 그런 곡예를 펼쳐 낸 본인은 룬이 어떤 생각을 하고 있
는지에 대해서는 신경 쓰고 있지 않았다. 그저 룬이 앞으로 벌일 행동
이 아무래도 신경이 쓰일 뿐이었다. 돌려서 말할 인간의 단어를 잠시
생각해 보던 티아스는 결국 고개를 작게 흔들며 직설적으로 말했다.

"포기해요."

"어째서 자꾸 저보고 포기하라고 하는 겁니까?"

"당신은. 어째서 자꾸 목숨을. 버리려고 하는 거죠?"

티아스는 자기 멋대로 바닥에 앉아버렸다. 룬은 잠시 티아스에게 눈
길을 돌렸다가 다시 자신의 다친 팔을 내려다보며 움직였다. 그런 무
심한 룬의 태도에도 티아스는 화를 내는 대신 멍한 목소리로 눈을 비
비며 말했다.

"나. 당신을 살렸으니까. 당신이 죽는 것. 원하지 않아요."

"꼭 죽는다고는 할 수 없을 텐데요."

죽으려고 하는 일이 아니었다. 굳이 말하자면 죽을 확률이 높기는 했지만 굳이 죽기 위해서 하는 행동은 아니었다.

"절대로 죽지 않는다고는 못할 일이지만 그래도 저는 죽지 않게 노력할 겁니다. 그리고 말해 두는데, 저는 마음을 바꿀 생각이 없으니 더 이상 설득할 생각은 하지 마세요."

"……."

룬이 그렇게 못을 박아버리자 티아스는 밤의 한쪽 구석으로 가서 쭈그려 엎드렸다. 룬은 그런 티아스의 모습을 보고 묘한 기분을 느꼈지만 결국 눈을 감고 침대에 누워 램프의 불을 꺼버렸다. 티아스가 구석에서 쭈그려 엎드려 있든지, 침대 위로 기어 올라오든지 자신에게 피해만 주지 않는다면 전혀 상관없는 일이었다.

티아스는 불이 꺼지자 잠시 고개를 들어 인간들이 잠을 자는 침대라는 것의 위에 누워 있는 검은 그림자를 힐끔 바라본 후 다시 고개를 팔 사이에 파묻었다. 그리고 자신을 위협했지만 결국 그냥 사라져 버린 그 검은 갑옷의 기사에 대해서 생각했다. 어딘가 모르게 익숙한 느낌이었다. 변질되고 더럽혀지긴 했지만 그 본질은 어디선가 느껴본 기억이 있었다.

"……."

그녀는 눈을 뜨고 잠시 몸을 뒤척이다가 다시 눈을 감았다. 오늘은 그녀에게 있어서도 힘들었던 날이었다.

4

룬은 벽에 걸려 있는 무기들을 바라보고 있었다. 숏 소드 이상 되는 무기는 보통 주문 제작을 거치게 되기 때문에 룬의 몸에 맞는 무기는 찾기 힘들었다. 하지만 부러진 이터가 재생되기까지 기다릴 수는 없었고, 만약 벌어질 싸움에서 단검으로 싸울 생각은 추호도 없었다. 무기를 얼마나 효율적으로 쓰느냐에 따라 그 무기의 가치가 정해진다고는 하지만, 풀 플레이트 메일을 단검으로 꿰뚫을 수 있을 거라는 생각은 하지 않았다.

플레이트 메일을 입은 상대를 상대하기 위해서는 워해머 같은 중량급 무기나 그 플레이트 메일의 사이를 꿰뚫을 수 있는 무기가 효율적이었다. 하지만 룬은 워해머나 투 핸드 소드, 혹은 바스타드 소드 같은 무거운 무기를 가지고 제대로 싸울 자신이 없었다. 취향 문제를 떠나 룬은 그렇게 무거운 무기를 쓰는 데 익숙하지 않았다. 보통 때라면 사용해 볼 엄두를 내보기는 하겠지만 지금 룬이 싸우게 될 상대는 인간이 아니었다. 적어도 인간의 몇 배 이상의 힘과 능력을 가진 존재였다.

잠시 무기들을 감상하던 룬은 고민에 빠졌다. 에스터크는 사실 사용해 본 적이 없었다. 보통 몬스터들은 플레이트 메일을 입지 않았기 때문에 룬은 언제나 이터 한 자루에 몸을 맡겨왔던 것이다. 에스터크는 베는 공격을 배제하고 만든 찌르는 검이었다. 베는 공격을 찌르기와 같이 사용하는 룬으로서는 아무래도 그런 에스터크의 단점이 마음에 들지 않았다.

룬은 창대와 창날이 한 금속으로 만들어져 있는 창을 골라 들었다. 당연히 이런 곳에 있는 만큼 마법 무기 같은 것은 아니지만 날과 창대가 특이한 짙은 푸른빛을 띠고 있었다. 룬은 이것이 쥬리어의 특산 강인 청강(靑鋼)으로 만들어져 있다는 것을 알 수 있었다.

청강은 제련의 문제가 아니라 철을 뽑아내는 광석 자체에서 일반 강과 청강으로 나눠지며, 그런 청강은 쥬리어에서만 생산되는 특산품이었다. 철 자체가 상당히 탄력성이 있고 조직이 끊어지지 않는 것이 장점인 청강은, 때문에 여러 무기를 만들 때 이용되는 강철이었다. 또한 청강은 철 자체가 푸르고 잘 빛나지 않기 때문에 비반사 처리를 잘하지 않아도 밤에 잘 빛나지 않고 가볍다는 장점이 있었다.

단점은 당연히 비싸다는 것. 하지만 무기에 몸을 맡기고 사는 용병들은 이런 청강으로 된 무기를 즐겨 찾았고, 조금 규모가 있는 도시나 마을의 무기상에는 청강으로 만들어져 있는 무기를 어느 정도 구비해 놓고 있었다.

창의 길이는 룬의 키보다 좀 더 작고 굵기는 손가락 두 개를 합쳐 놓은 정도였다. 대충 들어서 무게를 어림짐작해 보니 당연히 이터와는 달리 묵직하지만 그래도 두께나 경도를 비교해 봤을 때 상당히 가볍게 느껴졌다. 날도 날카로운 편이었고 창대 자체에도 탄력이 있는 걸로 봐서는 대량으로 생산된 것치고는 꽤 좋은 물건 같았다.

룬은 창을 집어 들고 카운터로 향했다. 손님이 그다지 없는지 룬의 모습을 계속 힐끔거리며 그의 모습을 살피던 주인은 룬이 자신에게 다가오자 웃는 얼굴로 고개를 들었다.

"얼마입니까?"

"눈이 높으시군요, 손님. 이건 이 마을에서 저희 가게에서만 취급하는……."

룬은 일부러 한숨을 쉬며 창끝으로 바닥을 가볍게 두들겼고 주인은 급히 쓸데없는 말을 집어치웠다.

"1엘 800피안 되겠습니다. 쥬리어에서 수입한 거라 이 이하의 가격으로는 저희가 손해이니 깎아드릴 수는 없습니다."

룬은 거기에 대답하는 대신 다시 무기가 진열되어 있는 쪽으로 가서 대거 한 자루를 더 골라와 카운터 위에 올려놓았다.

"합쳐서."

"예? 하지만 손님……."

"장사꾼이 밑진다고 하면 말이 안 된다는 것은 알고 있습니다. 용병이 무기 가격을 모를 거라고 생각하는 겁니까?"

사실 대거를 합쳐도 300피안 정도의 이득이 있었다. 주인은 그런 룬의 태도에 조금 당황해하다가 웃으면서 고개를 끄덕였다. 룬은 주머니에서 돈을 꺼내 카운터 위에 올려두었고 주인은 돈을 확인한 후 창을 감쌀 수 있는 천을 내밀었다.

"안녕히 가십쇼~"

조금 속이 상한 주인이었지만 상인답게 그런 속내를 바깥으로 내비치지는 않았다. 룬은 창을 천으로 감싸 어깨에 메고 바깥으로 나섰다. 자신의 돈이 아닌데 이렇게 막 써도 되는지 잠시 생각해 보긴 했지만 룬은 그 문제에 대해서는 신경을 끊기로 했다. 어차피 이 상태에서 돈을 썼다고 레젠트가 자신을 나무라지는 않을 것이다.

룬은 어젯밤 했었던 생각에서 어느 정도의 확신을 가졌다. 그들은 룬이 어디에 있는지 찾지 못하고 있었다. 룬이 어젯밤 내내 마을을 향해 걸어올 때 길을 벗어나서 걸어와 습격을 당하지 않았고, 지금은 마을 안에 있는데도 누군가 자신을 잡으러 오지는 않았다.

레젠트의 마력을 탐지한 것이라면 충분히 가능한 소리였다. 룬은 보통 사람이었고 어제만 해도 마기를 풀풀 뿜어내던 라이칸슬로프의 심장은 봉인당했다. 상대방이 누구든 레젠트가 잡혀간 이상 룬과 라이칸슬로프의 심장을 찾을 수 있는 단서는 없었다.

"마력이라… 힘인 건가?"

룬은 후드가 달린 두꺼운 로브와 몇 개의 작은 가죽 주머니도 구입했다. 점점 날씨가 추워지고 있었고 이런 옷을 입게 되면 모습을 효과적으로 감출 수 있었다. 날씨에 걸맞은 옷차림은 의심을 받지 않게 만들어주기 마련이었다. 룬이 여관으로 돌아왔을 땐 아침에 침대 아래에 있다가 룬에게 밟힐 뻔했던 티아스는 사라져 있었고 대신 창문이 열려 있었다. 룬은 혹시나 하는 심정에 주위를 둘러봤지만 티아스의 모습은 없었다. 침대 위에 창과 로브를 집어 던져 버린 룬은 급히 배낭을 뒤져 라이칸슬로프의 심장을 확인한 다음 짚이 깔려 있는 침대 위에 주저앉았다. 그리고 어제 분류별로 모아두었던 가루들은 새로 사 온 가죽 주머니에 따로따로 넣어 레전트의 배낭 안에다가 넣었다.

"뭔가 바보 같군……."

이런 마을 여관 2층의 침대에 앉아 묵묵히 이런 짓을 하고 있는 자신이 이상하게 느껴졌다. 여전히 자신이 왜 이곳에서 이러고 있는지 이유를 알 수가 없었다. 하지만 룬은 이럴 때는 생각을 단순히 하는 것이 좋다는 것을 경험상 잘 알고 있었다.

레전트가 납치된 곳을 알아내 구출한다.

이것이 지금 룬이 생각해야 될 문제였다. 룬은 완전히 정리가 끝난 레전트의 배낭을 침대 구석에 던져 두고 천을 풀어헤쳐 창의 모습을 살폈다. 약간 변칙적인 글레이브라고 할 수 있을 정도로 날이 있는 창은 끝이 충분히 날카로워 갑옷을 관통할 수도 있고 베는 공격도 가능해 보였다. 창치고는 약간 짧기는 했지만 긴 것이 좋은 것은 아니었다. 자신이 사용할 수 있느냐 없느냐가 중점이었다.

왼팔은 어느 정도 치유가 됐는지 건틀릿도 착용이 가능할 정도로 부기가 빠져 있었다. 하지만 이제 힐링 파우더도 거의 바닥을 보이고 있었다. 룬은 자신의 일생 동안에—라고 해도 몇 년 안 되지만—가장 돈을 많이 써본 며칠 간이라고 할 수 있을지도 모른다는 생각을 했다. 병원에 며칠 간이나 누워 있었고, 웬만한 중상이 아니면 사용하지 않았을 힐링 파우더를 무더기로 사용하기도 했다. 그렇게 힐링 파우더를 사용해야 할 일이 연속적으로 터졌다는 것을 생각해 보면 입가에 쓴웃음을 지을 수밖에 없었다. 불과 일주일. 10일도 지나지 않은 동안에 거의 몇 달 간을 먹고 살 수 있는 돈이 날아가고 만 것이다.

"리테일이 나를 보고 울 일이군."

항상 리테일에게 돈을 아껴 쓰라는 소리를 들었던 룬은 리테일을 기억해 내고 잠시 동안 과거에 있었던 일을 떠올렸다. 하지만 곧 자기 자신의 행동에 흠칫 놀라며 입가를 매만졌다. 룬 크리셔드라는 인간은 지금 이곳에서 너무나 자연스럽게 웃고 있었다.

"미쳤어요?"

"글쎄요."

룬은 웃음을 거두고 창문가에 앉아서 자신에게 태연하게 기분을 상하게 하는 종류의 말을 함부로 던진 티아스를 바라봤다. 티아스는 룬의 시선을 받고 잠시 머리를 갸웃거리며 자신이 한 말의 의미를 생각했다. 곧 자신의 말이 인간 세계에서 어떤 의미로 쓰이는지를 확인한 티아스였지만 인간들이 그 단어를 얼마나 싫어하는지는 생각해 내지 못했다. 다행히 룬은 그런 티아스의 말에 감정적으로 대응하지는 않았다.

"마지막이에요. 포……."

"싫다고 말했습니다."

룬은 티아스의 마지막 충고에 대한 대답을 하며 동시에 창을 치켜들었다. 푹신한 침대 위에 앉아 있었던 덕분에 약간 자세가 이상하기는 했지만 룬은 그럭저럭 코앞까지 쇄도해 온 티아스의 주먹의 진행 방향에 창대를 놓을 수 있었다. 곧 티아스의 주먹이 상당히 강하게 창대를 후려쳤고, 룬은 창대를 슬그머니 내리며 주먹을 쥐고 뒤로 물러서는 티아스를 향해 말했다.

"괜찮습니까?"

"……."

티아스는 말도 안 나오는 듯 쭈그려 앉아 주먹을 감싸 쥐며 룬을 노려보았다. 그리고 곧 바닥에 털썩 주저앉아 작게 중얼거렸다.

"내 손으로. 구한 짐승 중에서. 다시 죽으러 가는 짐승은. 당신이 처음.”

인간에게 짐승이라는 단어를 사용하는 티아스의 말은 보통 사람이
라면 이상하게 느껴지기 충분했지만 룬은 그런 것에 상관할 만큼 예민
하지 않았다. 그것보다 룬은 자꾸 자신이 죽는다고 단정 지어버리는
티아스의 언행이 이해가 되지 않았다.

“어째서 제가 죽을 거라고 그렇게 장담하시는 겁니까?”

룬이 그렇게 질문하자 티아스는 다시 대답을 회피하려는 듯 슬그머
니 고개를 돌려 버렸다. 잠시 그런 티아스의 태도를 바라보던 룬은 창
을 내려놓고 손을 만지작거리는 티아스의 앞으로 다가가 쭈그려 앉았
다.

티아스는 룬이 자신의 앞으로 다가오자 불안한 듯 몸을 움찔거렸지
만 방구석에서는 몸을 피하기 어려웠다. 룬은 어제 했던 것처럼 티아
스의 머리를 양손으로 꽉 움켜잡고는 버둥거리는 티아스와 눈을 맞춘
후 다시 천천히 질문했다.

“어째서 제가 죽는다는 거지요?”

티아스는 잠시 동안 계속 버둥거리며 룬의 손에서 벗어나려고 했지
만 룬은 나름대로 티아스의 머리를 꽉 붙잡았고, 티아스는 그런 황당한
방법에 룬의 몸을 직접 가격하고 빠져나올 생각을 하지 못한 채 의미
없는 발버둥을 계속했다. 비록 룬이 육체적인 강함은 수인족에 비할
수 없는 보통 인간이라지만 용병은 ‘보통’ 인간에 속하는 인간들이 아
니었고, 이런 황당한 상황에서는 티아스도 마음껏 힘을 쓰지 못했다.

잠시 후 티아스는 축 늘어진 채 룬의 손에서 벗어나는 것을 포기하
고 가쁜 숨을 내쉬며 작은 목소리로 입을 열었다.

“…그는 강하니까, 당신이 맞서 싸울 수 없을 만큼.”

"괜찮습니다. 되도록 싸우지 않고 피할 테니까요."

룬은 가만히 손을 놓고 물러서서 침대 위로 올라갔다. 왼팔에 힘이 돌아오고 가슴의 통증이 대부분 사라졌다는 것은 상당히 다행스러운 점이었다. 의지로써 통증을 무시할 수는 있지만 무시하는 데에도 힘이 드는 것이 사실이니까.

굳이 티아스를 동참시키고 싶지는 않았다. 사실 위험도가 너무 높았다. 이런 도박을 하는 것은 아무리 생각해도 마음에 드는 일이 아니었다.

"식사 왔습니다~"

문밖에서 누군가가 노크를 하자 티아스가 룬의 시야에서 순식간에 사라졌다. 룬은 문득 이곳이 2층이었다는 것을 기억했다. 그리고 2층 창문으로 출입을 한다는 것은 다른 사람들의 눈에는 분명히 이상하게 보일 것이라는 결론을 생각해 내는 것은 그리 힘든 일이 아니었다.

"들어오세요."

룬은 나중에 또 그런 일이 벌어지면 말해 두는 게 좋겠다고 생각하며 들고 있던 창을 침대 곁에 세워두었다.

"음… 표라도 사실 겁니까?"

마부는 말들 옆에 앉아 있다가 자신에게 가까이 다가온 검은 머리의 남자에게 그런 질문을 던졌다. 온몸을 로브로 감싸고 후드는 뒤로 젖혀놓은 모습은 말 그대로 평범했다. 하지만 그가 답변으로 던진 말은 절대로 평범하지 않았다.

"정보를 사고 싶습니다."

마부는 당황해하거나 하진 않았다. 다만 어이없는 표정을 짓고 자신의 앞에 서 있는 남자를 향해 비웃는 듯한 음성으로 대답했다.

"아하하하핫… 무슨 소리십니까, 손님? 제게 무슨 정보가 있……."

"당신 말고, 당신 길드에."

마부의 표정이 조금 움찔했다. 그리고 룬은 그런 마부의 얼굴 변화를 놓치지 않았다. 마부의 눈이 룬의 온몸을 빠르고 주의 깊게 훑어보기 시작했고 룬은 조용히 그의 다음 반응을 기다렸다.

"당신 누구야?"

방금 전만 해도 그런대로 친절한 말투였던 마부의 말투가 약간 험악하게 변했다. 룬은 으르렁거리는 마부를 아무렇게도 않게 주시하며 입을 다물었다. 마부는 그런 룬의 반응에 얼굴을 조금 더 찡그리며 부츠에 가만히 손을 가져갔다. 룬은 그 부츠에 단검이 숨겨져 있을 거라는 것을 의심하지 않았다. 하지만 룬은 여전히 태연한 모습을 보이고 있었다.

"다시 묻겠어. 대답하지 않으면 몰래 처리해서 들판에 파묻어주지. 땅 파는 게 힘들겠지만 불가능한 일은 아니야. 당연히 묘비는 없겠지만 말이야. 당신 도대체 누구야?"

"당신이 도둑 길드에 속해 있는 걸 알고 있는 사람이지."

"젠장, 혹시 영주 *끄나풀*이야?"

주위에는 아무도 없었다. 이미 정오가 지난 시각이었고 다들 일터에 있을 시간이지 하릴없이 여기저기 돌아다닐 시간은 아니었다. 룬은 가만히 고개를 좌우로 내저었다.

"어떻게 믿지?"

"정보 좀 사겠다는데 까다롭군. 며칠 전 길드가 발칵 뒤집힌 적이 있을 텐데?"

"그걸 어떻… 설마 당신이?"

마부는 급히 자신의 눈앞에 있는 남자의 팔과 허리를 살펴보려 했지만 로드 아래에 감추어져 있는 허리와 팔을 볼 수는 없는 일이었다. 분명히 마스터에게서 그 남자의 일이라면 무조건 도우라는 명령을 받았다. 하지만 자신의 눈앞에 있는 남자가 마스터가 말한 그 남자인지는 확인해야 했다.

"좋아. 당신이 그 며칠 전 그 남자가 맞는 건가? 젊은 마법사와 길드를 뒤집어놓은?"

"복수라도 할 셈인가?"

룬은 다리를 약간 벌리며 로브 아래에서 대거를 슬쩍 뽑아 들었다. 눈에 띄기 쉬운 창이나 이터는 가지고 오지 않았지만 어떨지 모르는 상황에 대비해서 거의 완치된 왼팔에는 건틀릿을 끼고 있었으며 대거도 몇 자루 가지고 온 참이었다.

그 마부는 자신이 깔고 앉아 있는 나무통을 툭툭 걸어찼다.

탁, 탁, 타탁, 탁.

룬은 그 나무통을 두드리는 소리가 굉장히 음률이 있다는 것을 눈치채고 주위를 둘러보았다. 동료를 부르는 것일 수도 있었다. 하지만 다행히도 룬의 걱정과는 다르게 옆의 건물의 그림자 아래에 앉아 있던 누더기 차림의 거지 사내가 자리에서 일어난 것을 빼면 별다른 일은 벌어지지 않았다.

"마스터가 당신이 도움을 청하면 무조건 도우라고 해두었으니까."

"고맙군."

룬은 조용히 주위를 둘러보며 그 거지에게로 다가갔다. 그 거지는 룬이 자신을 향해 걸어오자 건물의 사이로 걸어 들어갔다. 룬은 건물 사이의 앞에서 잠시 몸을 가두고 발을 내디뎠다.

건물의 사이는 성인 남자 한 명이 겨우 걸어갈 수 있을 만큼 좁았다. 룬은 로브의 아래에서 빼낸 대거를 꽉 움켜쥔 채 주위를 경계하며 안으로 천천히 걸어갔다. 얼마 걸어 들어가지 않아 룬을 기다리고 있던 냄새나는 거지 차림의 사내가 땅에 침을 탁 뱉으며 못마땅한 듯이 중얼거렸다.

"쳇, 돈을 안 받은 걸 보니 공짜 손님이군? 재수없게시리……."

룬은 그런 사내의 말에도 별다른 반응을 하지 않았다. 턱을 만지며 룬을 힐끔거리던 사내는 룬에게 손짓을 하며 더 더욱 깊숙이 안쪽으로 걸어 들어갔다. 룬도 그런 사내를 따라 걸어 들어갔지만 결코 방심하지는 않았다.

곧 막다른 길이 그들의 앞길을 막았다. 룬은 여전히 주의 깊게 주위를 둘러보고 있었고, 그 남자는 그런 룬의 태도에 아랑곳하지도 않고 품속에서 뭔가를 빼서 입에 물었다.

피리리릭—

작은 새의 울음소리 같은 것이 짧게 울려 퍼졌다. 잠시 후 지붕 위에서도 짧은 새소리가 들려왔고, 그 남자는 다시 입에 물고 있는 작은 피리를 불어 그 소리에 대한 답변을 했다. 곧 지붕 위에 사람의 모습이 나타나더니 새소리를 낸 남자와 룬을 번갈아 바라봤다.

잠시 후 그 남자는 거지 차림의 남자에게 간단한 질문을 던졌다.

"누구야?"

"공짜 손님이다."

"공짜 손님? 공짜 손님이 될 만한 건수가 있었나? …아아, 혹시 그 며칠 전에 길드를 뒤집어놓은 그 남잔가?"

룬은 자신을 흥미롭게 바라보는 그 남자의 눈초리에 전혀 반응하지 않고 그 남자를 정면으로 바라보았다. 잠시 후 지붕 위의 남자는 어깨를 으쓱했다.

"그럼 무슨 일로 찾아왔는지 말해 보시지? 엉뚱한 짓은 하지 말고."

그가 그렇게 말하며 손가락을 튕기자 지붕 여기저기에서 몇몇의 사람이 튀어나왔다. 룬은 이런 좁은 골목에서 네 발이나 되는 쿼렐을 피해내 도망친다는 것에 대해서 상당히 회의적인 생각을 해야 했다. 한쪽 벽으로 몸을 붙인다고 해도 쿼렐 두 발을 피해내야 했고, 게다가 건물 사이는 상당히 좁았기 때문에 몸을 마음대로 움직여 쿼렐을 피할 순 없었다. 룬은 머리 속으로 일이 틀어질 경우 이곳을 최대한 빨리 뜰 작정을 하며 자신이 이곳에 찾아온 이유를 무뚝뚝한 얼굴로 말했다.

"이 근처에서 요즘 이상한 일이 일어나지 않았나? 사소한 것이라도 상관없으니 정보를 얻고 싶다."

"어이, 손님. 그게 지금 말이 된다고 생각해? 사소한 걸로 치자면 끝이 없다고. 예를 들어 4일 전 밤에 누구누구 집에 돼지가 새끼를 10마리나 낳았다든지 하는 정보라거나."

"나는 이상한 일이 벌어지지 않았냐고 묻고 있다. 사람이 자주 실종되거나 무기가 급히 만들어졌다거나."

"으음, 생각해 보지. 그런 류로는……."

그는 팔짱까지 끼고 여유있게 뭔가를 생각하는 포즈로 지붕 위에 걸터앉았다.

룬은 석궁을 들고 자신을 노리고 있는 남자들을 보며 굳이 길드 안에 들어가지 않고 이런 식으로 정보를 판다는 것이 상당히 효율적이라는 생각을 했다. 길드 위치도 드러나지 않을 뿐더러 위험한 상황이 된다

할지라도 상대방보다 더 위쪽을 점거하게 된다는 것도 효율적이었다.
룬은 무심결에 자신의 앞에서 침을 뱉어대는 남자를 향해 물었다.

"이런 방식을 사용한 건 언제부터지?"

"뭐?"

"이런 거래 방식을 사용하게 된 것 말이다."

"그거야 현 마스터 취임 때부터… 쓸데없는 건 묻지 마!"

무의식 중에 대답을 했다가 급히 입을 다문 거지 차림의 남자는 룬을 향해서 으르렁거렸다. 하지만 룬은 네 개의 석궁이 자신을 노리고 바로 앞에 공격적인 성향을 띠고 있는 남자가 있는데도 불구하고 태연한 모습으로 벽에 기댔다.

"이봐. 일단 들어볼 건가?"

한참 동안 심각한 얼굴로 뭔가 생각하던 남자가 뭔가가 떠오른 듯 입을 열었다. 룬이 고개를 끄덕이자 그는 다시 뭔가를 생각해 내려 애쓰며 말을 꺼내기 시작했다.

"영주가 무기를 모으고 있어. 뭐… 무조건 이상한 일이라고 하니 말하는 거야. 그럼 듣겠어?"

"그래."

"그럼 들어봐."

그 남자는 자신이 알고 있는 사실 전부를 룬에게 이야기했다. 룬은 그 남자의 말에 확실히 이상하다는 것을 알 수 있었다. 이미 마물 같은 것도 대부분 사라진 이 시대에 중장무기를 일반 병사에게 맞춰주는 것은 절대로 타산에 맞는 일이 아니었다. 바스타드 소드나 플레이트 메일은 일반 병사들이 사용하기에 상당히 무리가 있는 무기였다. 차라리 체인 메일이나 롱 소드로 무장을 맞추고 남는 돈으로 사병을 더 양성

한다거나 하는 쪽이 훨씬 이득이었다.

기사를 위한 장비일 수도 있겠지만 그렇다고 전 부대를 기사로 양성한다는 건 정말로 미친 짓에 가까웠다. 가디언 계급인 기사로 부대를 짜기 위해서는 일반인들로 병사를 양성하는 것에 비하면 돈이 수배 이상으로 들어버린다.

룬은 그 이야기 중에서 어제 일었던 일을 떠올리고 이맛살을 약간 찌푸렸다. 분명히 자신을 습격했던 그 키메라는 플레이트 메일과 바스타드 소드를 장비하고 있었다. 하지만 그 남자는 그런 룬의 사정을 몰랐기 때문에 룬의 얼굴이 찌푸려지자 말을 멈췄다.

"그만 할까?"

"아니, 계속해."

그 뒤의 이야기는 조금 더 이상했다. 바스타드 소드와 플레이트 메일의 경우는 백 보 양보해서 그냥 영주의 사설 군대를 꾸미기 위한 것으로 넘긴다고 치더라도 그 일이 몇 년 전부터 성의 출입이 극히 제한되기 시작했었을 때와 기간이 겹친다는 이야기였다. 간혹 초대를 받은 마법사들이 성에 들어가거나 일반 관리들이 세금을 걷고 하는 것 이외에 영주의 성의 내부 구조는 거의 비밀에 가까울 정도로 아무것도 알려지지 않았다.

몇몇 젊은 길드원들이 성 가까이에 접근했다가 경비병들에게 발각당해 성에 잡혀 있다가 몇 개월 후에 풀려나기도 했었다고도 했다.

"일단 여기까지. 또 뭐 필요해?"

"사베이언 공작……."

혹시 어제 레전트를 초대한 것도 무슨 속셈이 있어서 그랬던 것일지도 몰랐다. 그렇게 된다면 이야기가 딱 맞아떨어지기는 하지만 속단하기에는 확실히 이른 일이었다. 룬이 그 공작에 대해서 알고 있는 것은 거의 없었다. 만약 지금 자신이 오해를 하고 있는 일이라면 문제가 커질 염려가 있었다.

"그 영주의 성의 위치는?"

"뭐? 설마 성에 침입이라도 해보려고?"

"아니."

차가운 룬의 말투에 그 남자는 어깨를 으쓱했다.

"여기서 동쪽 입구로 나가서 쭉 가면 성이 보일 거야. 한 십 분쯤 걸어가면 충분해."

"고맙군."

룬은 그대로 뒤로 돌아서 건물 사이를 빠져나가기 시작했다. 순식간에 룬이 사라져 버리자 지붕 위에 걸터앉아 있던 남자는 피식 웃으며 멍하게 장전된 석궁을 들고 있는 남자들에게 손짓을 했다.

"이봐, 다들 긴장 풀라고. 저거 진짜 물건이네… 석궁 앞에서 저렇게 태연할 수가 있나? 바스록, 너도 가서 구걸이나 더 하라고. 이봐, 석궁도 장전 풀고 있어. 계속 그렇게 당겨두면 줄 늘어지잖아."

성까지 가는 것은 힘들지 않았다. 다만 가는 길 내내 왠지 모르게 '가기 싫다' 라는 묘한 기분이 룬의 다리를 무겁게 잡고 늘어졌다. 하지만 성이라면 의외로 그런 녀석들이 은신하기에 좋은 곳일지도 몰랐다. 일반인들이 함부로 들어갈 수도 없고 마을에서도 떨어져 있는 데다가 몇 년 동안 내부 사정이 바깥에 거의 알려지지 않은 곳이라면 더 더욱.

금방이라도 유령이 튀어나올 것 같은 을씨년스러운 모습으로 대지에 굳건히 서 있는 성은 의외로 튼튼해 보였다. 룬은 그런 성의 모습에서 이상할 정도로 섬뜩한 위화감을 느껴야만 했다.

성은 그 지방의 영주가 머무는 곳이다. 당연히 엄중하진 않더라도 기본적인 경계는 하고 있어야 하는 것이 정석임에도 불구하고 성문에는 그런 기본적인 경비병도 서 있지 않았다. 그뿐만 아니라 한 시간이 넘도록 성에서 멀리 떨어진 나무 아래에서 성벽을 바라봤지만 인간의 모습을 찾아볼 수가 없었다. 게다가 마을에서 성으로 향하는 길은 잘 포장되어 있지 않음에도 불구하고 사용한 흔적이 거의 없었다. 인간의 발이 닿지 않아 잡초마저 무성하게 자라나고 있는 길은 더 이상 길이라고 하기도 힘들었다.

그리고 분명히 비정상적일 정도로 성 전체에 가까이 하고 싶지 않은 기운이 감돌고 있었다. 게다가 인기척이 전혀 느껴지지 않았다. 마치 유령이 사는 버려진 폐허 같은 분위기가 성 전체를 맴돌고 있었지만 분명히 성은 어디 하나 부서진 곳도 없이 멀쩡했다.

룬은 외부에서 볼 수 있는 한 많은 곳을 보며 성을 탐색했지만 더 이상 별다른 정보를 얻을 수는 없었다. 결국 룬은 영주의 성을 탐색할 수 있는 능력을 가진 이를 고용하기로 마음을 먹고 마을로 돌아올 수밖에 없었다.

"미쳤어? 영주의 성에 침입해서 정보를 빼내오라고?"

"무리인가?"

"무리냐고? 지금 무리냐고 물은 거야? 당신 영주한테 우리를 가져다 바칠 셈이야? 우리 목에는 현상금도 안 걸려 있다고. 가져가 봤자 몇 피안 못 벌걸?"

룬은 아까 그 장소에 서서 아까 자신에게 정보를 줬던 도적과 이야기를 하고 있었다. 하지만 영주의 성에 침입할 사람을 고용하는 것은 쉬운 일이 아니었다. 아까 룬과 이야기했었던 도둑은 여전히 지붕 위에 걸터앉은 채 고개를 내저었다.

"영주네 집에 쳐들어갈 만큼 간 큰 녀석들은 없다고. 왜 우리가 영주의 성이라는 매력적인 돈벌이 장소를 포기했는지 알아?"

"모른다."

"영주는 마법사야. 그것도 상당한 수준의. 칼스와는 관련이 없는 개인 마법사라고 알고 있어. 게다가 그 영주… 옛날에는 마법 생물이나 키메라였던가? 하여튼 괴물 만지는 데 일가견이 있었다고 하더군."

"거기에 대해서 좀 더 자세히 말해 줬으면 좋겠는데."

"음? 흥미있어?"

룬은 고개를 끄덕였다.

키메라를 다루는 마법사. 하나둘씩 얻은 정보는 그 영주가 레전트를 납치해 갔다는 것을 말해 주고 있었다. 물론 룬은 그 사실을 완벽히 확신하지는 않았지만 상황은 점점 그 사실을 룬에게 알려주고 있었다. 하지만 룬은 뭔가 이상하다는 것을 느꼈다.

키메라를 다루는 마법사 영주. 그런 영주가 다스리고 있는 네스트 최고의 곡창 지대는 충분히 소문이 퍼져 있을 만한 얘깃거리였다. 그런데 룬은 그 영주에 대한 소문을 들은 기억이 전혀 없었다.

네스트에는 칼스처럼 비상식적으로 마법사의 재능을 가진 사람이 많지 않았다. 게다가 그 재능을 가진 인간이 전체 인구의 아주 적은 부분을 차지하는 귀족에 속해 있을 가능성은 더 더욱 적었고. 그 재능을 가진 인간이 마법 교육을 받게 되는 것은 굉장히 희귀했다. 거기다가 키메라는 보통 마법사들은 별로 즐겨 손대는 부분이 아니었다.

'소문을 들은 적이 없다… 어째서?'

룬이 알고 있는 건 단지 이 땅을 다스리는 영주의 이름뿐이었다. 하지만 이벨 사베이언 공작은 그렇게 간단한 이름으로 불릴 만큼 단순한 인간이 아니었다.

"이벨 사베이언 공작. 네스트에서 상당히 귀한 마법사의 재능을 가지고 있었던 귀족이고, 그는 그 능력을 이용해서 네스트의 중남부인 이곳 사베이언을 차지했지. 정책을 잘하는 것도 아니고 못하는 것도 아닌 남자지만 정부에서도 거의 신경을 쓰지 않아. 이 지역의 주민들은 아무런 불평도 하지 않고 있으니까. 취미는 마법 생물 창조, 특기 역시 마법 생물 창조야. 몇 년 전 정보니까 정확할지 어쩔지는 모르겠지만. 성에 들어가 보면 여기저기 골렘이나 가고일 같은 녀석들이 눈에 보일 정도로 널려 있다고 들었어. 부인은 병으로 죽었고… 아들 두 명과 딸도 병으로 죽었어. 아마 8년 전에 흑사병에 걸린 것 같아. 식성 같은 잡다한 취미도 필요한가?"

"아니, 그 정도면 충분하다. 성안쪽의 지도는 있나?"

"있기는 있지만 10년 전 지도라 제대로 맞을지는 모르겠는데?"

"상관없어, 그게 최신이라면."

"알았어, 손님. 기다리고 있어."

그의 모습이 지붕 위에서 사라지고 나자 룬은 네 개의 석궁이 여전히 자신을 노리고 있다는 것을 인식하고 한쪽 벽에 슬그머니 등을 갖다 대면서 생각했다.

맨몸으로 성벽을 타넘는 것은 솔직히 룬에게는 무리였다. 외부로부터의 공격을 막아내기 위함이 목적인 성벽을 오르기 쉽게 만드는 덜떨어진 건축가가 존재할 이유가 없었다. 성벽은 되도록 수직에 가깝게 세워졌고 발이나 손을 넣을 틈이 없게 세밀히 만들어지기 마련이었다.

조용히 성벽을 넘는다는 것은 사실상 힘들었다. 게다가 마법사라면 성이나 주요 부분에 침입자가 침입했을 때 위치를 찾아내는 마법을 걸어두었을지도 몰랐다. 사실 마법을 어떤 대상에게 그런 식으로 오랜 시간 유지하는 것은 인간으로서는 힘든 일이었지만 마법에 대해서 아는 것이 별로 없는 룬으로서는 그것이 걱정될 수밖에 없었다.

어딘가에 몰래 침입하는 데는 익숙하지 못한 자신이 직접 잠입하는 것은 무리가 있었다. 하지만 시간은 없었고 도둑들도 성에 몰래 잠입하는 것은 꺼려하고 있었다. 룬에게는 도둑들을 마음대로 움직일 힘이 없었다.

그때 어딘가로 사라졌던 도둑이 손에 양피지를 들고 나타났다. 그는 룬에게 그 양피지를 던졌고, 룬은 가볍게 자신에게 날아오는 양피지 뭉치를 받았다.

"성 외벽과 안쪽의 설계도. 뭘 하려는 건지는 모르겠지만 이 이상 우리한테 조력을 부탁하는 것은 삼가해 줬으면 하는데. 영주를 건드리면 뒷일이 곤란해지거든."

"알겠다. 이 정도 해두도록 하지."

룬에게 있어서 상대방을 억지로 사지로 모른 것은 그다지 달가운 일이 아니었다. 상대방을 사지로 몰았다는 죄책감 때문이 아니었다. 그런 식으로 억지로 사지에 내몰린 이들은 제대로 일을 하지 못한다. 죽음이라는 존재는 인간에게서 당연한 이성마저도 앗아가는 존재였다.

Chapter 3 신념

5

피가 엉겨 붙어 더러워진 금발에 먼지와 흙이 묻어 더 더러워진 몸
이었지만 그 눈만은 파란 불꽃을 내뿜듯 강하게 빛나고 있었다. 그리
고 그런 레젠트의 앞에는 한 중년 남성이 여유있게 서 있었고, 그의 뒤
에는 어제 자신을 납치하고 룬을 죽인 그 기사가 서 있었다.

"기분이 어떠신가?"

"너……!"

레젠트는 자신의 앞을 가로막고 있는 철창을 양손으로 움켜잡으며
외쳤다.

"도대체 네놈의 목적이 뭐야? 마왕이라도 부활시켜서 대륙 정복이
라도 할 생각인가?"

"허허, 대륙 정복이라니."

레젠트가 갇혀 있는 철창에는 푸른빛의 발광성 물질로 어떤 문자가

그려져 있었다. 과거부터 전해지는 고대 문자. 마법의 기초를 구성하는 수많은 룬 문자가 빛을 낼 때마다 레전트는 얼굴이 일그러지는 것을 막을 수 없었다. 차라리 식사를 굶기거나 잠을 자지 못하게 하는 것이 덜 고통스러울 것 같았다. 그 문자들은 수시로 빛을 내며 계속 주위에 흐르고 있는 마력의 흐름을 바꾸어놓고 있었다. 아무리 숙련된 마법사라고 하더라도 주위에 흐르는 마력이 불균형한 움직임을 보이며 예측하지 못하게 움직인다면 마법을 사용하기는커녕 오히려 미쳐 버릴지도 몰랐다. 이런 현상은 그 마법사가 얼마나 뛰어나느냐에 따라 비례했다.

마법사에게 있어서 마력의 흐름은 자신의 피의 흐름과 다름없었다. 보통 사람도 피가 거꾸로 돌거나 멈추거나 진동한다면 단 하루도 버티지 못하고 죽고 말 것이다. 레전트는 정신력을 최대한 발휘해 자기 주위의 마력의 흐름을 안정시키느라 마법을 쓸 정신력은 남아 있지도 않았다. 마나의 흐름을 안정시키지 않으면 미쳐 버리거나 죽게 될지도 몰랐기 때문에 어쩔 수 없는 일이었다.

"음, 그것은 나머지 한 사람이 가지고 있는 건가?"

"그렇습니다."

"곤란하군. 이 마법사야 마나 탐지를 해서 찾을 수 있었지만 그가 가지고 있는 것은 마기가 아니라면 찾기 힘든데. 분명히 그가 가지고 있는 게 맞는 건가?"

"예, 아마도 확실한 것 같습니다."

시드리칸은 자신을 증오심에 불타는 눈으로 노려보고 있는 레전트를 본 체 만 체하며 대답했다.

"자네에게 그 일을 전부 위임하겠네. 그것을 찾아오게나."

"알겠습니다."

시드리칸이 가볍게 고개를 숙이며 대답하자 그 중년 남성은 돌로 만든 계단을 걸어 올라갔다. 곧 시드리칸도 그의 뒤를 따라 막 계단을 오르려고 하다가 뒤에서 들려오는 소름 끼치는 목소리에 걸음을 멈췄다.

"왜 죽였지?"

시드리칸이 뒤를 돌아보자 그 소리가 들려온 자리에는 레전트가 그 눈을 자신에게 돌리고 있는 것이 보였다. 레전트는 독기가 가득 배어 나오는 목소리로 다시 한 번 시드리칸에게 물었다.

"왜 룬을 죽인 거냐고 묻고 있다. 목적이 나라면 나만 데리고 오면 됐었을 텐데."

레전트의 분노는 불같이 타오르고 있었지만 레전트는 그런 분노를 잘 갈린 한 자루의 칼처럼 갈무리하고 있었다. 항상 무뚝뚝하고 재수 없이 행동하던 룬이었지만 레전트는 그런 룬을 고용인이 아닌 친구로 생각하고 있었다. 말투나 행동은 거칠기 짝이 없었지만 언제나 자신을 생각해 줬으니까. 고용인의 자격이라고 입버릇처럼 말하기도 하던 룬이었지만 룬은 진심으로 자신을 생각해 주고 있었다. 단순히 자존심 때문인지 사람을 사귀고 싶지 않은 것인지는 몰랐지만. 레전트는 항상 생각하고 있었다. 믿을 수 있는 녀석이라고.

"쓸데없는 대답은 하지 못하도록 되어 있다."

"닥쳐! 그 따위 대답을 듣기 위해서 물은 게 아니다. 왜 죽였지?"

시드리칸은 그런 레전트를 한참 동안이나 바라보았다. 서로가 서로를 노려보는 가운데 무의미한 시간이 흘러가며 감옥의 차가운 돌 바닥에는 뜨거운 기운이 차분히 가라앉았다. 잠시 후 시드리칸은 먼저 레전트의 시선을 피하고 다시 걸음을 옮겨 계단 위로 올라갔다. 지하 감옥의 문이 닫히고 나자 그 안에는 레전트와 빛을 내고 있는 철창밖에 남지 않았다. 레전트는 허공을 응시한 채 누구에게 말하는 것인지 모르게 평소에는 전혀 찾아볼 수 없었던 소름 끼칠 정도로 허무한 목소리로 중얼거렸다.

"…갈기갈기 찢어죽여 버리겠어, 네놈들 전부."

해가 저물어가자 저녁놀이 길게 드리워지며 성을 핏빛으로 감쌌다. 성 전체에 드리워진 핏빛 저녁놀은 성에서 풍기는 특유의 음침한 기운을 더욱 돋보이게 하고 있었다. 그리고 그 성문 앞에서 긴 은빛 머리카락을 가진 여성이 뭔가 어색한 듯 주위를 둘러보고 있었다. 그녀에게는 성 전체에서 풍기는 기운이 썩은 시체가 뿜어내는 독한 악취처럼 느껴졌다. 하지만 그녀는 그런 느낌을 끝끝내 견뎌냈다.

그녀가 그곳에 서 있은 지 꽤 오랜 시간이 흘렀다. 그리고 슬슬 태양의 끄트머리가 대지의 아래로 가라앉을 무렵 그녀는 문득 고개를 들어 성벽을 바라봤다.

"말했을 텐데. 나는 수인족과는 관계하고 싶지 않다. 얌전히 물러가라."

그 그림자의 주인인 시드리칸은 성벽 위에 서서 티아스를 주시하고 있었다. 티아스는 잠시 그에게서 눈을 떼고 성벽을 바라보았다. 곧 티아스의 다리가 성벽을 차며 몸이 날아오르듯 성벽을 올라가기 시작했다. 하지만 시드리칸은 그런 티아스를 바라보기만 할 뿐 아무런 행동도 하지 않았다. 아무런 방해를 받지 않고 성벽의 맨 꼭대기에 다다른 티아스는 시드리칸과 어느 정도의 거리를 잡고 성벽 위에 꼿꼿이 섰다.

"그 남자는… 자신의 동료를 구하겠다고 하고 있어."

"역시 살아 있는 건가, 그 남자."

　티아스는 인간의 언어가 아닌 다른 언어로 말했고, 시드리칸은 그 말을 놀랍게도 알아듣고 무의식 중에 그 언어로 대답했다. 하지만 곧 시드리칸은 자신이 무의식 중에 수인족의 언어를 사용했다는 부주의함에 몸을 떨었다.

　하지만 티아스는 그런 그의 모습에 아무런 반응도 하지 않았다. 티아스는 그저 칠흑 같은 어둠을 뿜어내고 있는 시드리칸의 옆모습을 바라볼 뿐이었다. 태양빛도 잠식해 버리는 시드리칸의 어둠은 티아스의 주위에 접근하지 못하고 무의미하게 흩어지고 있었다. 그런 시드리칸을 안타깝게 바라보던 티아스는 다시 고개를 돌리고 작게 중얼거렸다.

　"그를… 죽일 거야?"

　"내 주인님을 위해서라면."

　티아스는 가슴에서 뭔가 울컥하고 쏟아져 나오려는 것을 느꼈다. 뭔가 형태가 있는 것은 아니지만 확실히 그 존재를 알 수 있는 것이.

　"어째서, 어째서 당신이 다른 누군가를 의미없이 해치려고 하는 거지? 당신은 그러지 않았잖아! 그런데 어째서……."

　시드리칸은 티아스의 말에 아무런 대꾸도 하지 않았다. 차가운 겨울바람이 둘 사이로 매섭게 흘러들며 감정을 끊어냈다.

　한참 동안 침묵을 지키던 시드리칸은 뒤로 돌며 말문을 열었다.

　"나는 네가 알고 있던 그자가 아니다. 그리고 한 번 더 내 앞에 나타난다면 그때는……."

　시드리칸은 무심한 어조로 중얼거리며 날개를 펼쳤다.

　"죽이겠다."

　그의 날개가 공기를 타자 그의 육중한 몸체가 하늘 위로 날아올랐다. 티아스는 그런 시드리칸을 바라보지도 않고 평원 너머로 저물어가는 태양을 향해 눈을 돌렸다. 수인족에게서만 느껴지는 특유의 냄새. 느낌일지도 모르지만 시드리칸에게서는 티아스에게 아주 익숙하고 그리운 그런 냄새가 나고 있었다. 비릿한 왜곡된 어둠의 향취와 역겨운 마기의 냄새가 섞여 있었지만 분명히 티아스 자신이 알고 있는 어떤 냄새였다.

"나도……."

티아스는 성벽에서 뛰어내렸다. 보통 사람이라면 추락할 때의 충격으로 확실히 중상을 입게 되거나 죽게 될 정도로 높은 곳이었지만 티아스는 그저 약간 큰 소리만 냈을 뿐 조금도 다치지 않았다. 티아스는 착지하는 순간 최대한 움츠렸던 몸을 펴서 뒤도 돌아보지 않고 그가 있는 인간의 마을로 걸어가기 시작했다. 자신이 알고 배웠던 인간답지 않은 어떤 느낌을 가지고 있는 인간 남자가 있는 마을을 향해서.

"당신을……."

그녀가 성을 떠나가자 성 주변에서 불던 바람은 어느새 멈췄고 성은 고요한 어둠에 휩싸여 가기 시작했다.

"죽일 수 있을까……."

＊　　　＊　　　＊

룬이 마지막으로 떠날 채비를 하고 있자니 누군가 창문을 넘어서 방 안으로 들어왔다. 룬은 그 기척이 누군지 대충 눈치 챌 수 있었기 때문에 뒤를 돌아보는 대신 건틀릿의 가죽 끈을 단단히 조여 매었다.

"…지금, 갈 거예요?"

가냘픈 중얼거림에 룬은 그 기척이 자신의 예측에 맞았다는 것을 알

수 있었다. 건틀릿이 마음대로 움직이는지 왼팔을 움직여 보던 룬은
티아스를 바라보았다.

"예. 그런데 부탁 하나만 들어줄 수 있겠습니까?"

"부탁?"

룬은 배낭에서 라이칸슬로프의 심장을 꺼냈다. 그리고 무심히 티아
스를 향해서 그것을 던졌다. 티아스는 자신에게 던져지는 수정 덩어리
를 받아 들어 그것을 바라보다가 고개를 들어 룬을 바라보았다. 룬은
허리를 숙여서 징이 박힌 가죽 장화의 끈을 단단히 조여 매며 말했다.

"봉인을 풀어주세요. 지금 당장은 아니고 마을 바깥으로 나간 후
에."

"왜?"

"미끼인 겁니다. 녀석들의 목적은 그것일 테니 그것을 미끼로 삼고
레전트를 구출하려는 거지요."

룬은 준비를 끝마치고서야 티아스를 똑바로 바라보았다. 룬은 문득
티아스의 분위기가 왠지 모르게 침울한 것 같다고 생각했다. 하지만
룬은 그런 것에 신경 쓰는 것보다는 자신이 한 부탁에 대한 대답을 듣
기를 원했다.

잠시 은빛으로 빛나는 라이칸슬로프의 심장을 바라보던 티아스는
무심하게 고개를 끄덕였다. 자신의 질문에 대한 짧은 대답을 들은 룬
은 미리 챙겨둔 배낭을 메고 로브를 걸쳐 맨 채 문으로 향하며 말했다.

"그럼 마을 바깥에서 뵙죠."

문득 티아스가 창문으로 다니는 것이 생각난 룬은 문으로 다니라는
말을 해야 할지 잠시 고민하다가 결국 그만두기로 마음먹었다. 이제
티아스와 만날 일은 거의 없다고 보는 것이 좋았다. 굳이 그런 말을 할

필요는 없었다.

똑똑.

그때 누군가 문을 두드렸고 룬은 자연스럽게 로브 아래쪽에서 단검의 손잡이를 잡으며 대답했다.

"누구십니까?"

"나. 낮에 봤었지?"

"…웬일이지?"

"그렇게 섭하게 말하지 마셔. 당신 도와주려고 온 거야."

문이 열리고 낮에 룬에게 정보를 주었던 밝은 갈색 머리의 남자가 문 안으로 걸어 들어왔다. 별로 긴장감은 느껴지지 않았지만 룬은 로브 아래의 팔을 상대방이 눈치 채지 못하게 바짝 긴장시켰다.

"도와주려고 왔다는 것은 무슨 뜻이지? 분명히 너는 나에게 더 이상 도움을 줄 수 없다고 하지 않았던가?"

"그거야 동료들 앞이니까 어쩔 수 없이 그렇게 말한 거고. 이쪽 숙녀 분은 동료야?"

그의 시선이 자신에게로 향하자 티아스는 흠칫 놀라더니 창문을 넘어서 바깥으로 뛰어나가 버렸다. 잠시 그는 자신이 무슨 말을 해야 할지 고민하다가 품속에서 담뱃잎을 말려 잘게 썬 가루를 말아놓은 얇은 담배를 꺼내서 입에 물며 중얼거렸다.

"저런 반응을 보이면 섭한데… 은발에 보라색 눈동자? 그저께 밤에 수비병들을 달밤에 체조시킨 그 이종족 아가씨로군? 아, 이상한 눈으로 쳐다보지 마, 손님. 난 이 마을에서 일어나는 일에 대해서는 빠삭하거든."

"어쨌든 자세히 말해 봐. 무슨 일로 나를 돕겠다고 나선 거지?"

"뭐, 나도 그 괴상한 변태 영주의 성에 대해서는 관심이 가고 있던 중이었거든. 다른 동료나 볼… 이 아니라 마스터도 거기에는 손을 대지 말자고 해놔서 함부로 건들 수는 없어서 말이야.”

“나중에 징계를 받게 될 텐데? 그리고 위험한 일이라고 스스로 말하지 않았나?”

“뭐… 손님을 도왔다고 하면 마스터도 크게 화내지는 않을걸? 어차피 목숨은 하나밖에 없으니까 충분히 즐겨야지. 나는 양보다는 질이거든.”

그는 입에 물고 있는 담배를 이빨로 익살맞게 씹으며 어딘지 능청스럽게 웃었다.

자신의 욕심으로 움직이는 인간은 그 일을 하는 동안은 일단 믿을 수 있다. 하지만 그 일이 끝날 때까지 도움이 될 거라고 생각하기는 힘들다. 그런 인간들은 자신의 욕구가 충족되면 당장이라도 위험에서 벗어나 버리는 스타일들이 많았다.

하지만 별수가 없었다. 지금 이 상황에서 룬 혼자만으로 성에 침투한다는 것은 확실히 무리가 있었다. 룬은 성의 설계도에 있는 비밀 문 따위가 제대로 작동하고 있을지도 몰랐다. 그리고 그런 비밀 문이 작동하지 않았을 때의 대처법을 생각해 내기 힘들었다.

“그럼 부탁한다.”

“맡겨두라고. 뭘 하려는지는 모르지만 성안으로 침투는 확실히 시켜줄게. 크라우드라고 불러.”

말을 해석하는 관점에 따라 그 이후의 일에는 그다지 신경 쓰지 않겠다는 소리가 될 수도 있었다. 룬은 크라우드가 내미는 손을 가볍게 마주 쥐었다. 그렇다면 이쪽도 상대방을 최대한 이용해야 했다.

6

“비밀 문이 있는 곳이 여기랑 여기, 그리고 여기… 아, 여기도 있군. 전부 네 군데야.”

허리까지 자라다가 누렇게 말라비틀어진 풀들 사이에서 룬과 크라우드는 허리를 숙이고 성안의 설계도를 보고 있었다.

룬의 복장은 상당히 가벼웠다. 배낭은 벗어서 인적이 없는 곳에 숨겨두었고 룬은 철저히 최소한의 무장만을 한 채 묵묵히 지도를 내려다보고 있었다. 룬은 크라우드가 골라낸 비밀 통로들의 위치를 가늠하며 확인하듯 물었다.

“확실한가?”

“확실하다니까. 그런데 그 숙녀 분은 어디 가셨나?”

“네가 신경 쓸 이유 없다.”

“쳇, 좀 꼬셔볼까 했더니.”

크라우드는 정말로 아쉽다는 듯 잇소리를 냈지만 룬은 그에 대해서 신경 쓰지 않았다. 애초에 꼬신다는 개념으로 넘어올 존재가 아니라는 것은 룬 자신이 더 잘 알고 있었다.

티아스는 이쪽과는 상당히 멀리 떨어진 벌판 한가운데에 있었다. 어둠 속에서 수인족의 시야는 인간의 상상을 가볍게 초월한다. 인간에게 빛이 시야에 아무런 방해가 되지 않는 것처럼 수인족의 눈은 어둠 속에서 쉽게 적응했다. 어둠은 그들에게 방해물이 아니었다.

첫 번째 비밀 통로가 있는 지역에 도착한 룬은 몸을 일으키는 대신 자신의 창을 몇 번 흔든 다음 고개를 살짝 들었다. 마을 바깥의 길에서 만난 티아스에게 룬은 자신이 신호를 하면 그때 시간을 맞춰 봉인을 풀어달라고 부탁했다.

얼마 지나지 않아 저 벌판 멀리에서 뭔가가 한순간 번쩍였고, 크라우드가 급히 고개를 숙임과 동시에 룬은 성벽에 몸을 붙이고 몸을 최대한 은신했다.

휘익―

수 마리의 비병이 별빛이 가득한 하늘을 가로질렀다. 그들은 마기를 느꼈는지 곧바로 그 빛이 번쩍였던 곳을 향해서 날갯짓을 하고 있었다.

룬과는 달리 비병을 처음으로 본 크라우드는 눈알을 본래 있던 자리에서 튕겨내 버릴 것처럼 눈을 크게 뜨고 어이없다는 듯 중얼거렸다.

"재수없게 생겼네. 저거 키메라야?"

"상관없지 않나. 돌입하지."

"알았어. 그건 그렇지만……."

크라우드는 룬의 말에 구시렁거리면서 성벽의 한구석을 살폈다. 크라우드는 잠시 후 성벽의 아래를 자세히 살피더니 어느 돌 아래에서 멈춰 서서 대거를 뽑았다. 보통 사람의 발치쯤에 있는 성벽의 돌에는 그냥 긁힌 자국에 불과한 것 같은 표시가 있었지만 크라우드는 그것이 도둑들의 표시라는 걸 알고 있었다.

크라우드는 대거의 날이 상하는 것을 상관하지 않고 넓은 대거의 날로 땅을 파 내려갔다. 얼마 지나지 않아 땅에서 녹이 슬어 있는 쇠고리가 나오자 크라우드는 그것을 양손으로 잡고 힘껏 당기며 용을 쓰다가 자신의 뒤에 있는 룬에게 눈짓을 했다. 그게 무슨 의미인지 알아챈 룬은 크라우드 대신 쇠고리를 잡아서 힘껏 당겼다. 룬의 힘으로도 녹슬어 있는 쇠고리는 쉽게 당겨지지 않았다. 녹 가루가 떨어질 정도로 몇 번이나 쇠고리를 힘껏 잡아당겼을 때, 비로소 지하로 통하는 통로가 모습을 드러냈다.

"이게 비밀 통로인가?"

"응. 이건 영주도 모르는 비밀 통로니까 가장 무사할 확률이 높은 통로지. 대충 6년 전까지는 여기를 많이 이용해서 영주의 성으로 잠입했다고 들었어."

"어디로 연결되어 있는 건가?"

"폐쇄된 지하 감옥. 멋지지? 어차피 죄인을 가두는 감옥은 마을 안쪽에도 있어서 굳이 여기 지하 감옥을 사용하는 경우는 거의 없었거든. 지하 감옥에서 두 번째 통로로 바로 영주의 저택으로 들어갈 수도 있지."

룬은 지하 통로를 힐끔 바라보았다. 꽤 좁아 보이는 통로 안에는 거미줄이 끼어 있어서 을씨년스러움을 더하고 있었다.

"그럼 내가 먼저 내려갈 테니까 따라서 내려와."

크라우드는 지하 통로의 벽면에 달려 있는 짧은 철봉들을 잡고 천천히 아래로 내려갔고 룬도 그 뒤를 따라서 아래로 내려가기 시작했다. 통로는 성인 남자 한 명이 겨우 내려갈 정도로 좁아 확실히 추격의 위험은 없어 보였다. 갑옷을 입은 경비원들은 절대로 들어오지 못할 만큼 좁았다. 빛도 전혀 없어서 거리를 가늠할 수조차 없었다. 룬은 기계적으로 벽을 손으로 더듬어 쇠막대기를 확인하여 손으로 그것을 잡으며 천천히 아래로 내려갔다.

가끔 얼굴에 꿈틀거리는 작은 생명체가 달라붙는 것을 제외하면 별다른 일은 없었다. 얼마 지나지 않아 룬은 바닥에 땅이 닿는 것을 확인한 다음 몸을 숙여 주위를 더듬거렸다.

툭툭.

사방이 밀폐된 곳에서 말을 한다는 것은 위험한 행동이었기에 크라우드는 발치로 룬의 다리를 살짝 찼다. 룬은 크라우드가 발을 뻗은 곳을 더듬거렸고 거기에서 또 다른 통로를 발견할 수 있었다. 크라우드는 함부로 말을 하지 않았다. 이런 사방이 밀폐되어 있는 좁은 통로에서는 소리가 울리기 마련이었다. 누가 뭐라 해도 크라우드는 능력있는 도둑이었다.

무릎 정도의 높이에 성인 남자가 기어 들어갈 만한 넓이의 통로가 있었다. 룬은 몸을 숙여 그 안으로 기어 들어갔다. 다행히 물기는 없었기 때문에 무릎이 젖는 일은 발생하지 않았다.

룬은 통로를 기어가면서 레전트가 있을 만한 곳을 생각했다. 아무래도 뭔가를 가두어두는 건 감옥이 효율적일 것이라는 것은 일반적인 생각이었다. 게다가 지하 감옥은 탈출이 상당히 힘들기 때문에 죄인들을 가둬놓은 곳으로는 가장 좋은 곳이다. 하지만 레전트는 마법사였다. 마법사를 가두어놓기 위해서는 어떤 방법을 취해야 할지 룬으로서는 상상도 되지 않았다.

"다 왔어."

크라우드는 룬에게 거의 들리지 않을 정도로 작게 말하더니 멈춰 섰다. 그 특유의 까불대는 목소리는 변하지 않았지만 크라우드의 태도는 진지했다. 한참 동안이나 가만히 바깥의 상황을 살핀 크라우드는 바깥 쪽에 아무것도 없다고 판단하고 자신의 앞을 막고 있는 돌을 슬며시 밀었다.

무거운 돌과 돌이 마찰하는 스르릉거리는 소리가 났지만 크라우드는 거리낌없이 쇠고리가 박혀 있는 돌을 완전히 밀어 통로를 개방했다. 이 통로는 통로를 막는 돌의 안쪽에 손을 넣을 수 있는 쇠고리가 있어서 여러번 사용할 수 있게 만들어둔 비밀 통로였다. 무거운 돌을 소리가 나지 않게 천천히 통로의 옆에 놓아둔 크라우드는 천천히 바깥으로 나가서 주위를 살폈다.

폐쇄된 지하 감옥인만큼 빛은 전혀 새어 들어오지 않았다. 완벽한 어둠이 주위를 감싸고 있었기 때문에 어둠에 익숙한 룬이나 크라우드도 주위 사물을 제대로 인식할 수가 없었다. 하지만 크라우드는 침착하게 벽을 더듬어 나가 자신들의 앞을 막고 있는 철창을 만지작거렸다. 쉽게 열쇠 구멍을 찾은 크라우드는 구부러진 철사를 열쇠 구멍 안에 넣고 돌렸고, 곧 작게 찰칵 하는 소리가 나면서 철창이 열렸다.

"눈 감아."

문을 연 크라우드가 작은 목소리로 중얼거리듯 말했고 룬은 그 말에 아무런 이의를 달지 않고 눈을 감았다. 크라우드는 허리춤에서 길다란 막대기를 빼 들어 벽을 만저 본 다음 벽에 물기가 없는 것을 확인했다.

좌악—

인이 건조하게 마른 돌벽과 마찰하며 불타오르자 작은 횃불이 생겨났다. 룬은 슬며시 눈을 떴고 크라우드는 그 횃불을 룬에게 넘기며 지도를 펼쳤다. 건조하게 마른 장작은 급히 타 들어갔고 크라우드는 완전히 펼쳐진 지도를 손가락으로 가리키며 말했다.

"일단 여기서 통로는 이쪽으로 나가서 위로 올라가야 돼. 그러면 바깥으로 나갈 수 있지. 하지만 영주의 성으로 바로 가기 위해서는 여기서 조금 떨어진 비밀 통로로 들어가면 돼. 어쩔래?"

"지하 감옥은 어디 어디지?"

"전부 다섯 군데의 구역이 있고 각 구역마다 죄수를 가둘 수 있는 감옥이 네 개씩 있지. 여기 빨간 표시 보이지? 여기들이 지하 감옥이야. 그런데 왜?"

말 그대로 운이었다. 크라우드의 말대로라면 레전트는 여기를 제외한 나머지 지하 감옥 네 군데 중 한곳에 있을 것이고, 혹은 지하 감옥에 없을 수도 있었다.

"함정이 있을까?"

"아마 함정은 없을 거야. 지하 감옥에 함정을 만들어놓는 건… 쉿!"

갑자기 크라우드의 기척이 무서울 정도로 급속히 줄어들었고 룬은 급히 횃불을 바닥에다가 던져 버리며 발로 그것을 밟아서 불을 껐다. 기척을 확실히 죽이자 바깥 문 저 너머에서 뭔가가 딱딱거리며 걸어다니는 소리를 들을 수 있었다.

신발 바닥에 징을 박아서 저런 소리를 일부러 내는 경우는 없다고 봐도 좋았다. 룬은 그 소리의 주인공이 단단한 굽을 가진 동물이라는 것을 예측했다. 기분 나쁜 느낌이 엄습하자 룬은 조금 저리기 시작한 왼팔을 움직였다.

그때 크라우드가 룬의 어깨를 가볍게 건들더니 자신의 입을 룬의 귀에 가까이 대고 아주 작은 목소리로 말했다. 빛이 없는 곳에서는 수신호로 의사 소통을 하는 것은 무리였다.

"만약 문이 열리면 틈을 만들어줘. 틈만 만들어주면 돼. 알았지?"

룬은 일단 고개를 끄덕이며 허리를 펴고 자리에서 일어섰다. 그리고 아까 불을 켰을 때 봐둔 문을 향해 투창 자세를 잡았다. 이곳에는 몸을 숨길 만한 공간이 없었다. 어쩔 수 없이 싸워야 했다. 룬은 문의 크기를 봤기 때문에 크라우드가 자신에게 모든 걸 맡겨두고 도망칠 거라고는 생각하지 않았다. 문은 지하 감옥에서 허리 위의 높이에 존재했고 겨우 사람 한 명이 왔다 갔다 할 수 있을 정도의 넓이밖에 되지 않았다.

룬은 허리 아래로 창을 던질 자세를 취했다. 이런 짧은 거리에서 던져 플레이트 메일의 철갑을 확실히 꿰뚫을 자신은 없었다.

덜컹— 덜컹—

오랫동안 열리지 않아 녹이 슨 철문은 몇 번이나 덜컹거리면서 열리지 않았다. 룬은 상대방이 이대로 물러가기를 원했지만 상대방은 그럴 생각이 전혀 없는지 계속 문을 흔들었다.

끼이익—

철문이 음산한 소리를 내면서 열리자 그 틈으로 빛이 새어 들어왔다. 룬은 문이 반쯤 열리자 창을 집어 던졌고, 창은 청강 특유의 푸른 빛을 머금은 채 강하게 전방으로 쏘아져 나갔다. 막 문을 열던 키메라는 플레이트 메일이 가리지 못하는 다리 깊숙이 창이 꽂히자 몸을 휘청거리며 다리를 꺾었다.

그 순간 크라우드의 손에서 푸른 빛이 일었다. 마치 비 오는 날의 번개와 같은 느낌의 빛이 크라우드의 손 위에서 푸른 빛을 내며 짧게 튀어올랐고, 크라우드는 막 몸을 휘청거리는 키메라에게 뛰어오르며 두꺼운 플레이트 메일 위에 손을 가져다 댔다.

파직—!

키메라는 온몸에 흐르는 전격을 막을 엄두를 내지 못했다. 플레이트 메일은 효율적으로 키메라의 전신에 전격을 퍼뜨렸고 강한 전격은 키메라의 근육을 마비시키며 심장마비를 일으켰다. 근육이 마음대로 움직이지 않게 움츠러들어 버린 키메라는 요란한 소리를 내며 지하 감옥 안으로 굴러 들어왔다. 크라우드는 기겁을 하며 문 바로 아래에 있는 자신을 향해 쓰러지는 키메라를 피해냈고, 룬은 그 키메라에게 다가가 다리에 꽂힌 창을 빼려 했다.

"이봐, 잠깐만 기다려. 지금 손대면 화상을 입든가 감전당하든가 할 거야."

크라우드의 말에 룬은 멈칫하며 크라우드를 바라보았다. 복도에 있는 투명한 유리구슬에서 나오는 빛이 지하 감옥 안으로 새어 들어왔다.

"무슨 짓을 한 거지? 너도 마법을 사용할 수 있는 건……?"

"비슷한 거야. 어쨌든 이렇게 큰 소리가 났으니 위험하겠군. 어떻게 할래?"

"난 지하 감옥을 둘러보겠다. 너는 영주의 저택으로 가서 혹시 레전트라는 이름의 남자를 만나게 된다면 구출해 줬으면 한다."

"구출? 이봐이봐……."

"밝은 금발에 푸른 눈을 가지고 있는 녀석이다. 좀 건방진 녀석이지만 귀족이니까 어느 정도 대우는 해주도록."

"그러니까 구출 임무 같은 소리는 없었잖아? 갑자기 이러면……."

"돌아가면 사례하지. 미안하다."

크라우드는 아주 잠시 동안 얼굴을 찡그리며 침묵을 지켰다. 하지만 곧 고개를 흔들며 씹어뱉듯이 중얼거렸다.

"아아, 귀찮은 일에 휘말려 버린 것 같군."

"그 녀석도 명색에 마법사니까 마법을 쓸 환경만 만들어주면 혼자서도 도망칠 수 있을 거다. 그렇게 위험한 건 아닐 테니까 도와줘."

룬은 창을 뽑아 들었다. 전격은 이미 사라져 있었지만 약간 뜨거울 정도로 창이 달아올랐었기에 룬은 창을 조금 휘저으며 열기를 털어냈다. 그런 룬의 모습을 본 크라우드는 어깨를 으쓱하고 바깥으로 나가는 문을 향해 뛰어오르며 말했다.

"네가 묵고 있었던 여관에서 만나지. 반드시 톡톡하게 사례하지 않으면 후회하게 만들어주겠어. 알았어?"

우물쭈물할 시간이 없었다. 크라우드는 급히 룬의 시야에서 사라져 버렸고 룬도 창을 들고 문 바깥으로 올라갔다. 그리고 그 지도에 있었던 지하 감옥의 위치를 생각하며 첫 번째 지하 감옥을 향해서 뛰기 시작했다.

"이 정도면… 웁! 쿨럭! 쿨럭!"

레전트는 목구멍에서 뭔가 뜨거운 것이 솟아오르려 하자 급히 고개를 돌렸다. 그러자 붉은 핏물이 레전트의 입과 코를 타고 쏟아져 나왔고 레전트는 잠깐 피를 토해내다가 다시 고개를 돌렸다. 비릿하고 짭짤한 피맛이 입 안을 감돌았지만 레전트는 그런 것에 신경 쓸 정신이 없었다.

이미 마무리를 앞에 둔 마법진에 피를 쏟아 지금까지의 수고를 헛수고로 돌릴 수는 없었다. 레전트에게는 이 이상 마법진을 만들 수 있는 정신력도 부족했다. 레전트가 일부러 피를 다른 곳에 토해가며 지키려고 했던 것. 사람 머리통만한 피로 그려진 마법진이 그의 앞에 위치하고 있었다. 레전트는 이제 피가 굳어 더 이상 흐르지 않는 집게손가락을 한 번 더 깨물어 아직 완성되지 않은 마법진을 조금씩 계속 그려 나갔다.

마법진은 스크롤을 제작할 때 사용하는 것이 보통이다. 마법진 자체가 마력을 담아둘 수 있는 그릇 역할을 하기 때문인데, 그렇기 때문에 마법진은 모든 마법사들이 알고 있기는 하지만 특수한 경우가 아니면 사용하지 않는 마법 시동 방법이었다.

마법진은 너무나도 복잡했다. 물론 캐스팅하는 것도 복잡하기는 하지만 마법진의 경우 그림을 일일이 그려야 했고, 고급 주문일수록 그 마법진의 복잡도는 상상을 초월할 정도였다. 덕분에 마법사들은 5서클 이상의 스크롤을 만들 때는 매직 아티스트(Magic Artist)라고 불리는 특별한 마법 화가들의 능력을 빌려야 했다. 레전트도 3서클 이상의 주문은 마법진으로 그릴 엄두도 내지 못했다.

그리고 마법을 사용할 때 자신의 기초 마력을 사용하는데 그 마력의 사용량이 상당하다는 문제점이 있었다. 캐스팅을 해서 마법을 사용하면 자신의 마력으로 주위에 흐르는 마력을 왜곡시켜 자신이 원하는 마법의 결과를 만들어내는 데 비하여 마법진으로 마법을 쓸 때는 주위의 마력을 전혀 사용하지 않았다. 마법진으로 마법을 구현시키기 위해서는 평소 마법을 사용할 때보다 두 배 정도의 체력과 정신력이 더 소모됐다.

하지만 장점은 있었다. 캐스팅을 하기 위해서는 주위의 마력의 흐름을 잘 컨트롤함과 동시에 정신 집중을 해야 하지만, 마법진을 그렸다면 그 마법진을 향해 마력을 투사하는 것만으로도 마법을 발동시킬 수 있었다. 게다가 마력이 담긴 마법진은 누구든지 사용자가 원하는 어떤 조건을 충족시키면 발동한다. 그래서 보통 아티팩트나 스크롤의 제작에 많이 사용되는 방법이었다.

레전트가 그리고 있는 마법진은 3서클에 해당하는 파이어 볼의 마법진이었다. 정신과 몸이 최악의 상태이다 보니 캐스팅은 불가능했다. 하지만 근성만 있다면 마법진을 그려 마법을 발동시키는 것은 할 수 있었다. 레전트는 마지막으로 마법진의 한가운데에 발동하는 조건을 고대어로 그렸다. 마침내 붉은 피로 만든 마법진이 완성되자 레전트는 싸늘한 미소를 지으며 뒤로 물러서서 짧게 고대어의 문장을 외쳤다.

"브딜진 쿼크."

마법진 위로 피처럼 붉은 불덩어리가 튀어나왔다. 진홍빛으로 불타오르는 그 불덩이는 피를 너무 많이 흘린 덕택에 하얗게 변해 버린 레전트의 얼굴을 빨갛게 비추었고 레전트는 그 빛에 눈을 찡그리며 비틀거리는 몸을 일으켰다.

'피곤해…….'

이대로 쓰러졌으면 차라리 편할지도 몰랐다. 하지만 레전트는 이를 악물었다.

언젠가부터 가슴속 깊이 담아왔었던 단어. 레전트가 자신의 아버지인 사비리안 페일 알카티온에게 품어왔던 감정이 대상을 바꾸어 몸서리칠 정도로 뜨겁게 가슴을 달구며 불타올랐다.

"복수… 해 주마."

룬은 복도를 뛰고 있었다. 딱딱한 부츠의 바닥이 돌로 만들어진 바닥과 부딪치며 만들어낸 소음이 복도 여기저기를 울리고 있었지만 그렇다고 해서 발소리를 죽여서 걸어갈 수는 없는 노릇이었다.

룬은 두 번째 지하 감옥에 레전트가 없다는 것을 확인하고 세 번째 지하 감옥이 있는 곳으로 달려가는 중이었다. 룬은 자신이 네 군데에서 찍은 것이 두 번이나 틀려 버렸다는 것에 대해서 한숨을 쉴 수밖에 없었다. 확률로 따지면 그렇게 낮은 확률은 아니었던 것이다.

리테일도 그래서 룬에게 도박만은 하지 말라고 당부를 하곤 했다. 룬은 재미 삼아서 하는 도박이라고 해도 거의 이겨본 적이 없었다. 분명히 상대방은 룬의 무표정에서 패를 읽지 못했고 룬의 냉정한 판단은 최상의 효과를 끌어냈다. 하지만 그럼에도 불구하고 룬에게 좋은 패가 들어오지 않았다.

하지만 룬은 이 도박에서 이겨야 했다. 룬은 지금 여기에 목숨이라는 최고의 판돈을 걸고 있었다. 여기서 지면 죽을 수밖에 없었다. 그렇기에 룬은 속임수를 쓴다고 하더라도 반드시 이 도박에서는 이기고 말 거라고 다짐했다.

"크륵?"

룬의 시야에 갑자기 지병이 모습을 드러냈다. 옆 통로에서 나온 지병은 영문도 모르고 룬이 달려오는 것을 바라봤고 룬은 달려가는 속력을 그대로 실어 있는 힘껏 창을 앞으로 뿌렸다. 아까와는 달리 움직임도 제한되지 않았고 가속력도 충분히 실린 창은 플레이트 메일을 완벽하게 관통하여 가슴 한복판에 제대로 박혔다.

지병은 갑작스러운 적의 공격에 당황해하면서 일단 자신의 가슴에 박혀 있는 창을 빼내려고 양손으로 창을 잡았다. 하지만 그 다음 순간 지병의 눈에 보이는 세상은 빙글빙글 돌기 시작했고 그와 거의 동시에 지병의 의식은 완전히 사라졌다.

달려가면서 빼 든 이터로 지병의 목을 정확히 노려 머리를 날려 버린 룬은 사후 경직으로 인해서 꿈틀거리는 지병의 육체를 밟으며 창을 뽑아내서 다시 달리기 시작했다. 두 번째 조우였다. 지병들은 적보다 뛰어난 힘과 민첩성을 가졌음에도 불구하고 적의 갑작스럽고 변칙적인 기습을 막아내지 못한 채 단칼에 사망하고 말았다.

룬은 조금 초조해지기 시작했다. 아직 적은 많았고 찾을 곳도 많았다.

'소리를 질러볼까?

소리를 지르면 룬의 목소리를 들은 레전트가 대답할지도 모른다. 하지만 그렇게 소리를 지르면 또 다른 키메라를 불러들이게 될지도 모른다. 룬은 자신에게 한 번에 셋 이상의 키메라를 기습으로 처리할 만한 능력이 있다고 보지 않았다. 그것도 정정당당히 맞선다면 두 마리도 불가능할 거라고 생각했다.

콰앙—

그때 어디선가 조금 먼 곳에서 뭔가 폭발하는 소리가 들려왔다. 미세하지만 공기도 순간적으로 진동할 정도의 큰 폭발이었다. 룬은 잠시 걸음을 멈추고 두 개로 갈린 복도에서 그 폭발 소리가 들려온 쪽을 바라보았다. 그쪽에는 네 번째 지하 감옥이 있었다.

'…손해 볼 건 없겠지.'

밑져 봐야 본전이었다. 룬도 레전트가 가만히 당하기만 할 성격은 아니라는 것을 알고 있었다. 룬은 지금 느껴진 이 폭발이 레전트가 행한 짓이라고 생각하며 자신의 예감이 틀리지 않기를 바랐다.

룬은 그런 잡다한 생각을 하는 바람에 길의 갈림길에서 키메라가 걸어나오는 것을 약간 늦게 눈치 챘고 덕분에 기습하는 것이 불가능하게 되고 말았다. 오히려 지병은 이미 뽑아서 손에 들고 있는 바스타드 소드를 룬에게 휘둘렀다.

정정당당하게 싸울 필요는 없었다. 룬은 달려가는 속력을 그대로 실어서 바닥에 미끄러지며 자신에게 날아오는 바스타드 소드를 피해냈다. 룬의 허리가 있었던 부분으로 바스타드 소드의 날카로운 칼날이 지나갔고 룬은 지병의 다리를 있는 힘껏 걷어찼다.

"케엑!"

바스타드 소드를 휘두르던 지병의 몸이 크게 움직였다. 지병과 몇 번 싸운 룬은 이 키메라의 단점에 대해서 알 수 있었다. 아무리 키메라라고 해도 생물은 생물이었다. 그리고 그런 생물은 중력의 법칙을 무시할 능력이 없었다. 룬은 왼팔로 땅을 밀어 자리에서 일어나며 창을 휘둘러 키메라의 다리를 있는 힘껏 후려쳤다.

우득—

"키아아아악!"

뼈 부러지는 소리가 나면서 지병은 비명을 지르며 다리를 접었다. 부러진 다리는 무거운 플레이트 메일을 더 이상 지탱하지 못했다. 룬은 지병의 다리를 부러뜨린 반동으로 얼얼해진 오른팔의 근육에 힘을 넣으며 창끝으로 막 쓰러지려고 하는 키메라의 헬름 부분을 후려쳤다. 지병은 비명도 지르지 못한 채 뒤로 쓰러지려고 했고 룬은 미련없이 창을 놓아버리며 허리춤에서 이터를 뽑아 들었다. 그리고 막 쓰러져서 발버둥을 치려 하는 키메라의 헬름의 틈 사이를 노려 있는 힘껏 내리베었다.

　심장을 찌른다고 해도 안심할 수가 없었다. 차라리 몸과 머리를 끊어내 버리는 것이 가장 안전한 방법이었다. 진득한 붉은 체액이 단단하게 맞춰진 돌 바닥 사이로 흡수되지 못하고 사방으로 흘러갔다. 룬은 창을 집어 들어 지병의 체액을 옷깃에 닦았다. 룬은 숨을 고르며 사후 경직으로 꿈틀거리는 지병의 사체를 뒤로하면서 다시 뛰기 시작했다.

　"키에에엑—"

　복도 사이에서 지병의 울음소리가 예리하게 울려 퍼졌다. 룬은 복도 저편에서 들려오면 몇 개의 발굽 소리를 듣고 좀 더 일이 힘들어질 거라고 생각하며 길을 따라 뛰기 시작했다. 숨는 것은 불가능했고 만약의 상황에는 싸우는 것 이외에는 방법이 없었다. 하지만 룬은 되도록 이 괴물과의 싸움은 피하고 싶었다.

　그때 다시 한 번 강렬한 폭발음이 들리며 공기가 진동하는 게 가까이 느껴져 왔다. 룬은 이제 조금만 더 가면 그게 레전트가 만들어낸 상황인지, 아니면 기타 다른 뭔가의 이유인지 확실히 알 수 있을 것이라 생각하며 다리에 더 더욱 힘을 불어넣어 박차를 가하기 시작했다.

　"나의 적을 태우는 화염이 될지어다."

　레전트는 아까와는 다르게 상쾌해진 기분으로 마음껏 마법을 캐스팅할 수 있었다. 철창에 그려져 있던 문자들은 파이어 볼의 열기로 인해 녹아서 원래 구실을 하지 못한 채 주위에 널브러져 있었다. 요란한 발소리가 철문 앞에서 멈춰 서더니 철문이 격한 소음을 내면서 열렸고 레전트는 이미 완성되어 있던 주문을 개방했다.

　"파이어 볼."

불덩어리는 막 열리려고 하는 철문에 부딪쳐 폭발했다. 레전트는 급히 얼굴을 뒤로 돌리며 폭발 때의 열기와 빛을 피했다. 곧 커다란 폭발이 일어나며 돌 가루가 공기 중에 뿌옇게 날렸고 레전트는 콜록거리며 그 연기를 뚫고 바깥으로 나섰다. 막 문으로 들어오려다가 파이어 볼에 정통으로 맞아 통구이가 되어버린 키메라의 시신이 역겨운 냄새를 내며 타오르고 있었지만 레전트의 눈에는 그런 사소한 것은 들어오지 않았다.

레전트는 다른 나라의 성 구조에 대해서 어느 정도 알아둬야 했다. 왕자라는 이유 하나만으로 다른 나라와의 전쟁 때 불려 나갈 수도 있기 때문에 성의 구조에 대해서 대략적으로 알아두어야 살아남을 확률이 높아지기 때문이었다. 비병들은 레전트를 납치할 때 기절시키기는 했지만 다행히 창공을 누비는 차가운 가을바람은 레전트가 정신을 차리게 만들었다.

레전트는 성의 상공에서 눈을 뜨고 대충 성의 종류와 구조를 약간 짐작해 두고 있었다. 그래서 레전트는 이런 구조의 성에서 중요한 인물이 어디에 있는지 몇 군데 정도 짐작이 갔다. 그 중년 남성이 그 괴물들에게 있어서 주인이라면 그를 제압해 버리면 될 것 같기도 했다.

"대기에 흐르는 마력의 흐름. 그 흐름이 나에게서 중력의 사슬을 앗아가 몸을 자유롭게 할 것이다."

레전트의 몸이 가볍게 공중으로 떠올랐다. 비행 주문이 새겨져 있는 망토는 이미 납치 당시 빼앗겼기 때문에 날아가려면 마법을 사용하는 방법밖에는 없었다. 체력도 약하고 달리는 속력도 빠르지 않은 레전트가 고속으로 이동하기 위해서는 다른 방법이 없었기 때문에 어쩔 수 없는 노릇이었다. 그나마 다행인 것은 물품을 몰수당할 때 지팡이 대신 사용하던 반지를 입 안에 숨기고 있었기 때문에 캐스팅이 어렵진 않았다.

'서둘러야 해. 힘들어지기 시작했어.'

레전트는 이빨을 악물고 위로 올라가는 통로를 찾아 날아가기 시작했다. 그때 갑자기 앞에서 뭔가 달려오는 소리가 들렸고 레전트는 급히 매직 미사일을 캐스팅했다. 저번에 분명히 매직 미사일이 먹히지 않았던 것을 목격하긴 했지만 싸울 목적이 아니었기 때문에 이 정도로 충분하다고 생각됐다. 상대방을 쓰러뜨리고 날아가 버리면 그만이었다.

곧 레전트의 앞에 뭔가가 나타나자 레전트는 주저하지 않고 자신의 앞에 모습을 드러낸 뭔가를 향해 주문을 개방했다. 정신력과 마력을 아끼기 위해서 평소의 절반 정도인 두 개의 매직 미사일이 그것을 향해 날아갔다. 하지만 그것은 자신에게 뭔가 날아오는 것을 눈치 챘는지 손에 들고 있던 뭔가를 던졌다. 그러자 그것을 향해 날아가던 매직 미사일 하나가 던져진 것에 부딪치며 소멸됐고 나머지 하나는 정확하게 가격된 것 같았지만 그것은 별로 타격을 입지 않은 듯한 목소리로 외쳤다.

"레전트인가?"

"룬?"

레전트는 조금 멍한 기분이 돼서 룬의 이름을 불렀다. 하지만 룬은 얼굴을 찡그리며 손을 내저었다. 레전트는 느끼지 못했지만 바닥에 땅을 딛고 있는 룬은 어디선가 느껴지는 진동을 확실히 느낄 수 있었다.

"오지 마!"

룬은 소리를 지르며 뒤로 물러섰고 그와 동시에 천장이 무너져 내렸다. 지하 감옥인만큼 천장은 두껍기 마련인데도 불구하고 그 뭔가는 천장을 부수고 그대로 통로에 진입했다. 룬은 레전트가 자신에게 쏜 매직 미사일을 방어하기 위해서 던졌던 창을 집어 들며 그것을 경계했다.

천장을 부수며 아래로 내려온 시드리칸은 보통 사람이 롱 소드를 뽑는 것처럼 허리춤에 있는 투 핸드 소드를 뽑아 들고 음산한 눈빛으로 룬을 바라보았다.

"역시 살아 있었군. 하지만 이 마법사를 구하러 온 것은 바보 같은 짓이었다, 인간 전사."

"바보 같은 짓인지 어떤지는 모르지."

룬은 투 핸드 소드를 힐끔거리면서 대답했다. 시드리칸의 거대한 몸집과 천장에서 떨어진 잔해가 통로를 완전히 막아버리고 있었다. 룬은 레전트의 무사를 확인한 것으로 만족하기로 하고 창을 바로 잡았다. 매직 미사일을 막은 왼팔에 통증이 느껴졌지만 그런 통증에 신경을 쓸 때가 아니었다.

"룬."

"빨리 도망쳐라. 나는 상관하지 말고."

룬은 시드리칸의 뒤에서 희미하게 들리는 목소리에 그렇게 대답했다. 하지만 레전트의 울컥하는 목소리가 거기에 대답하여 룬의 귀에 들려왔다.

"뭐야, 임마! 나는 자기 복수해 주려고 이 고생을 해가면서 이랬더니! 어쨌거나 네가 죽어버리면 의미가 없잖아!"

"그건 나도 마찬가지다! 나는 너의 고용인일 뿐이다! 쓸데없는 말 하지 말고 빨리 가버려!"

갑자기 시드리칸을 중심으로 보라색의 빛줄기가 둥글게 퍼졌다. 시드리칸은 당황해하며 투 핸드 소드를 룬에게 휘두르려 했지만 순간 그의 몸이 다시 천장을 뚫고 사라져 버렸다. 시드리칸뿐만 아니었다. 그의 주위에 버티고 있던 돌덩이 같은 것들도 동시에 하늘로 솟아 올라 천장을 부쉈다. 그런 황당한 상황에서 룬은 쥐어짜듯 외치는 레전트의 목소리를 들었다.

"빨리 이쪽으로 와! 얼마 못 버텨!"

룬은 무너져 내린 잔해들을 밟고 재빨리 그 건너편으로 넘어갔다. 하지만 넘어가는 순간 마치 중력이 사라진 것같이 몸이 공중으로 떠버렸고, 룬은 급히 부서진 벽을 붙잡고 몸을 앞으로 힘껏 밀었다. 마치 물속에서 헤엄치는 것과 비슷한 느낌이었다. 다만 다른 것이 있다면 숨을 쉴 수 있다는 것 정도였다.

레전트는 룬이 무중력 지대에서 빠져나와 바닥에 떨어지자 위로 향하고 있던 손바닥을 뒤집었고 그와 동시에 아까 위로 올라갔던 돌덩어리들이 바닥으로 낙하하며 복도를 막아버렸다. 룬은 자리에서 일어나며 뿌옇게 일어나는 먼지에 입을 막았고 레전트는 힘들고 지친 얼굴로 룬의 멱살을 움켜잡았다.

"네가 단순히 고용인이면 내가 복수를 한다고 이렇게 설쳤겠냐! 앞으로 그 따위 소리 하지 말라고! 아니, 그보다 네 목숨이나 아껴! 그때도 뒤 안 돌아보고 도망쳤으면 간단히 도망칠 수 있었을 텐데 왜 죽을 뻔해서 사람을 걱정시켜!"

레전트는 정말 화가 난 얼굴로 으르렁거렸다. 하지만 곧 레전트의 얼굴은 우는 듯한 표정으로 바뀌었고 레전트는 피가 말라 붙은 소매로 눈물을 닦았다.

"내 앞에서 죽으려고 발악하지 마. 차라리 나 없는 데서 죽어버려.

나는 내가 믿는 인간이 내 앞에서 죽는 거 보기 싫단 말이야. 알았어?"

"가능하다면."

레전트의 이마를 지나가는 혈관이 작게 꿈틀거렸지만 화는 내지 않았다. 레전트는 룬의 말투가 무뚝뚝하다는 것을 알고 있었다.

'하여간 말투는 더럽게 무뚝뚝해서……'

룬은 누군가 자신을 진심으로 믿어주고 자신의 복수를 하려고 했다는 것이 이상하게 느껴졌다. 게다가 그가 자신과는 전혀 상관이 없을 것 같은, 만난 지도 며칠 되지 않은 망나니 왕족 마법사라는 사실이 더더욱 이상하게 룬에게 와 닿았다. 룬은 아주 작게 피식 웃었다가 다시 표정을 딱딱하게 굳혔다. 이러고 있을 때가 아니었다.

"미안하다, 걱정시켜서. 그보다 빨리 이곳을 탈출하는 게 문제인데. 저 괴물은 나도 상대할 자신이 없으니까."

"하지만 도망친다고 해도 다시 쫓아오면 어떻게 할 건데?"

룬은 자꾸 눈을 문지르는 레전트의 소매에 먼지가 아닌 검붉은 피가 잔뜩 묻어 있는 것을 볼 수 있었다. 그 핏자국을 보자 룬은 가슴 깊은 곳에서 뭔가 물컹한 것을 느끼며 왼손으로 가슴을 움켜잡았다. 레전트가 이런 몸이 되면서까지 자신의 복수를 하려고 했다는 사실이 룬은 전혀 기쁘지 않았다. 오히려 화가 나고 있었다. 하지만 룬은 그 분노가 레전트를 향한 것이 아니라는 것 정도는 알 수 있었다.

"어떻게든 도망가면 되겠지. 마을 안으로 들어가면 녀석들도 손을 쓰지 못할 테니까. 장담은 할 수 없지만."

"으음, 망토가 아깝기는 하지만 목숨보다는 덜 소중하니까."

레전트는 룬을 향해서 손을 내밀었다. 룬은 레전트가 공중으로 조금 날아오르는 것을 보며 고개를 흔들었다. 얼굴만 봐도 확실히 지쳐 있다는 것을 알 수 있었다.

"날아가는 건 혼자 해. 지금 그런 몸에 매달렸다가는 네가 지치고
말 거다."

"하아… 알았어."

그리고 레젠트는 앞서 날아가기 시작했고 룬도 그 뒤를 따라 뛰었
다. 룬이 그 자리를 벗어난 지 얼마 되지 않아 천장의 일부가 다시 무
너져 내리며 시퍼런 안광을 흘리는 시드리칸이 모습을 드러냈다.

시드리칸은 크게 포효 소리를 내지르며 룬을 향해서 뛰어왔지만 룬
은 저번처럼 뒤에서 뭔가를 던져도 맞지 않게 하기 위해 지그재그로
뛰며 무조건 앞으로 달렸다. 룬의 기억에 이쪽 통로의 끝에는 지상으
로 나가는 통로가 있다는 것이 각인되어 있었다.

"크어어! 죽여 버리겠다! 이 빌어먹을 인간 놈들!"

레젠트는 뇌를 울리는 큰 소리에 눈을 찌푸리며 작게 중얼거렸다.

"그러는 그쪽은 괴물이잖아."

크라우드는 빠르고 소리없는 발걸음으로 이동을 하고 있었다. 아까
의 폭음으로 인해서 대부분의 괴물들이 그쪽으로 몰려갔기 때문에 꽤
나 여유있게 성안을 탐사할 수 있었다. 하지만 소동에서 최대한 멀리
떨어지는 것이 그 소동에 휘말리지 않는 방법이라는 것을 알고 있는
크라우드는 일단 바깥으로 나갔다. 어차피 쓰지도 않는 지하 감옥 따
위를 조사해 봤자 별다른 이득이 없었다. 차라리 영주가 있는 관내의
중요 시설을 탐사해 두는 편이 그에게 있어서 훨씬 이득인 셈이었다.
몇 개의 방 위치와 용도를 이미 머리 속에 체크해 둔 그는 커다란 문
앞에서 잠시 멈춰 섰다.

"이게 뭐지?"

자물쇠를 풀어보려고 했지만 잘 풀리지 않았기 때문에 크라우드는 버릇대로 주머니에서 담배를 꺼내 입에 물었다. 하지만 불은 붙이지 않았다. 이런 곳에서 담배에 불을 붙이면 자신의 위치의 발각은 물론 나중에 어떤 증거나 실마리가 될 수도 있다.

"쳇, 마법으로 봉해져 있는 문인가? 어디 보자……."

크라우드는 담배를 질겅질겅 씹으며 문을 살피다가 마법이 문 전체가 아닌 자물쇠에만 걸려 있다는 것을 알아채고 자물쇠를 손으로 쥐었다.

"흡!"

짧은 기합성과 함께 자물쇠에 전격이 흐르더니 마법이 풀려 버렸다. 크라우드는 빙긋 웃으며 자물쇠를 풀어내고 문을 밀었다. 마법은 더욱 강한 마법으로 깰 수 있다고 여행 중에 배웠던 기억이 이런 시련을 헤쳐 나갈 수 있는 지식이 되어 있었다.

"역시 남자라면 여행은 다녀봐야지……."

자신의 장갑이 아티팩트라는 것도 여행 중에 알게 된 일이었다. 이 장갑은 주인의 의도에 따라 약하거나 강한 전격을 형성하는 힘이 있었다. 물론 사용할 때마다 사용자의 체력과 정신력을 소모했기 때문에 피곤해지기는 했지만 약한 전격으로 사람을 기절시키거나 할 때는 더할 나위 없이 편리했다.

크라우드가 문을 밀자 문은 잘 손질된 것처럼 아무런 소리도 내지 않고 스르르 열렸다. 크라우드는 그 안에 들어갔다가 얼굴을 찡그리며 중얼거렸다.

"이거, 영주한테 이런 변태적인 취미가 있었나."

방 안에는 박제를 한 것 같은 중년 여성이 유리관 안에서 눈을 감고 있었고, 그 주위로 소년 두 명과 소녀 한 명의 박제도 있었다. 문득 크라우드는 이들의 숫자와 모습에서 어떤 사실을 알아차리고 더 더욱 기분 나쁜 느낌이 되고 말았다.

"젠장… 왜 이상한 걸 못 느꼈지?"

분명히 흑사병으로 인해서 사망한 이벨 공작의 가족은 전부 네 명이었다. 아직 다 자리지 못했던 딸과 두 아들, 그리고 부인.

다른 귀족들이라면 자신의 가족이 죽은 경우 성대하게 장례식을 치렀을 것이다. 하지만 크라우드는 공작의 가족들의 장례식을 치렀다는 소리를 들은 기억이 없었다. 분명히 한두 번쯤은 입소문이 났었을 만한 이야기임에도 불구하고.

"데카드가 놀랄 일이로군. 인간 박제라……."

죽음과 안식의 신인 데카드의 이름을 부르며 담배를 질겅거리던 크라우드는 문득 그 유리관들의 중심에 거대한 검은 크리스털이 놓여져 있다는 것을 눈치 채고 주위를 살피며 그쪽으로 다가갔다. 비싸 보이기는 했지만 가져가기에는 너무 컸다. 적어도 보통 인간의 몸 정도의 크기였다. 하지만 무엇보다 크라우드는 그것을 만지고 싶은 생각이 전혀 없었다.

"이건가, 이 기분 나쁨의 근원이?"

잠시 그 크리스털을 바라보던 크라우드는 얼굴을 찡그리고 방문을 향해서 걸어갔다. 계속 크리스털을 바라보고 있자니 기분이 굉장히 더러워지는 느낌을 받았기 때문이다. 어쨌거나 크라우드의 목적은 성 전체의 탐사였다.

끼익—

그때 방의 안쪽에 달려 있던 문이 열리는 소리가 들렸고 크라우드는 뒤도 돌아보지 않고 바로 근처에 있는 그림자 아래로 숨어들었다. 곧 그 문을 열었던 남자는 주위를 둘러보더니 열려 있는 문을 보고 급히 유리관들이 있는 쪽으로 걸어가서 그들의 시체를 살폈다. 시체에 아무런 이상이 없다는 것을 알아챈 그 남자는 주위를 둘러봤다. 크라우드는 그 남자의 시선이 자신이 숨어 있는 그림자를 스쳐 갈 때마다 심장이 멈추는 듯한 느낌을 받았지만 곧 진정하고 그의 행동을 살폈다.

"쥐새끼가 숨어들었었나 보군. 감히 우리 가족의 침소로 숨어들다니……."

침소라면 침소겠지. 크라우드는 속으로 그렇게 생각하며 그의 얼굴을 자세히 살폈다. 이 지방의 영주인 이벨 사베이언. 그의 얼굴은 예전보다 늙어 있을 뿐이지 그 이외의 다른 변화는 찾기 힘들었다.

그는 유리관 앞에 있는 의자에 앉아서 조용히 뭐라고 중얼거렸다. 그러자 그 크리스털에서 검은 기운이 흘러나와 시체가 있는 관을 덮었다. 곧 그 기운은 관 안쪽으로 스며들었고 크라우드는 그 장면을 지켜보다가 자신도 모르는 사이에 헉! 하는 소리를 내고 말았다.

"거기 누구냐!"

크라우드는 자신이 방금 정말로 터무니없는 실수를 저질렀다고 생각함과 동시에 자신이 충분히 그런 터무니없는 짓을 할 만한 일이 눈앞에서 벌어졌다고 생각했다.

"젠장! 당신이라면 말하겠어?"

크라우드는 크게 소리를 지르며 그림자 속에서 튀어나와 보통 인간이 봤을 경우 감탄할 정도로 빠른 속력으로 문을 박차고 뛰어나갔다. 그런 크라우드의 뒤로는 살아 있는 것처럼 박제되어 있던 시체들이 막 유리관을 열고 자리에서 일어나고 있었다.

크라우드의 모습이 사라진 후에 이벨은 눈동자가 없는 눈으로 자신을 보고 있는 여성, 살아생전에 자신의 부인이었던 여성의 머리를 사랑스럽게 쓰다듬었다.

"저 쥐새끼가 당신의 잠을 방해했나 보구려. 머릿결이 조금 더 상한 것 같소……."

다른 유리관에 들어 있던 시체들도 하나둘 자리에서 일어서더니 이벨의 주위를 둘러쌌다. 이벨은 그런 끔찍한 시체들의 모습을 보면서도 연신 미소를 지으며 시체가 대답이라도 해줄 것같이 부드럽게 말했다.

"그래그래, 다들 잘 잤느냐. 아몬, 못 본 사이에 더 늠름해진 것 같구나. 빌보인, 공부는 열심히 했니? 샤미린, 점점 엄마를 닮아가는구나."

그의 모습은 광기에 찬 모습도 미쳐 버린 모습도 아니었다. 다만 믿음직스럽고 온화한 한 가정의 가장의 모습만이 그의 얼굴과 행동에서 비춰지고 있었다. 하지만 누구라도 그 모습을 보면 공포스럽다는 느낌을 감출 수 없을 것이다. 완전히 미쳐 버려 오히려 미친 것 같지 않은 그의 모습은 깊은 곳 어디에선가 처절할 정도의 광기가 흘러나오고 있었다.

어느 정도 시간이 흐르자 그들은 다시 보통 박제의 모습으로 돌아갔고, 이벨은 시체 한 구 한 구를 안아서 다시 유리관에 눕히며 중얼거렸다.

"얼마 남지 않았어. 이제 영원히 나와 함께하는 거야… 나의 소원은 그것뿐이라오……."

"다행히 그다지 빠르지는 않은 것 같군."

룬은 그렇게 중얼거리며 지하에서 위층으로 향하는 계단을 올라갔다. 레전트는 이미 위로 올라가서 룬이 올라오기를 기다리고 있었다.

풀 플레이트 메일은 아무리 입는 사람이 힘이 강해도 움직임에 제한을 받게 마련이다. 복도도 좁은 편이라 날개를 펼치고 날 수도 없는 노릇이었다. 시드리칸은 정말로 화가 머리 끝까지 치밀어 올랐지만 그렇다고 해서 룬을 따라잡을 수 있는 건 아니었다.

룬이 나선형의 계단을 빠져나오자 레전트가 준비하고 있던 주문을 개방했다. 그러자 계단과 계단 주위를 이루고 있던 돌들이 마치 진흙처럼 녹아 흘러내리기 시작했다. 얼마 지나지 않아 계단은 완전히 사라지고 말았고 레전트는 손을 거둔 다음 룬을 돌아보았다.

지하 감옥의 입구에는 작은 건물이 세워져 있었다. 그 건물은 사방이 벽돌로 막혀 있고 강철 문으로 잠겨 있는, 전체 지하 감옥에서 단 하나밖에 존재하지 않는 출구였다. 룬은 문을 힘껏 밀었지만 두꺼운 강철로 만들어진 문은 열리지 않았다. 룬은 레전트를 부르려고 하다가 이터를 뽑아 들고 킬 블레이드를 외쳤다. 레전트는 많이 지쳐 있었다.

"너, 그거……."

"지금 너보다는 내가 상태가 더 양호하다. 네 몸 간수나 잘해."

룬은 문고리가 있는 곳을 향해서 이터를 빠르게 휘둘렀고 진공파는 바깥에서부터 잠겨 있는 문고리를 부숴 버렸다. 룬이 다시 문을 밀자 이번에는 문이 쉽게 열렸고 룬과 레전트는 급히 바깥으로 뛰쳐나갔다. 시간은 그리 넉넉하지 않았다. 비록 그런 풀 플레이트 메일을 입고 쉽게 위로 올라올 수 있을 거라고 생각하지는 않았지만 상대는 보통 인간의 상식을 훨씬 뛰어넘는 괴물이었다.

룬은 바깥으로 뛰쳐나오자마자 주위를 가볍게 둘러봤다. 성문은 꽤나 먼 곳에 있었다. 룬이 뭐라고 말하기도 전에 레전트가 성벽을 향해서 날기 시작했고 룬도 그 뒤를 따라서 뛰었다.

“어이, 형씨!”

그때 뒤에서 누군가의 목소리가 들려왔지만 룬은 뒤도 돌아보지 않았다. 레전트는 룬의 곁에서 하늘을 날면서 뒤에서 나타난 남자를 바라보며 질문했다.

“저놈은 뭐야?”

“도둑 길드원.”

“에?”

“너를 구하려고 고용했던 녀석이다.”

크라우드의 발은 룬 이상으로 빨랐다. 어느새 크라우드는 룬의 바로 뒤에 서서 성벽을 향해서 달려가고 있었다. 레전트는 뒤를 힐끔 바라보다가 얼굴을 찡그리며 중얼거렸다.

“뒤에서 키메라 따라오는데?”

크라우드는 조금 겸연쩍은 표정으로 담배를 질겅거렸다.

“어이, 형씨. 손 좀 빌리자고. 나도 들키고 싶어서 들킨 게 아니…….”

“고개 숙여.”

허리춤에서 이터를 빼 든 룬은 잠시 걸음을 멈췄다. 그리고 걸음을 멈춰 서는 동시에 몸을 한 바퀴 돌리면서 이터를 빠르게 휘둘렀고, 진공파는 대기를 가르며 날아가 크라우드를 쫓아오던 비병 중 맨 앞에 있던 비병의 머리를 반으로 쪼개 버렸다. 머리가 쪼개진 비병은 뒤에서 날아오던 비병들에게 부딪치며 혼란을 낳았고 비병들은 금세 한 덩어리가 되어 땅을 굴렀다. 룬은 진공파를 생성시키자마자 바로 다시 뒤로 돌아서 성벽을 향해서 뛰었고 크라우드는 입에 물고 있던 담배를 뱉어버리며 룬을 향해 외쳤다.

“어이! 그쪽 성벽이야!”

“알고 있어.”

“젠장, 난 형씨한테 받을 보수가 있다고! 잊은 건 아니지? 나중에 보자고!”

크라우드는 대뜸 방향을 바꾸더니 성문을 향해서 뛰기 시작했다. 사실 이 성에서 걸어서 탈출하려면 이 성문을 통과해야 했다. 하지만 레전트는 하늘을 날 수 있는 능력이 있었고 룬과 레전트는 그 사실을 확실히 인지하고 있었다.

룬은 레전트가 무슨 생각을 하는지 대충 눈치 챌 수 있었기 때문에 군소리하지 않고 자신에게 뻗어진 레전트의 손을 잡았다. 룬이 손을 단단히 틀어잡자 레전트의 몸이 급상승했고 룬은 아찔한 느낌을 받으면서도 주위의 상황을 살폈다.

콰르릉—

그때 지하 감옥으로 통하는 건물이 무너져 내리며 뭔가가 움직이는 것이 룬의 눈에 들어왔다. 룬은 상대방이 상당히 열이 많이 받아 있다는 것을 알 수 있었다. 시드리칸은 오거라도 불가능할 행동을 펼쳐 보이고 있었다.

투 핸드 소드를 휘둘러 자신의 시야를 가로막는 건물의 벽을 박살 내버린 시드리칸은 주위를 둘러보며 날개를 활짝 펼쳤다. 그리고 마침 성벽의 꼭대기에 도착한 룬과 레전트를 보고 힘차게 하늘로 날아올랐다.

레전트는 비명을 지르거나 신을 찾는 대신 룬의 허리를 끌어안은 채 성벽 위에서 뛰어내리는 효율적인 방법을 택했다. 레전트는 천천히 떨어지는 속력을 조절해서 룬을 땅에 내려놓았고, 룬은 급히 허리를 펴고 자리에서 일어섰다.

“이제 어디로 가지?”

"마을. 저 녀석도 이런 문제를 확대시키고 싶지는 않겠지."

어차피 눈을 피해서 멀리 가는 것은 이 상황에서는 불가능한 일이었다. 룬은 어쨌거나 상대방의 존재가 비밀로 인식되어 있다고 생각했고 상대방도 마을 사람들에게 자신의 존재를 알리고 싶어하지는 않는 듯했다.

룬은 마을 쪽을 향해서 달렸고 레전트는 그런 룬의 옆에서 공중을 날았다.

"너 먼저 가. 나는 게 달리는 것보다 속력 빠르잖아!"

"헛소리… 하지 마. 나도 지금 이 속력으로 날고 싶어서 이러는 줄 알아?"

레전트는 쓴웃음을 지어 보이면서도 정신을 집중했다. 그런 레전트를 바라보기 위해서 고개를 돌렸던 룬은 급히 레전트의 왼쪽 어깨를 잡아당겼고 레전트는 룬의 예상대로 왼쪽으로 급격하게 기울고 말았다. 그리고 그와 거의 동시에 레전트가 날아가고 있던 곳을 시드리칸이 스쳐 지나갔다. 룬은 그 풍압에 밀려서 땅을 구르고 말았고 레전트도 비틀거리다가 추락하고 말았다. 레전트는 바짝 마른 풀 위로 미끄러지더니 꿈틀거렸고 룬은 재빨리 자리에서 일어나서 레전트를 흔들었다.

"레전트, 괜찮아?"

"아으으윽, 아파."

"말이 나오는 거 보니까 멀쩡한 모양이군."

레전트는 얼굴을 있는 대로 찡그리며 자리에서 일어났다. 그나마 목이 부러지지 않은 것이 천만다행이었다. 하지만 레전트는 일어서자마자 룬에게 떠밀려 다시 땅으로 굴러야 했다. 레전트는 짜증이 머리 끝까지 솟아 올라오긴 했지만 반사적으로 몸을 최대한 땅에 가까이 밀착시켰다. 그와 거의 동시에 뭔가가 레전트의 등 뒤로 빠른 속력으로 스쳐 지나갔고 레전트는 고개를 살짝 들어 저 멀리 날아가고 있는 검은 물체를 바라보았다. 조금만 반응이 늦었으면 시드리칸이 날면서 휘두른 투 핸드 소드에 절명하고 말았을 것이다.

목표를 두 번이나 놓친 시드리칸은 분한 마음에 다시 큰 원을 그리며 선회했다. 뛰어서는 룬과 레전트를 쫓아갈 수 없었기에 어쩔 수 없이 날아야만 했다. 시드리칸은 어느새 자리에서 일어나 빠른 속력으로 풀숲을 헤치며 뛰고 있는 룬을 겨냥하고 투 핸드 소드를 단단히 움켜잡았다.

그때 풀숲에서 뭔가가 뛰쳐나와 룬의 등 뒤로 접근했던 시드리칸의 날개를 더 이상 움직이지 못하게 단단히 결박했다. 시드리칸은 갑작스럽게 움직이지 않는 날개를 어떻게든 해보려 했지만 날개를 결박한 흰빛 늑대들은 끝까지 날개를 물고 늘어졌다.

'펜릴?!'

시드리칸은 자신의 날개를 결박한 짐승들의 정체를 알고 있었다. 땅으로 추락하는 동안 시드리칸은 고개를 돌려 펜릴들이 날아온 곳을 찾으려 했지만 헛수고였다. 시드리칸은 중력의 법칙을 이기지 못하고 땅에 강하게 충돌했고, 시드리칸의 육체는 날아오던 속력을 그대로 실어 풀숲을 파헤쳤다.

룬은 등 뒤에서 뭔가 큰 소리가 나자 고개를 살짝 돌렸다. 뭔가가 땅에 강하게 부딪친 다음 풀숲을 미끄러져 자신에서 쇄도해 오고 있는 것을 본 룬은 재빨리 옆으로 몸을 피했다. 시드리칸은 룬을 지나친 후에도 한참 동안이나 앞으로 굴러 사라졌고 룬은 잠시 걸음을 멈춘 다음 주위를 둘러보았다.

"구했나요?"

룬은 목소리가 들려온 쪽을 바라보았다. 붉은 달빛이 새하얀 머리카락에 맞아 본래의 색을 잃고 흩어졌다. 티아스는 가벼운 몸놀림으로 풀숲 사이로 뛰어와 룬의 앞에 섰다.

"다친 건가요?"

티아스는 온몸을 붉은 체액으로 목욕을 하고 있었다. 티아스의 은빛 머리카락만이 이상하게 그 붉은 체액에 젖지 않은 채 원래의 빛을 유지하고 있었다. 티아스는 룬의 물음에 고개를 흔들었다. 티아스의 몸과 옷에 묻어 있는 체액은 티아스의 것이 아니었다. 정작 티아스의 몸에는 작은 생채기도 나 있지 않았다.

티아스는 비틀거리며 공중으로 떠오르는 레전트를 보며 다시 말했다.

"구했군요."

"티아스 양?"

레전트는 조심스럽게 티아스의 이름을 불렀다. 티아스는 부드럽게 고개를 돌려 레전트를 바라봤다. 그리고 다시 고개를 돌리며 말했다.

"티아스."

순간 레전트는 티아스의 이상한 답변에 당황해했고 룬은 전방을 주시하면서 당황해하는 레전트를 향해 질문을 던졌다.

"저거 죽었을까?"

"보통 저 속력으로 날아와서 그대로 땅에 격돌하면 죽는 게 정상이긴 하지만 저건……."

레전트의 중얼거림에 대답하기라도 하듯이 거대한 갑옷이 일으켜세워졌다. 풀 플레이트 메일을 입고 쓰러질 경우 보통 사람은 힘과 움직임의 제약 때문에 일어서지 못하기 마련이다. 하지만 시드리칸의 힘은 그런 상식을 깨부술 만큼 강했고, 시드리칸의 갑옷인 어둠은 보통 풀 플레이트 메일에 비하여 관절 부분의 구동 범위가 훨씬 넓었다.

자리에서 일어난 시드리칸은 날개에 힘을 주며 힘껏 휘저었다. 날개를 단단히 구속하고 있던 펜릴들이 흔들리자 티아스는 급히 손을 내밀었다. 펜릴들은 금세 빛이 되어 티아스의 곁으로 돌아와 적을 경계하기 시작했다. 시드리칸은 땅과 부딪치면서도 떨어뜨리지 않은 투 핸드 소드를 옆으로 크게 휘두르며 말했다.

"말했을 거다. 다시 내 앞에 나타나면 죽일 거라고!"

시드리칸의 분노는 자신의 경고를 완전히 무시한 티아스에게 쏟아지고 있었다. 하지만 그런 사실을 알 리 없는 룬과 레전트는 각자 공격 태세를 취하고 시드리칸을 경계했다.

그렇게 위기감이 형성되는 가운데 티아스는 한 발 앞으로 나서며 입을 열었다.

"돌아가요."

"하지만 티아스……."

"돌아가요. 당신들의, 인간들의 마을로."

티아스는 허리를 숙이며 작은 목소리로 말했다. 귀가 밝은 룬도 겨우 티아스의 말을 알아들을 수 있었다. 티아스는 작게 다시 한 번 말하며 앞으로 뛰어들었다. 룬은 티아스가 앞으로 뛰쳐나가며 중얼거린 소리를 듣지 못했다. 하지만 곧 레전트를 향해서 손짓을 했다. 룬은 티아스가 저 괴물에게 질 거라고는 생각하지 않았다.

'믿음인가?'

룬은 아주 작게 쓴웃음을 지었다가 다시 표정을 굳혔다. 레전트는 룬의 손짓에 당황해하다가 결국 하늘로 날아올랐다. 레전트는 룬의 판단을 믿었다. 그 결과가 가슴 아플지라도 룬은 지금까지 언제나 최악의 상황에서 최선의 결과를 생각해 냈었다.

룬은 티아스가 내뱉은 말을 잠깐 생각하다가 하늘을 날아오른 레전트를 쫓아 시드리칸을 피해 마을로 달렸다.

성문의 쪽문을 열고 지병이 부럽지 않을 속력으로 벌판을 달리던 크라우드는 천천히 속력을 늦추면서 성을 바라보았다. 그리고 방향을 바꿔서 다시 벌판을 달렸다.

'이 정도면 증거가 되겠지?

마을이 아닌 정반대 편으로 얼마 동안 뛰어간 그는 주머니에서 궐련을 꺼내서 입에 물었다. 그리고 성냥을 꺼내 자신의 장갑에 짧게 힘을 주어 긁었다.

파악—

인이 마찰하며 작은 불꽃이 피어 오르자 크라우드는 성냥의 끝을 궐련에 가져다 대서 불을 붙였다. 성냥의 불을 끄고 땅에 던져 버린 크라우드는 담배 연기를 폐부 깊숙이 빨아들였다. 아직도 안전하지 않다는 것을 생각하면 상당히 대담한 행동이었지만 크라우드는 지금 여기가 안전하다는 자신의 감에 대해서 불신하지 않았다.

담배 연기가 폐부로 스며들어 가자 조금 정신이 든 크라우드는 담배 연기를 공기 중에 내뱉으며 한숨을 쉬었다. 뒤에서 자신을 쫓아오던 지상형 키메라들을 처리하는 데 전격을 너무 사용한 탓에 머리가 어지러워져 있었던 것이다. 그 전사가 도와준 덕분에 날아오던 키메라들을 따돌릴 수 있었던 것이 다행이었다.

"도움만 받은 꼴이 되어버렸군. 다음에 보면 술이나 한잔 살까?"

담배를 절반쯤 태우던 크라우드는 안쪽 주머니에서 손바닥보다 작은 동판을 꺼냈다. 보통 사람이 보기에는 아무런 쓸모도 없어 보이는 동판에 지나지 않았지만 크라우드는 그 동판을 입 가까이에 가져다 대고 목소리를 가다듬었다.

"여긴 크라우드. 어이, 듣고 있는 거야? 시라닌?"

그 동판을 향해서 말을 하던 크라우드는 아무 일도 일어나지 않자 동판을 두들기고 흔들어보면서 혼잣말로 중얼거렸다.

"쯧, 고장인가."

[고장 아니니까 그만 흔들어. 연락을 취했으면 받을 틈은 줘야 할 거 아냐. 나 자다가 일어났다고.]

"알았어, 어쨌든 임무 완료. 영주 성 탐색 끝냈어."

[결과는?]

동판에서는 누군가의 말이 흘러나오고 있었다. 그 동판은 원거리와 원거리 사이를 서로 이어서 연락을 할 수 있게 만들어주는 통신 아티팩트였다. 동판의 안은 비어 있었고 그 사이에 작은 막이 있었기 때문에 그 막이 진동을 하며 불확실한 소리이기는 하지만, 어느 정도 통신이 가능할 정도의 소리를 만들어냈다.

크라우드는 몇 번이나 사용해 본 것이기는 하지만 신기하다고 생각하며 담배 연기를 내뿜었다.

"역시나 영주 자식 뭔가 꾸미고 있는 것 같은데? 대충… 시체 소생이나 마물 쪽으로. 하여튼 미쳐 버린 것 같아."

[그래? 반쯤은 염두하던 문제는 아닌 것 같군.]

"염두하던 문제라면… 뭐 세계 정복이라거나?"

[헛소리하지 마. 그런데 꽤 어려운 일이었을 텐데 잘도 3주 만에 끝냈네?]

"아, 오늘 어떤 형씨한테 도움을 받았거든."

크라우드는 그렇게 생각을 하며 빙긋 웃었다. 어차피 서로 돕고 도왔으니 빚은 없다고 생각해도 좋을지 몰랐다. 하지만 크라우드는 자신이 도움을 받은 게 더 있다고 생각했다.

불행히도 동판 저 너머의 누군가는 그런 것에는 흥미가 없는지 곧장 자신의 불평을 이야기했다.

[도움? 너, 어디까지나 비밀로 작업하라고 했었을 텐데?]

"아아, 그 형씨도 성에 침입하려는 목적이 있었어. 동료를 구하기 위해서였던가? 화내지 말라고. 대충 둘러댔으니까 거기까지 의심하지는 않을 거야."

[좋아. 어쨌든 이틀 내에 헬 나이트 1부대, 3부대를 보낼게. 알아서 준비하고 기다리고 있어.]

"뭐? 3부대? 이봐, 난 방금 전까지 사지를 헤매다 왔다고. 이 정도 정보를 넘겼으면 슬슬 쉬게 해주는 게 인간으로서의 인정 아니야?"

[헛소리 그만 해. 증거도 모았고 최대한 빨리 처리해야 할 것 아냐. 그리고 최대한 조용히 처리하려면 별수없어.]

"아아, 젠장. 나하고 우리 애들이 암살자냐?"

크라우드가 불평이 가득 담긴 말투로 중얼거리며 담배꽁초를 바닥에 버리고 밟아 끄며 중얼거리자 시라닌이 여전히 냉랭한 목소리로 말했다.

[네스트 지옥기사단 3번대 대장, 크라우드 이베이져. 직무 유기로 대장님에게 알릴까? 아니면 그냥 얌전히 기다릴래?]

"…알았어, 알았다고. 이틀 후? 언제쯤?"

[해가 질 때쯤. 끊는다.]

크라우드는 시라닌의 목소리가 끊겨 버린 동판을 떨떠름한 표정으로 바라보다가 다시 주머니에 넣고 천천히 마을 쪽으로 걸음을 옮기기 시작했다.

지옥기사단은 용병들이나 그 외의 다른 직종의 종사자들 중 상당한 실력을 가진 자들을 모아서 만든 네스트의 기사단이었다. 그러다 보니 다른 진짜 기사들에게는 상당히 천시받기는 했지만 국가 직속의 부대이다 보니 상대방들도 대놓고 그런 기색을 보이지는 않았다.

지옥기사단은 총 10개 부대로 이루어져 있고 그중 2개의 부대는 지옥기사단의 그림자로써 전투가 아닌 첩보나 기타 등등의 목적으로 네스트의 여기저기에서 활동하고 있었다. 그 규모도 부대라는 소리가 어울리지 않을 정도로 작아서 기본적으로 전투나 전쟁에 참여할 수 있는 부대는 8개 부대밖에 없었다.

그리고 그중 지옥기사단 3번대―쉐도우 오브 라이트닝(Shadow of Lightning)―의 대장인 크라우드는 이 근처에서 어떠한 일이 일어나는지를 살피기 위해서 오래전부터 파견되어 있는 상태였다. 크라우드는 이곳의 도적 길드 마스터 중 한 명인 볼드와 잘 아는 사이라는 점을 이용하여 도적 길드에서 영주에 대한 정보를 모으며 일하던 중이었지만 결정적인 증거가 발견되지 않아 고심하던 중이었다. 게다가 3주 전쯤에는 무슨 일인지 몰라도 적어도 한 달 이내에 일을 끝마치라는 조건까지 붙어서 속이 바싹바싹 타고 있었는데 오늘 겨우 일을 끝낼 수 있었던 것이다.

"미쳐 버린 마법사만큼 무서운 것도 없으니까."

크라우드는 공중을 향해 그렇게 뇌까리며 다시 주머니에서 담배 한 개비를 꺼내 입에 물었다.

"어이구, 이젠 정말로 죽도록 싸워야 하나?"

자신의 운명에 잠시 한탄해 보는 그였다.

Chapter 3 신념

7

펜릴들은 자신들의 앞에 서 있는 시드리칸에게서 짙은 마기의 냄새
와 함께 익숙한 냄새를 맡을 수 있었다. 하지만 시드리칸이 그 익숙한
냄새를 무시할 정도로 적대적인 감정을 뿜어내고 있진 않았기에 일단
시드리칸을 경계하며 으르렁거리고 있었다. 날개를 완전히 다 접어버
린 시드리칸은 투 핸드 소드를 티아스에게 겨누며 말했다. 분명히 자
기 자신은 이 어린 수인족에게 자신의 입장에 대해 경고를 한 적이 있
는데 이 수인족은 그런 경고를 완전히 무시해 버린 것이다.

"각오는 되어 있겠지."

"나는 당신을……."

티아스의 말이 끝나기도 전에 시드리칸의 거대한 검이 티아스를 향
해서 내려쳐졌다. 강하고 빠르게 자신에게 닥쳐 드는 칼날에 티아스는
잠시 말을 끊으며 뒤로 물러섰고 시드리칸의 검은 티아스가 방금 전까

지 서 있던 땅에 깊은 상처를 내면서 회수됐다. 티아스는 시드리칸의 악기에 검게 타 죽어가는 풀들을 보면서 작은 목소리로 말을 끝마쳤다.

"…죽일 수 없어."

"어리석은 수인족. 아직도 그런 헛소리를 지껄이는 건가!"

"나는 당신이. 여신의 종자로서 다시 깨어날 수 있을 거라고 생각하니까. 당신에게 주어진 영혼은……."

티아스의 주위에 있던 펜릴들이 빛이 되어 티아스의 앞으로 모였다. 금방 회수된 시드리칸의 검이 다시 한 번 티아스에게 내려쳐졌지만 티아스는 단순히 그 검을 바라보기만 했다. 하지만 그 효과는 그다지 단순하지 않았는지 검은 티아스의 앞에 모여 있던 빛에 부딪쳐 뒤로 튕겨 나갔고 시드리칸은 재빨리 자세를 바로잡으며 다시 검을 휘둘렀다.

"어째서 공격하지 않는가!

"……."

티아스는 입술을 깨물며 계속 자신에게 휘둘러지는 검을 피해냈다. 얕볼 수 있는 적이 아니었기 때문에 최선을 다하려고 했지만 티아스의 안에서 뭔가가 공격을 하려고 하는 티아스를 방해하고 있었다. 그런데도 공격을 행하면 오히려 역습을 당하고 말 게 뻔했기 때문에 티아스는 차라리 공격하려는 것을 완전히 포기하고 방어하는 것에만 신경을 쓰고 있었다. 다행히 시드리칸의 공격은 대부분 한껏 휘두르는 공격이 전부였기 때문에 티아스 정도의 속력이라면 펜릴들로 방어하거나 피할 수 있었다. 어차피 이기려고 싸우는 것은 아니었다.

"…나도 마을로 가겠어."

아까 티아스가 룬이 듣지 못하게 아주 작게 말했던 말이었다. 왜 자신이 인간을 위해서 싸우게 됐는지는 티아스 자신도 이해하지 못하고 있었다. 인간이라는 존재가 있었기 때문에 다른 차원계에서 마물이 소환되고 마기가 흩어졌으며 전쟁이 일어났다. 이공간에 존재하는 모든 나쁜 것들을 모아서 만들어놓은 것같이 배웠던 인간이었지만 자신들이 본 그 두 명의 인간은 다른 나쁜 인간들과는 달라 보였다.

'그래서 노마인도 그들을 따라가라고 했을까……?

한편 시드리칸은 여유만만한 티아스의 태도를 보면서 반대로 점점 초조해지고 있었다. 그 인간들이 마을로 들어가 버리면 강제적으로 납치하는 것은 거의 불가능하게 된다. 마을 내에서 큰일을 벌이게 되면 어떤 형태로든 이 지방의 영주인 자신의 주인에게 피해가 갈 것임이 분명했다.

"흐음!"

시드리칸은 무슨 생각을 했는지 갑작스럽게 날개를 펴더니 크게 펄럭거렸다. 시드리칸과는 달리 보통 인간보다 오히려 가벼운 무게의 티아스는 그 공격 아닌 공격에 당황해하며 바람을 이기지 못하고 공중으로 떠버리고 말았다. 시드리칸은 그 틈을 놓치지 않고 티아스를 향해서 검을 휘둘렀고 공중에 떠버린 티아스는 이 펜릴들을 모아서 만든 방패로 그 공격을 막아냈다.

쩡—

하지만 시드리칸은 애초에 티아스를 목적으로 공격한 것이 아니었다. 시드리칸 본인에게서 뿜어져 나온 그릇된 어둠의 기운과 펜릴의 성스러운 기운이 부딪치자 서로 간에 반발력이 일어나며 시드리칸의 검이 뒤로 튕겨 나갔고 펜릴들은 사방으로 흩어지고 말았다. 시드리칸은 검이 튕기는 각도를 조절하며 그 거대한 몸을 한 바퀴 틀었다. 반발력에 의하여 생겨난 힘은 그대로 검에 실려 아직 공중에 떠서 아무런 반항도 하지 못하고 있는 티아스를 노리고 번뜩였다.

　최악—

　그리고 잠시간의 정적이 날카롭게 두 사람을 휘감았다. 티아스는 땅에 반쯤 쓰러진 자세로 이를 악물며 배의 한복판을 가로질러 나 있는 상처를 감쌌다. 시드리칸도 완벽히 자세가 잡혀 있는 상태가 아니라서 다행히 깊은 상처는 입지 않았지만 티아스에게 있어서 이 상처는 큰 손실이었다.

　티아스가 망각하고 있었던 사실이 있었다. 시드리칸은 티아스가 먹기 위해서 사냥하던 그런 사냥감들과는 달랐고 지능없는 마수들처럼 저능하지도 않았다. 시드리칸은 상대방을 죽여서 이기기 위해 싸우는 방법을 알고 있었다.

　티아스의 손에서 흰 빛이 어리며 상처가 급격히 아물어갔다. 하지만 시드리칸은 티아스가 상처를 완전히 회복할 시간을 주지 않고 다시 검을 휘둘렀다. 티아스는 급히 펜릴을 모으려고 했지만 펜릴들은 방금 전의 충격 때문인지 쉽사리 모이지 않았다. 티아스는 결국 상처를 움켜쥐고 급히 뒤로 물러섰지만 때는 이미 늦어서 검은 약하게 모여든 펜릴들을 흩어놓고 한번 티아스의 어깨에서 피가 터져 나오게 만들었다. 속력은 티아스가 빨랐지만 티아스의 망설임은 그런 속력의 우위를 앗아가 버렸다.

　"이건 내 경고를 무시한 네 잘못이다. 각오는 되어 있겠지."

　시드리칸의 검이 위로 들어 올려졌다. 티아스는 어둠 속에서 검게 빛나며 자신을 향해 내리쳐지는 검을 보았다. 하지만 티아스는 눈을 질끈 감거나 하는 대신 팔로 땅을 짚고 뒤로 물러섰다. 누군가 도와줄 거라고 생각하면 약해진다. 그렇게 배웠기 때문에 티아스는 도움을 바라며 기다리는 것보다 자신이 자신을 돕기로 마음먹은 것이다.

"잠깐! 잠깐! 잠깐! 잠깐! 잠까안~ 잠깐만 기다려 봐!"

그때 시드리칸의 갑옷 위로 푸른 번개가 내리쳐졌다. 물론 자연적으로 쏟아지는 번개나 마법사들이 사용하는 뇌전에 비하면 굉장히 약한 수준이었지만 시드리칸의 몸이 흔들리게 만드는 데는 충분했다. 시드리칸의 갑옷인 어둠이 착용자의 몸을 전격에서 지키기는 했지만 격돌 순간의 그 충격 때문에 시드리칸은 티아스를 향해 검을 휘두르지 못했고 티아스는 그 순간을 노려 뒤로 물러섰다.

"어이, 괴물 아저씨. 살인 같은 거 저지르기에는……."

시드리칸에게 전격을 날렸던 주인공은 담배꽁초를 바닥에 내던지면서 나름대로 상큼한 미소를 지었다.

"달이 너무 밝지 않나? 이런 날은 다른 사람 눈을 조심해야지. 아니지, 죽이려고 했던 게 인간이 아니니까 살인이라고 말하면 조금 그런가? 으음… 그럼 뭐라고 하는 게 좋을까?"

시드리칸은 자신이 검사라는 것을 증명하려는 듯 말을 하는 대신 크라우드를 향해서 검을 휘둘렀다. 하지만 크라우드는 이미 시드리칸에게서 멀찍이 떨어져 있는 상태였기 때문에 시드리칸의 검은 허무하게 허공을 가로질렀다. 크라우드는 어느새 티아스에게 가까이 다가가 티아스의 한쪽 팔을 자신의 어깨에 걸치며 반가운 듯 말했다.

"오, 아가씨, 반가워요. 그건 그렇고 별로 좋은 상황이 아닌 것 같은데 도와드려도 되려나? 물론 도망가는 쪽으로."

티아스는 이상할 정도로 친근하게 말하는 크라우드의 태도에 잠시 몸서리치다가 고개를 끄덕였다. 다른 선택의 여지가 없는 것이다. 크라우드는 빙긋 웃더니 티아스의 손을 잡고 있는 손의 반대 편 손에서 전격을 형성해 땅을 향해 내리쳤다.

콰—!

전격이 강하게 땅을 후려치자 땅은 그 충격을 이기지 못하고 갈가리 찢겨 흩어졌다. 급격히 부풀어 오른 공기가 먼지를 주위에 흩뿌렸고 시드리칸은 먼지 때문에 주위의 시야가 가려지자 검을 사방으로 휘두르며 분노한 목소리로 외쳤다.

"이놈들! 어디냐!"

하지만 크라우드는 그 목소리에 대답하는 대신 폭음에 기절해서 축 늘어져 버린 티아스를 부축해 먼지 속을 뚫고 마을을 향해서 뛰어가기 시작했다.

크라우드는 예전에 영주의 성을 조사하던 중 시드리칸의 모습을 본 적이 있었다. 그 성안에는 보통 인간이 생각하기 정상적인 것이 단 하나도 없었다는 것을 생각해 볼 때 분명히 저 기사 차림을 한 괴물도 정상적인 것은 아닐 게 뻔했다.

"음, 이걸로 그 형씨한테 빚 갚은 걸로 쳐야겠군."

크라우드는 티아스를 들쳐 업고 달리며 그렇게 중얼거렸다.

룬은 티아스가 아마 괜찮을 거라고 생각했다. 여차하면 도망칠 수도 있을 테니까. 조금 걱정되기는 하지만 룬은 담을 넘자마자 기절해 버린 레전트를 부축하고 어제 갔었던 그 여관으로 향했다. 레전트도 상당히 무리를 했는지 긴장이 풀리자 그대로 기절하고 말았다. 정확히는 기절이라고 하는 것보다 잠들었다고 하는 편이 더 맞을지도 몰랐다.

사람들의 눈에 띄지 않도록 가는 것도 상당히 큰일이었다. 아무리 봐도 평범하게 봐줄 수 없는 모습으로—피를 흘리고, 한 녀석은 기절하고,

한 녀석 역시 멀쩡하지 않은 모습으로 무기를 들고 있다—대로로 다니면 굉장히 눈에 띄는 상황이 될 수밖에 없었다. 그들이 아무리 정상이 아닌 괴물이라고 해도 영주가 이 지방에 직접적인 권력을 행사하고 있다면 룬과 레젠트가 어디에 있든 발견해 내고 말 건 뻔했다.

룬은 자신의 행동이 그런 탐색의 시간을 조금 더 늘이는 것에 지나지 않는다는 것도 잘 알고 있다. 하지만 지금 이 상황에서는 다른 방법이 없었다. 일단 조금이라도 자신과 레젠트가 체력을 회복할 수 있는 시간을 벌어야 했다.

"어서 오세… 요?"

"뜨거운 물 좀 끓여주세요."

"아… 예. 아, 알겠습니다. 그런데 의사를……."

"괜찮습니다. 빨리 물이나 끓여주세요."

그나마 밝은 곳으로 오자 끔찍한 레젠트의 모습이 그대로 드러났다. 아까는 빛이 거의 없는 벌판이라서 그런 것을 눈치 채지 못했지만 룬은 레젠트의 모습을 보고 한숨을 쉬어야 했다.

룬은 그다지 다친 곳이 별로 없었다. 여기저기 긁힌 찰과상이 몇 군데 있을 뿐이었다. 하지만 레젠트는 달랐다. 레젠트의 집게손가락은 너덜너덜할 정도로 헤어져 있었고 비병에게 납치당할 때의 상처도 낫지 않아 피가 조금씩 배어 나오고 있었다.

밤늦은 시간이라 둘의 모습을 본 사람이 여관 주인밖에 없었다는 것 외에는 좋은 점이 없었다(반대로 둘의 모습을 본 사람이 생겼다는 것은 문제였다). 룬은 레젠트를 짚이 가득 채워져 있는 푹신한 침대에 눕히고 나서 길게 한숨을 내쉬었다. 시트가 피에 젖게 된다는 것이 조금 걸리기는 했지만 지금은 그게 중요한 것이 아니었다.

레전트를 구했으니 이제 중요한 것은 그들의 눈에 띄지 않고 이곳에서 최대한 빨리 벗어나야 하는 것이 관권이었다. 어떻게든 이 나라에서 벗어나야 했다.

룬도 일단 건틀릿을 풀고 등을 침대에 기대 고개를 뒤로 젖혔다. 그리고 어떻게 이 마을에서 탈출할 것인지 고민했다. 하지만 짧지 않은 시간 동안 몸을 혹사시킨 탓에 아무런 생각도 할 수 없을 정도로 피곤이 몰려왔다. 그때 누군가가 문을 두드리는 소리가 났고 룬은 그 소리의 정체가 그 여관 주인일 거라고 생각하면서도 확인 겸 물었다.

"누구십니까?"

"여, 형씨. 있었네."

예상외의 목소리에 룬은 정신이 번쩍 깨이는 기분이 들었다.

"…왜 네가 여기에 있는 거냐?"

문이 열렸지만 룬은 그것을 제지하지는 않았다. 룬은 문 쪽을 아무렇지도 않게 바라보고 있다가 깜짝 놀라며 자리에서 일어섰다.

"전해줄 물건이 있어서 말이지. 어디다 놔둘까?"

룬은 배낭에서 모포를 꺼내 사람 하나가 누울 만한 자리를 만들었다. 크라우드는 업고 있던 티아스를 조심스럽게 그 위에 눕혔고 룬은 티아스의 몸에 난 상처를 살폈다. 배와 어깨, 양쪽 다 동일한 무기로 인해 난 상처였다. 베인 상처였지만 그다지 날카로운 무기는 아니었는지 상처 주위가 조금 뭉개져 있었다. 다행히 치명적이지 않은 스친 상처 같았다.

룬은 티아스에게 이 상처를 입힌 범인을 알아차릴 수 있었고 크라우드는 옆에서 룬의 예상을 확신시켰다.

"웬 괴물 자식한테 당하고 있더라고. 그래서 구해왔지. 도움도 받고 했으니… 이 아가씨는 형씨 동료지? 어쨌든 이걸로 빚은 갚았으니 난 이만 간다."

"보수는……."

"아아, 됐어. 어차피 길드 일로 한 일은 아니니까."

"어쨌든 고맙다."

"빚진 것 갚은 것뿐이니까 신경 쓰지 마. 그리고 형씨, 영주하고 별로 좋지 않은 관계가 된 것 같은데… 하나 충고해 줄까?"

"충고?"

룬은 갑자기 크라우드의 분위기가 바뀐 것 같은 기분을 느꼈다. 여전히 빙긋빙긋 웃고 있는 얼굴에 태도도 전혀 변하지 않았지만 조금 진지해진 느낌이 들었다.

"별건 아니고. 무사하고 싶으면 영주의 일에 관해서는 입을 다물라는 거야. 그리고 이 마을에서 3일 정도는 눈에 띄지 말고 쉬어. 그러면 앞으로 형씨의 여행길은 안전하게 될 테니까."

"어떻게 장담하지?"

크라우드는 문밖으로 나가며 룬의 관점에서는 상당히 기분 나쁜 웃음을 지었다.

"믿기 싫으면 믿지 말든가. 그럼 나중에 보자고, 형씨."

룬은 크라우드가 나가 버린 문을 잠시 바라보다가 티아스의 상처를 자세히 살폈다. 상처는 그저 피부를 가르고 피하 지방에 닿는 것 정도였다. 룬은 힐링 파우더를 꺼내려고 하다가 문득 힐링 파우더가 거의 바닥인 것을 생각했다. 하지만 룬은 망설이지 않고 배낭에서 힐링 파우더가 담긴 주머니와 붕대, 그리고 힐링 파우더와 비슷한 흑갈색 가루약이 담긴 주머니를 꺼냈다.

"손님? 물 끓여왔습니다. 그리고 수건도……."

"감사합니다."

마침 주인이 뜨거운 물을 양철 대야에 받아 가지고 왔다. 그는 갑자기 나타난 티아스의 모습에 당황스러워했지만 상처를 입고 있는 사람이 둘이라는 점을 간과하지 않았기에 아무런 말도 하지 않고 문을 닫았다.

룬은 상처를 입은 채 정신을 잃고 있는 티아스의 옆에서 잠시 고민했다. 어깨에 난 상처를 치료하기 위해서는 윗옷을 벗겨야 했다. 물론 룬은 아무런 느낌도 없었지만 보통 여성들이 남자에게 알몸을 보여주기 싫어한다는 것은 거의 당연했다. 하지만 룬은 티아스의 웃옷을 벗기고 상처를 치료하기로 결심했다.

일단 조심스럽게 티아스의 겉옷을 벗긴 룬은 배에 있는 상처 주위를 뜨거운 물에 적힌 수건으로 조심스럽게 닦았다. 정신은 잃었지만 고통은 느껴지는지 수건이 상처에 닿을 때마다 티아스의 몸이 움찔거렸다. 대충 피를 닦아낸 룬은 힐링 파우더와 흑갈색 가루를 섞어 상처 부위에 뿌린 다음 등 쪽으로 손을 집어넣어 붕대가 들어갈 공간을 만들어 붕대를 한 번만 교차시켜 상처를 막았다. 정신을 잃고 있는 사람을 억지로 일으켜 상처를 묶을 수는 없었기 때문에 어쩔 수 없었다.

그 흑갈색 가루는 지혈제와 소독제로 쓰이는 일종의 가루약이었다. 여러 가지 약초를 갈아서 만든 이 약은 피를 흡수하면서 굳어 상처를 자연스럽게 막으며 치료했다. 원래 값싸고 흔해서 몸에 상처가 나기 쉬운 직업을 가진 사람들이 많이 사용하는 약이었지만 룬은 그동안 힐링 파우더를 주로 썼기 때문에 사용하지 않았었다.

다음은 어깨였다. 어깨를 치료하는 것은 배를 치료하는 것보다 더 쉽게 끝났다. 붕대를 단단히 묶은 룬은 레전트의 모포를 꺼내 티아스의 몸에 덮기 위해서 펼치다가 티아스의 몸을 내려다보았다. 인간에 비하면 치유력이 좋아서 그런 건지는 몰라도 큰 흉터는 없었지만 상체 여기저기에 자잘한 흉터들이 남아 있었다. 대부분 뭔가에 찢기거나 긁힌 상처들. 룬에 뒤지지 않을 만큼의 흉터였다. 문득 룬은 벗은 여자의 몸을 이렇게 보고 있는 것이 큰 실례라는 생각이 들어 모포로 티아스의 상체를 덮고 레전트에게 이동했다.

　룬은 피에 젖어 있는 레전트의 옷을 벗겨내고 몸에 묻어 있는 피를 닦아냈다. 그리고 팔과 다리에 나 있는 상처를 잘 닦아 가루약을 뿌리고 붕대로 감았다. 손가락까지 대략의 치료를 끝낸 룬은 레전트의 몸을 살폈다. 아무리 생각해도 옷에 묻어 있는 피에 비해서 몸에 나 있는 상처가 너무 적었다. 룬은 레전트의 양 볼을 가볍게 움켜쥐어서 입을 벌어지게 만들었다. 흰 이빨 사이사이에 지저분한 붉은빛이 비쳤고 별로 좋지 않은 피비린내가 나고 있었다.

　'내상을 입은 건가? 이 녀석… 귀찮게 됐군.'

　잠시 후 레전트에게 옷을 입힌 룬은 붉은 핏물이 담긴 대야와 수건, 빨랫감을 가지고 아래층으로 내려갔다. 카운터에 앉아서 안절부절못하며 위층을 힐끔거리던 주인은 룬이 내려오자 자리에서 벌떡 일어났다. 가뜩이나 장사가 잘되지 않는 여관에서 사람이 죽거나 하는 일이 일어나면 더욱 손님이 떨어지게 될지도 모르는 일이었다.

　"말썽을 피운 건 아닙니다. 어쩌다 다친 것뿐이니 신경 쓰지 않으셔도 됩니다."

　"아… 그, 그렇군요."

　"그런데 제 동료가 좀 많이 다쳐서 그러니 며칠 간 이곳에 머물러야겠습니다. 대가는 충분히 지불할 테니까 걱정하지 말아주십시오. 그리고 2인용 방으로 자리를 옮겨도 되겠습니까?"

주인은 대가를 지불한다는 소리에 고개를 끄덕이며 2인용 방의 열쇠를 룬에게 넘기며 핏물이 가득 담긴 대야를 받아 들었다. 룬은 열쇠를 받아 들며 지나가는 말투로 중얼거렸다.

"저희에게는 현상금 같은 건 없으니 신고해도 별수없을 겁니다."

룬의 말은 일종의 협박이었다. 아무런 이득도 없는 신고를 할 것인지, 아니면 룬에게서 어떤 대가를 받고 입을 다물 것인지.

이미 답은 나와 있었다. 여관 주인은 가볍게 고개를 끄덕이고 핏물을 버리기 위해 뒤로 돌아갔다. 주인은 아무런 이득도 없는데 굳이 상처를 입고 여관으로 왔다는 것만으로 신고를 해서 자신이 받을 대가를 날려 버릴 만큼 어리석진 않았다. 자신이 받을 대가에 대해서 상상하면서 어디론가 사라지는 주인을 바라보던 룬은 열쇠를 쥐고 위로 올라갔다.

"그럼 나중에 보자고, 형씨."

자꾸 크라우드가 한 말이 마음에 걸렸다. 솔직히 룬은 더 이상 크라우드와 만나고 싶지 않았다. 하지만 룬은 크라우드가 어떤 일을 꾸미고 있는지 알아야 할 것 같다는 생각을 버릴 수 없었다.

"…결국 다시 보게 될 것 같군."

네스트의 수도에 존재하는 커르니안 케슬은 총 다섯 개의 탑과 한 개의 거대한 탑이 성체로 이어져 만들어진 네스트의 상징물이었다. 수

십, 수백 년 동안 마물과 이종족, 몬스터들의 침입에 나라를 지켜내고
네스트의 국민들을 바라보며 꿋꿋하게 그 자리를 지켜온 유서 깊은 성.
그런 커르니안 케슬의 한쪽 구석의 복도에 경장 갑옷 차림의 여성 한
명이 빠른 걸음으로 그 성의 구석에 있는 복도를 걸어가고 있었다. 그
녀는 뛰고 싶지만 건물의 복도 안이라서 뛰지 못하는 것이라고 말하는
것 같은 빠른 걸음걸이로 걸어 마침내 복도의 끝에 닿았다. 그녀는 문
앞에서 쓸데없이 복도가 길다고 생각하며 숨을 고른 후 문을 두드렸다.

"누구냐?"

"시라닌입니다."

"음, 들어오게."

문에서 찰칵 하는 소리가 나며 열렸고 시라닌은 당당하게 그 안쪽으
로 걸어 들어갔다. 그 안쪽에는 굉장히 나이를 많이 먹은 것 같은 백발
노인이 그 백발만큼이나 흰 수염을 길게 드리우고 책을 읽고 있었다.
시라닌은 그런 그 노인의 태도에는 아랑곳하지 않고 자신이 이곳을 찾
아온 목적을 말했다.

"크라우드가 증거 발견에 성공한 것 같습니다."

"오오, 그런가? 그렇다면 자네 생각은 어떤가?"

그 노인은 이미 시라닌의 생각을 다 읽고 있으면서 뻔히 시라닌의
생각을 묻고 있었다. 시라닌도 그 사실을 알고 있었기 때문에 조금 기
분이 나빠지기는 했지만 겉으로 내색하지 않고 자신의 생각을 말했다.

"1부대와 3부대를 오늘 출전시킬 생각입니다."

"1부대라… 오랜만에 크라우드의 얼굴이라도 볼 셈인가? 역시 자네
도 여자는 여자인가 보군."

시라닌은 빙긋 웃었다. 그리고 그 다음 순간 얼굴 표정을 완전히 바

꾸더니 건틀릿을 낀 손으로 책상을 상당히 강하게 내려치며 말했다.

"무슨 소리입니까! 대장님이 이번 작전은 최대한 비밀스럽고 재빠르게 처리해야 한다고 하지 않으셨습니까! 그래서 1부대와 3부대가 가는 겁니다!"

"뭐, 그렇게 신경질 내지 말게. 여자가 성질이 그러면 남자들한테 인기가 별로 없다네."

"대장님!"

시라닌의 목소리는 누가 듣더라도 '처절하다' 라는 느낌이 들 정도였고 노인은 흰 수염을 쓰다듬으며 더 이상 시라닌의 성질을 건드렸다가는 자신의 앞날에 예상치 못했던 불상사가 발생할 수 있을지도 모른다고 생각했다.

"알았으니까 화는 그만 내게. 그럼 당장 출발할 건가? 아니지, 어차피 이번 일은 자네에게 전부 일임했었으니까……."

"이미 출발시켜 둔 상태입니다. 오래 걸려도 이틀이면 사베이언 공작령에 다다를 수 있을 겁니다."

"알았네. 어쨌든 임무가 완수되면 연락을 주게."

"알겠습니다."

어차피 보고를 위해 왔었던 것뿐이다. 시라닌은 다시 문 바깥으로 나갔고 지옥기사단의 대장이자 네스트의 궁중마법사인 아케보니안 모렘은 가볍게 손가락을 튕겼다. 그러자 열렸던 문은 자기가 알아서 닫히더니 자물쇠가 채워졌고 그는 다시 책을 펴려 하다가 금이 가 있는 책상을 바라보고 고개를 절레절레 내저었다.

룬은 온몸이 삐거덕거리는 것을 느끼면서 눈을 뜨고 자리에서 일어났다. 룬은 자신이 왜 바닥에 모포를 깔고 자고 있었어야 했는지 잠시 고민했고, 어젯밤의 기억을 어렵지 않게 떠올릴 수 있었다. 2인용 방으로 자리를 옮긴 룬은 티아스와 레전트를 각각의 침대에 눕혔고 정작 자신은 바닥에 모포를 깔고 수면을 취해야 했다.

창가 사이로 조금씩 스며드는 햇빛에 눈을 찡그리며 몸을 일으킨 룬은 상체를 가볍게 움직이며 굳어 있는 몸을 풀었다.

"일어났네요."

"예⋯⋯."

룬은 머리가 띵한 것을 참으며 티아스를 눕혔던 침대로 고개를 돌렸다.

턱.

너무나도 자연스러웠기 때문에 거부감도 느껴지지 않았다. 룬은 자신의 이마 위에 올려져 있는 부드러운 것이 오래돼서 약간 누렇게 변해 버린 시트 속에서 뻗어 나온 티아스의 손이라는 것을 알 수 있었다.

'따뜻하다⋯⋯.'

룬은 자기도 모르게 눈을 감았다. 룬은 티아스의 체온이 머리 속으로 스며들자 왠지 머리 속을 울리던 두통이 조금씩 사라지는 것을 느꼈다.

잠시 후 티아스의 손이 다시 시트 속으로 들어갔고 룬은 다시 눈을 뜨고 가볍게 감사의 인사를 던졌다.

"감사합니다."

룬은 그저 체온 때문에 이렇게 두통이 싹 나을 수 있을 거라고는 생각하지 않았다. 누군가의 체온이 이만큼이나 따뜻하다는 것을 느껴본 적이 없는 룬으로서는 티아스가 어떤 치료 마법을 쓴 것이라고 생각할 수밖에 없었다.

티아스는 익숙하지 않은 침대의 푹신함 때문에 중심을 제대로 잡지 못하고 몸을 휘청거리다가 룬이 자신에게 감사의 인사를 던지자 룬을 빤히 바라보았다. 자신은 아무것도 한 것이 없었다. 그저 머리가 아픈 듯 얼굴을 찡그리고 있는 룬의 이마에 손을 올려놓은 것밖에 한 것이 없었다. 문득 티아스는 자신의 상처를 감싸고 있던 붕대의 존재를 기억해 내고 시트 아래로 가려져 있는 자신의 몸을 가리키며 룬에게 질문했다.

"이거. 룬이. 치료?"

룬은 고개를 끄덕였고 티아스는 가볍게 미소 지었다. 지금까지 한 번도 웃는 티아스의 얼굴을 본 적이 없었던 룬은 가슴이 덜컹 내려앉는 듯한 느낌이 들었지만 그것을 겉으로는 전혀 내색하지 않았다.

티아스는 룬이 자신에게 감사의 말을 던졌던 것처럼 능숙한 말투로 말했다.

"감사합니다."

룬은 고개를 돌렸다. 그리고 어색한 침묵이 계속 흘러갔다.

티아스는 다시 중심을 잡지 못한 채 침대 위에 쓰러졌고 룬은 일단 자리에서 일어섰다. 뼈마디가 우둑거렸지만 단지 피곤한 것뿐이었다. 룬은 구석에 걸쳐져 있는 자신의 로브를 걸치고 바깥으로 나갈 준비를 했다.

아무래도 크라우드가 어제 했던 말이 걸렸다. 어째서 3일이라는 시간을 그렇게 확실하게 말을 할 수 있었는지도 의심스러웠다.

룬은 크라우드를 한 번 더 만날 생각이었다. 무조건 숨어 있는 것은 좋은 일이 아니었다.

"티아스, 미안하지만 레전트를 좀 봐주시겠습니까. 잠시 다녀올 데가 있습니다. 그다지 오래 걸리지는 않을 테니… 주인에게도 말해 둘 테니까요."

끄덕.

룬은 침대에 누워 고개를 끄덕이는 티아스를 보고 방문을 나서며 문을 잠갔다. 그리고 카운터에 앉아 있는 주인에게 위층에 올라가거나 기타 등등의 행위를 하지 말 것에 대한 경고를 하고 바깥으로 나섰다. 주인은 룬이 던져 주는 은화에 고개를 몇 번이나 숙이며 긍정적인 표현을 했다.

룬은 곧장 크라우드가 있는 곳으로 향했다. 아직 정오는 아니었기 때문에 인파는 그다지 많지 않았다. 어느새 그 건물 사이로 접어든 룬은 자신을 막으려 하는 거지 남자를 향해 자신의 얼굴을 밝히고—거지 차림의 도둑은 얼굴을 일그러뜨리며 자신이 룬에게 절대로 좋은 감정이 없다는 것을 표시했다—안쪽으로 계속 들어갔다. 골목의 막다른 길에 이르자 룬은 주위에 인기척을 느끼고 약간 큰 소리로 크라우드의 이름을 불렀다.

"크라우드! 개인적으로 할 말이 있다. 위로 올라가야 대답하겠나, 아니면 좋은 말로 할 때 나오겠나!"

"본명으로 부르지 말라고. 무슨 일로 온 거야?"

룬의 협박 아닌 협박에 크라우드는 지붕 위에서 모습을 드러내고 룬을 바라보았다.

"개인적으로 묻고 싶은 게 몇 가지 있다."

"뭘 물으려고 하는 건지는 모르겠지만 대답 못해."

크라우드는 빙긋 웃으며 손가락을 튕겼다. 그러자 곧바로 네 개의 석궁이 룬을 향해서 조준됐고 룬은 약간 뒤로 물러서면서도 크라우드에게서 눈을 떼지 않았다.

"마스터가 당신을 도우라고는 했지만 이걸로 끝이야. 개인 신상 정보까지 알 필요는 없잖아? 그냥 얌전히 가버려."

크라우드는 가버리라는 듯 룬을 향해서 손을 휘저었는데 룬은 그 손짓이 예사롭지 않다는 것을 알 수 있었다. 용병들이 사용하는 수화 신호가 휘둘러지는 크라우드의 손에서 금방 생겨났다가 사라져 버렸다. 하지만 룬은 그 수화 신호가 무슨 의민지 알 수 있었다.

가서. 기다려라.

간단했기 때문에 룬을 향해 온 정신을 쏟고 있던 다른 도둑들은 크라우드가 그런 수신호를 하는지 눈치 채지 못했다. 룬은 한 발자국 뒤로 물러섰다. 아침 햇살에 비반사 처리를 한 쿼렐의 강철 촉이 뭉툭한 빛을 냈다.

"…알겠다. 가겠다."

쓸데없이 싸우는 건 룬도 바라지 않는 상황이었다. 게다가 룬은 지금 무장을 하고 있지 않았고 상대방은 무장을 한 데다가 이미 룬에게 있어서 유리한 위치를 선점한 상태였다. 승산없는 싸움은 시작할 수 없었다.

"별일없었습니까?"

끄덕.

룬은 일단 침대 위에 기대앉았다. 티아스는 침대 위에 누운 채로 룬을 멀뚱멀뚱 바라보았다. 룬은 자신을 그렇게 빤히 바라보는 티아스의 시선을 무시해 보려고 노력했다. 레전트의 가방 속에 있던 신학 서적을 꺼내서 읽던 룬은 잠시 후 결국 자신을 계속 바라보는 티아스의 시선에 책을 덮어버렸다.

"왜 그렇게 보는 겁니까?"

"……."

티아스는 여전히 눈을 똑바로 뜨고 룬을 바라보고 있었다. 룬은 전혀 거부감없이 자신을 바라보는 티아스의 눈에서 뭔지 모를 껄끄러움을 느꼈지만 어떤 행동을 해야 할지 알 수 없었다. 가장 좋은 방법은 이 방에서 나가 버리는 것이었지만 자신이 그런 사소한 이유로 고용인을 내버려 두고 바깥으로 나가 버린다는 것은 뭔가 이상했다.

그때 건너편의 침대가 들썩였다. 룬은 자리에서 벌떡 일어나 건너편 침대로 걸어가서 몸을 꿈틀거리고 있는 레전트의 몸을 가볍게 흔들었다.

"이봐, 레전트. 정신을 차린 건가?"

레전트는 어딘가 불편한 얼굴로 침대 위에서 뒤척거리더니 갑자기 손을 뻗어 룬의 팔을 움켜잡았다. 룬은 잡힌 팔이 아플 정도의 악력에 자신도 모르게 눈살을 찌푸렸다. 평소의 레전트는 이렇게 힘이 세지 않았다. 하지만 룬은 손을 빼려 하거나 하지 않고 레전트의 몸을 흔들었다.

턱.

그때 몸에 시트를 두른 티아스가 이쪽 침대로 걸어와서 레전트의 이마에 손을 올렸다. 그러자 신기하게 룬을 잡고 있던 레전트의 손이 조금씩 풀어지더니 곧 레전트는 몸을 뒤척이는 것을 멈추고 천천히 눈을 떴다.

"…뭐야, 룬이잖아."

룬은 레젠트에게 잡혔던 팔을 만지작거리다가 몸을 일으키려고 버둥거리는 레젠트를 일으켜 세웠다.

"여기 화장실 어디야?"

"화장실?"

룬은 레젠트를 부축하고 화장실로 데리고 가려 했다. 이 여관은 그다지 고급이 아니었기 때문에 화장실이 방에 있지 않았다. 하지만 막 부축을 받고 침대에서 상체를 일으키려 하던 레젠트는 급히 고개를 숙이고 손으로 자신의 입을 틀어막았다.

"쿠, 쿨럭! …쿨럭! 우웩!"

레젠트가 격한 기침과 함께 구역질을 하자 입을 막은 손가락 틈으로 핏덩어리가 흘러나와 시트 위에 떨어졌다. 시커멓게 죽은 핏덩어리가 손가락 사이로 꾸역꾸역 밀려 나와 낡은 시트 위에 추상적인 무늬를 그려냈다. 한참 동안 기침을 하던 레젠트는 가쁜 숨을 내쉬어 숨을 고르며 간헐적인 기침을 내뱉었다.

"너……."

"괜찮으니까 신경 쓰지 마… 피곤해서 그래."

레젠트는 피에 젖어버린 손을 내려다보며 중얼거렸다. 어제 마력의 변칙적 흐름을 버텨낸 것 때문에 내상이 생겼다고 판단한 레젠트는 소매로 입가를 스윽 닦았다.

'이걸로 당분간 조심해야 되나… 아, 젠장. 내가 왜 그런 미친 짓을 했지?'

레젠트로서는 자신이 그런 정신적 육체적 충격을 견뎌내면서 기어코 그 복잡한 마법진을 다 그렸다는 것이 정말로 미친 짓으로 느껴졌다. 마법을 사용할 때는 체력도 소모되기 마련이니까 몸을 어느 정도

단련하는 것도 게을리 할 수 없었고, 그로 인해 다른 일반인들에 비하면 강한 체력이 생기기는 했지만 그건 어디까지나 일반인에 비해서였다.

레전트는 잔기침을 내뱉으며 작게 웃었다. 분명히 자신이 복수를 하겠다고 한 것은 헛수고에 지나지 않았다. 그러나 룬은 살아 있었다. 그리고 자신을 구하러 와줬다.

"그래도 구하러 와줘서 고마워."

"너야말로 쓸데없이 살아 있는 사람을 죽어 있는 사람으로 만들어서 복수한다고 설치지 않았나."

"너 같으면 사람 가슴 한가운데에 구멍이 뚫리고 피를 뿜어내면서 쓰러지는데 안 죽었다고 생각하겠냐? 아, 그리고 보니 용케 살아났네? 보통은 죽지 않아?"

"티아스가 도와줬으니까. 안 그랬으면 분명히 죽었을 거다."

룬은 일단 피에 젖은 시트를 걷어냈다. 다행히 피가 짚 속까지 스며들거나 한 것 같지는 않았다. 룬은 급히 시트를 아래층의 주인에게 가져다 주고 새 시트를 받아와 침대에 깔았다. 레전트는 깨끗한 새 시트 위에 누워 멍하니 천장을 바라봤다.

"도움만 받는 것 같아……."

"무슨 헛소리냐?"

"…이야기 안 해줬었지? 내 과거 이야기."

룬은 아무 말 없이 레전트를 내려다보았다. 레전트는 눈을 감고 계속 중얼거리듯 말하느라 룬이 어떤 표정을 짓고 있는지 보지 못했다. 룬은 흔히 사람들이 말하는 약간 놀란 표정을 얼굴에 띄우고 있었다.

"내 과거 이야기라고 해봤자 대단한 이야기도 아니잖아? 겨우 20년 정도 살아온 망나니 왕족 이야기일 뿐인데."

룬은 역시 아무 말도 하지 않았다. 대신 시트를 레전트의 몸에 넉넉히 덮었다. 피가 많이 빠져나간 인간의 육체는 쉽게 추위를 느꼈다.

"넌 누구를 사랑해 본 적 있어?"

룬은 레전트가 눈을 감고 있다는 것을 잊고 고개를 흔들었다. 흔히 주위에서 사랑사랑 하지만 그 사랑이라는 것은 느껴보지도 못했던 룬이었다.

좋다, 나쁘다, 싫다. 이런 일반적인 감정과는 달리 사랑이란 감정은 느끼기 힘들었다. 그리고 다른 감정들이 필요 이하로 결핍되어 있는 룬에게 사랑이란 감정은 다른 세상의 이야기나 다름없었다. 궁금하기는 했지만 감정이란 억지로 찾기 위해서 노력한다고 찾아지는 게 아니라는 것을 룬은 살아가면서 배웠다.

"해봤을 리가 없지. 너같이 골렘 같은 녀석이……."

"피곤한 것 같은데 자는 게 좋겠다."

"쳇, 사람 말하는데 허리 끊는 거 좋은 버릇 아니라고. 하지만 한번쯤은 용서해 주……."

룬은 레전트가 갑작스럽게 조용해지자 맥박과 숨을 확인했다. 다행히 그냥 정신을 잃은 것뿐이었다. 룬은 레전트가 무슨 일을 당했기에 이렇게 된 건지 이해할 수가 없었다. 그나마 맥박과 숨이 정상이었기에 더 이상 상태가 악화되지는 않을 거라고 예측할 수 있었을 뿐이었다.

"이제 우리를 쫓아올 이유는 없겠군요. 성수는 회수했다면……."

룬은 레전트에게서 물러나면서 작은 목소리로 티아스에게 말했다.

미끼로 사용한 라이칸슬로프의 심장은 이제 효용성이 없었다. 티아스가 성수를 회수했다면 그것을 가지고 가는 것은 위험성이 너무 컸다. 그 물건으로 인해서 이미 몇몇 사람은 다치거나 죽었고 자신과 레전트는 죽음의 위기까지 넘겨야 했다. 룬은 차라리 레전트를 속여서라도 그 물건을 포기하고 싶었다.

하지만 티아스는 룬의 말에 고개를 좌우로 휘저었다. 룬은 의문을 품을 수밖에 없었다.

"계속 따라올 겁니까?"

하지만 티아스는 다시 고개를 내저었다. 그리고 뭔가 말을 하려고 했지만 인간의 말에 익숙하지 않은 티아스는 룬에게 할 말에 사용될 단어를 골라내서 조합하느라 잠시 동안 침묵해야 했다.

"혹시 그 수정의 봉인을 풀지 않은 겁니까?"

도리도리.

"좋습니다. 봉인을 푼 것은 저도 봤으니까요. 그렇다면 봉인을 풀기는 했지만 성수를 회수하지는 않았다는 겁니까?"

티아스는 고개를 끄덕이려다가 다시 흔들었다. 룬은 대답을 듣는 게 좋겠다고 생각하며 다시 질문했다.

"어째서 성수를 회수하지 않은 겁니까?"

"다시 봉인했어요."

"그럼 심장은?"

"에, 가지러, 가지러 가야 해요."

룬은 순간적으로 뭔가 일이 틀어졌다는 것을 직감적으로 느꼈다.

"혹시… 그 심장 버려둔 겁니까?"

끄덕.

상황 판단을 하는 것은 그리 오랜 시간이 걸리지 않았다. 성수를 회수해야 했지만 룬이나 티아스는 함부로 바깥에 나갈 수 없는 상황이었다. 일단 레전트가 이곳에 있는 한 탐색이 될 확률이 높았기에 최대한 조심을 해야 했다. 아무리 상대방이 괴물이라고 해도 이 부근의 땅을 통치하는 영주임에는 틀림없었다. 필요하다면 강제적으로 레전트나 룬을 체포하러 올 수도 있었다. 룬이 지금 가장 걱정하는 것은 그것이었다.

티아스로서는 펜릴의 봉인이 되어 있는 심장을 그대로 내버려 둘 수는 없을 것은 너무나도 뻔한 일이었다. 결국 룬은 늦은 밤에 몰래 가서 그 수정을 가지고 올 것을 티아스에게 제안했고 티아스는 가볍게 고개를 끄덕여 그 의견에 찬성했다.

저녁이 될 때까지는 아무 일도 없이 지루할 만큼 평화스러웠다. 룬은 혼자서 간단한 식사를 하고 레전트의 신학책을 읽으며 시간을 보내야 했다. 티아스와 레전트는 피곤한 것인지 마치 죽은 듯 잠들어서 정말로 죽은 것이 아닌지 룬을 불안하게 만들었다.

그리고 시간이 어느 정도 지났을 때, 룬은 강제적으로 읽고 있던 책을 덮어야 했다. 룬은 책을 몇 장 읽은 다음에 그 페이지의 내용을 꼼꼼히 생각했기 때문에 사실상 저녁 시간이 될 때까지 룬이 읽은 분량은 얼마쯤 되지 않았다.

"오, 형씨. 글 읽을 줄 알았나 보네?"

룬은 갑자기 창문 바깥에서 들이밀어진 얼굴에 당황해하지 않았다. 그저 빠른 동작으로 책장을 덮고 책을 자연스럽게 가방에 집어넣으며 막 담배를 입에 문 채 주머니에 손을 넣고 성냥을 꺼내려 하는 크라우드의 행동을 저지시켰다.

"불은 붙이지 마라."

"쳇!"

크라우드는 아쉬운 얼굴로 성냥을 다시 주머니에 집어넣었다.

"어쨌든 교대 시간이라서 슬슬 와보기는 했는데… 무슨 할 말 있어?"

"그 3일이라는 장담은 뭐였던 거지? 그리고 우리에게 그런 말을 하는 이유는 뭐지? 네 입장에서는 우리가 살아 있든지 죽어 있든지 아무런 상관도 없을 텐데?"

룬은 크라우드가 이곳에 오기를 기다리며 머리 속으로 질문할 내용을 정리해 둔 상태였다. 크라우드는 나름대로 날카로운 룬의 질문에 헤실헤실 웃으며 대답했다.

"사람이 도움을 받았으면 갚을 줄 알아야지."

룬이 아무 말도 하지 않자 크라우드는 조금 난처한 표정이 되어 창문턱에 걸터앉았다.

"이봐, 나도 내 일이란 게 있다고. 그런데 그런 걸 함부로 말해 줄 수는 없는 노릇이잖아? 그러니까 그냥 3일 동안만 편하게 쉬어. 저 아가씨도 상당히 심하게 다치… 어?"

티아스는 시트를 가슴 위까지 덮고 잠들어 있었다. 그렇기 때문에 어제 상처를 입었던 어깨는 그대로 드러나 있었다. 이미 어깨에는 상처라고 불릴 수 있을 만한 것은 없었다. 그저 약간의 흉터가 남아 있을 뿐이었다. 룬은 티아스가 치료 마법을 쓴다는 사실을 알고 있었기에 그 사실을 받아들일 수 있었지만 크라우드는 그 사실을 알 리가 없었다. 잠시 아무 말도 하지 못하고 애꿎은 담배를 씹어대던 크라우드는 그 어색함을 떨쳐 버리려는 듯 억지로 말을 꺼냈다.

"어쨌든 나는 더 이상 말을 해줄 수 없어. 그냥 그러려니 하고 그냥 있으면 안 되겠어? 만약 내가 형씨를 신고할 작정이었다면 이미 오늘 형씨는 잡혀갔을걸?"

"그런가……."

룬은 조금 체념하는 느낌이 되어 중얼거렸다. 겉으로 보면 아무런 생각 없이 웃고 있는 것 같기는 했지만 룬의 눈에 보이는 크라우드의 속은 결코 그렇지 않았다. 룬은 그런 크라우드의 실없는 웃음 뒤에서 철저한 자기 관리와 신념, 그리고 의지를 느꼈다.

저런 인간에게는 고문을 해도 나올 게 없다는 것을 룬은 알고 있었다. 룬은 크라우드가 거짓말을 하고 있는 것 같지는 않다는 것으로 위안을 삼는 수밖에 없었다. 어차피 레전트 때문에라도 며칠 간 이곳에 머물러야 했다.

"그런데 형씨, 저 아가씨하고 무슨 사이야? 사귀는 거야?

"티아스."

룬과 크라우드는 동시에 목소리가 들려온 쪽으로 고개를 돌렸다.

"티아스라고. 불러요."

"아, 예… 티아스 양?"

"티아스."

어째서인지 티아스와 이야기하는 모든 이들은 같은 일을 겪게 된다는 것이—자신이 알고 있는 한에서는 그랬다—묘하게 재미있게 느껴졌다. 하지만 룬은 머리를 흔들며 그 기분을 털어내고 자신과 티아스의 관계를 짧게 설명했다.

"아무런 관계도 아니다. 쓸데없는 생각은 하지 말도록."

“그런가? 아아, 별다른 뜻이 있었던 건 아니고… 어쨌든 이틀 후에
나 보자고. 그리고 쓸데없이 돌아다니다가 영주 끄나풀 눈에 띄지는
말고.”

크라우드는 바로 창문 틈에서 1층으로 뛰어내렸다.

이틀이라면 그다지 긴 시간은 아니었지만 뭔가 음모를 꾸미기에는
충분한 시간이었다. 하지만 룬 자신도 별다른 수가 없었다. 피를 너무
쏟아내서 혈색마저 파리해진 레전트를 강제로 움직이게 할 수는 없었
다.

“룬.”

룬은 짤막하게 자신을 부르는 소리에 고개를 돌렸다.

“왜 그러십니까?”

“옷.”

또다시 짤막한 말에 룬의 눈은 자연스럽게 티아스의 몸을 향했다.
깜빡 잊고 있었지만 피에 젖고 찢겨진 티아스의 상의는 증거 인멸이라
는 차원에서 이미 불태워져 있었다. 룬은 자리에서 일어서서 바깥으로
나서며 이 여관의 주인에게 여자 옷을 구할 수 있는 능력이 있을지 고
민했다.

“뭐야? 영주님이? 그런… 엇, 자네가 웬일인가, 웰슨?”

“음? 아무것도 아니야. 그냥 뭐 좀 사려고 왔네.”

성격의 차이로 전처와 결별하고 혼자 여관을 운영 중인 월슨은 천으
로 만든 제품을 취급하는 잡화상 안에 들어가서 어색한 웃음을 지었다.

“어떤 얼간이가 침대 시트라도 찢어먹었나?”

“음? 음. 그런 것도 있고 해서…….”

그때 주인과 이야기를 하던 사내가 뒤로 돌더니 윌슨의 얼굴을 바라보고 손짓을 하며 말했다.

"아, 윌슨. 소문 들었나?"

"무슨 소문 말인가?"

"영주님이 그… 반란을 일으키려 한다는 소문 말이네."

"이 사람! 말조심하래도!"

윌슨은 가슴이 철렁한 것을 느꼈다. 그의 아버지는 자주 그에게 전쟁의 참혹함에 대해서 설명하고는 했다. 어린 시절부터 전쟁의 참혹한 광경을 상상하면서 자란 그는 전쟁이라는 것이 굉장히 무서운 것이라는 것을 대충 알고 있었다.

"그건 모를 일이지 않나? 지금까지 우리 영주님이 너무 조용하기도 했잖아? 그동안에 반란을 일으킬 세력을 만든 거래."

"에이, 이 사람아. 반란으로 나라를 뒤집으려면 얼마나 힘든지 아나? 겨우 이런 작은 영지의 군대만을 가지고 그런 게 가능할 거라고 생각하나?"

"작기는! 이 주위의 영지의 병사들을 합치면 꽤 될걸?"

하지만 사내의 말은 옳지 않았다. 용병왕이 이 나라를 통일하고 나서는 지방에 큰 세력을 가진 영주들은 중앙의 간섭을 끝없이 받아야 했다. 왕이라는 존재의 결속력이 부족한 이 나라에서는 지방 영주들의 불만이 언제라도 반란으로 발전할 수 있었기 때문이었다.

영주들은 마을을 수비할 정도의 군사만 육성하는 것이 가능했고 특별히 마수나 몬스터가 출몰하는 지역에는 중앙의 군대가 직접 기지를 주둔했다. 용병왕은 네스트를 통일함과 동시에 많은 방법을 사용해서 영주들이 다른 생각을 품지 않게 회유하거나 강압하는 방법을 생각해

내고 그것을 법으로 실현시켰다.

　하지만 매일 밭을 가는 농부가 그런 일을 알 리가 없었다. 잡화상의 주인은 그런 사내의 의견이 어딘가 맞을 수도 있다고도 생각했지만 고개를 흔들었다.

　"칼스에서 그냥 보고 있겠나? 우리 나라가 칼스와 국교를 맺고 있다는 것은 자네도 잘 알고 있잖아?"

　"하지만 우리 영주님도 마법사잖아?"

　"칼스에는 우리 나라보다 훨씬 마법사가 많다고. 이런 작은 나라의 마법사인 영주님 정도로는… 에구구, 이런 소리는 그만두세."

　"국가에서 군대를 움직였다는 소문도 있단 말일세!"

　"쯧쯧, 소문 따위에 그렇게 휘둘리다니… 자네도 어지간히 하는 게 좋지 않겠나?"

　잡화상의 주인은 흥분한 듯 말하는 사내의 외침에 얼굴을 찌푸렸다. 벌써 몇 번이나 들은 소문이었다. 국가에서 군대를 움직였다는 소문은 이미 여기저기에 퍼져 있었다. 하지만 그 군대는 몬스터를 토벌하기 위해서 움직인 군대라는 소문이 더욱 유리했다.

　윌슨은 누렇게 빛 바랜 침대 시트와 짙은 갈색의 모자가 달린 로브를 골랐다. 검은 머리카락과 마치 얼음으로 뒤덮인 것 같은 손님의 주문은 간단했고 그 간단함에 비해서 자신에게 돌아올 금전 효과는 상당했다.

　윌슨은 그 손님이 말했던 것처럼 온몸을 충분히 감쌀 수 있을 만큼 두터운 넓고 튀지 않는 두 개의 로브를 집어 들었다. 그리고 보통 여행자가 입는 듯한 긴팔 상의를 골라 들었다. 그리고 그 손님의 체격을 생각해서 대충 옷의 크기를 짐작했다.

"…그동안 영주님에 대해서 별의별 소문들이 다 있었잖아. 하지만 좀 괴팍하기는 해도 좋은 영주님 아닌가? 칭찬받을 만한 일은 하지 않으시지만 그렇다고 불평받을 일도 하시지 않고."

"그건 그렇기는 하지만……."

"자네 신경이 너무 날카로운 거야. 그저 살기만 편하면 됐지 뭘 더 생각하는가? 물건 다 골랐나, 윌슨?"

"그래. 계산해 주게."

"자네도 고생이네. 응? 이 로브는 뭔가? 여행자용인데……."

"아, 손님한테 부탁받았다네."

"오랜만의 손님이로군. 가뜩이나 겨울이라서 손님도 없을 텐데……."

"뭐 그렇지. 빨리 계산해 주게나."

잡화점 주인은 어깨를 한번 으쓱한 다음 윌슨에게 거스름돈을 건넸다.

"으윽……."

레전트는 다시 정신을 차리고 어지러운 머리를 감싸며 주위를 둘러보았다. 침대 위에는 흰 실 뭉치 같은 것이 누워 있었고 자신의 곁에 있어야 할 룬의 모습이 보이지 않았다. 레전트는 흐린 눈을 비비고 다시 주위를 둘러봤다.

"흐억!"

"……."

레전트는 자신의 눈앞에 다가와 있는 흰색 뭉치를 보고 깜짝 놀랐다가 곧 그것의 정체를 알아차리고 어색한 미소를 지었다.

“아, 아… 티, 티아스 양.”

“티아스.”

“예?”

레전트는 자신의 말에 이상한 대답을 하는 티아스를 이상하게 바라
보았다. 상대방이 자신의 말을 이해하지 못하는 것을 알았는지 티아스
는 레전트의 머리 위에 손을 올리며 또박또박 말했다.

“티아스라고. 불러요. 양. 붙이지 마요.”

“아, 예……”

레전트는 그런 주위의 모습과 티아스의 모습을 보고서야 이게 현실
이라는 것을 알았다. 꿈이 아니었다. 자신은 살아 있었고 룬도 살아서
자신을 구하러 와주었다.

‘냉정하게 따지면 별로 도움은 되지 않았지만……’

순간 복수할 거라고 되새기던 감옥 안에서의 자신의 모습이 상당히
바보같이 생각된 레전트는 다시 한 번 피식 웃음을 지었다.

‘아아, 늦어졌는데. 스승님에게 혼날 일이 한두 개가 아니네.’

비행 망토도 잃어버린 데다가 시간도 꽤나 늦어지고 하만도 죽어버
린 것이다. 레전트는 이번 여행은 여행이라고 하기보다는 거의 모험
수준이라고 생각하며 한숨을 푹 내쉬었다. 납치당하고, 죽을 뻔하고,
새로운 동료도 생기고, 살아생전에 보기 힘들다는 수인족도 봤다.

‘나름대로 재미있기는 했지만… 재미로 따지기에는 목숨이 위험
해.’

레전트는 침대 위에서 내려와서 몸을 움직여 보았다. 다행히 약간
내상을 입은 것을 제외하면 몸은 그다지 상한 것 같지는 않았다. 마력
의 흐름에 역행한 대가치고는 괜찮았다. 적어도 죽거나 미치지는 않았

으니까. 그때 레전트는 문득 자신이 그렇게 이성을 잃고 폭주했던 이유를 생각하고 나서 조금 기분이 씁쓸해졌다.

자기 자신 때문에 자신의 좋아하는 누군가가 죽어가는 것이다. 운명 때문도 아닌 바로 자기 자신. 레전트 페일 알카티온이라는 왕족 하나 때문에.

"에다인도, 모두도 말이지……."

"응?"

"아? 아, 아무것도 아닙니다."

레전트는 무심코 자신이 아는 어떤 이름을 입 밖에 냈다가 티아스가 몸을 일으켜 자신을 바라보자 당황해했다. 티아스는 레전트가 당황해 하는 것을 보다가 다시 시트 위에 몸을 눕혔고 레전트는 티아스가 다시 눕는 것을 보고 한숨을 푹 내쉬었다. 사실 인간이 죽는 것은 상관없다. 조금 양심에는 찔리기도 하기는 하지만. 어차피 인간은 죽게 되는 거니까. 어느 사이에 레전트는 좋아하던 장난감이 부서져 버리면 다시 구하면 된다. 인간도 그와 다를 것이 없다고 생각했었다.

"몸은 괜찮은 건가?"

레전트는 자신이 생각에 빠져 있었기 때문에 누군가 방문을 열고 들어온 것도 눈치 채지 못하고 있었다. 레전트는 룬의 말소리에 정신을 차리고 고개를 들었다.

"그럭저럭, 걱정해 줘서 고맙다."

"다행이군. 티아스, 옷을 받아왔습니다."

"옷? 무슨 옷?"

레전트의 물음에 룬은 티아스에게서 가볍게 고개를 돌리더니 중얼 거렸다.

"어제 많이 다쳤던 모양이야. 옷이 찢어져서 계속 벗고 있어서 주인에게 옷을 사 오라고 시켰다."

"아아… 잠깐. 벗고 있었다고?"

룬은 침대 가에 앉으며 티아스를 향해 옷을 내밀었다. 레전트는 가만히 고개를 뒤로 돌렸고 룬도 덩달아 벽을 바라보았다. 티아스는 두 남자가 어떤 행동을 하든지 상관하지 않고 자신의 몸을 덮고 있는 시트를 젖힌 다음 펑퍼짐한 옷을 입었다. 레전트는 너무나도 태연한 티아스의 행동에 혀를 내두를 수밖에 없었다.

"그런데 레전트, 너 몸 상태도 안 좋을 텐데 그 녀석들은 아무래도 너를 따라온 것 같다. 그 라이칸슬로프의 심장은 분명히……."

"알고 있어. 라이칸슬로프의 심장은 분명히 봉인되어 있었을 테니까 마기를 탐색하는 건 불가능했을 거고. 아마도 나를 탐지한 거겠지. 마법사들은 의외로 발견되기 쉬우니까… 대비책은 세워두는 게 좋겠지? 아, 그 로브 나 입으라고 사 온 거지? 줘봐."

레전트는 주위를 둘러보다가 자신의 가방을 뒤지며 말했다. 룬이 자신에게 던진 로브를 뒤집어 편 레전트는 가방을 뒤져 작은 주머니 여러 개를 꺼내 그 안에 들어 있는 가루들을 하나하나 확인해 몇 개를 골라냈다. 그리고 작은 오목한 그릇을 꺼내서 그 위에 몇 개의 가루를 일정량만큼 부었다.

"그런데 이거 좀 양이 줄어들은 것 같은데? 주머니도 바뀌고."

"주머니가 찢어져서 가루가 바닥에 뿌려져 있었다. 그 정도 모은 것도 다행이지."

레전트는 고개를 끄덕이고 가방에서 아주 작은 칼을 꺼내서 자신의 팔뚝을 살짝 그었다. 붉은 피가 그릇 위로 흘러내리자 레전트는 그 고통에 얼굴을 살짝 찌푸리며 룬을 바라보았다.

"힐링 파우더 남아 있지?"

"아니, 다 써버렸어."

"…젠장. 진짜 되는 일 하나도 없네."

룬은 짧게 신세 한탄을 하는 레전트의 팔뚝에 지혈제를 뿌리고 붕대를 감았다.

마법 탐색을 사용하면 다른 보통 사람들에 비하여 상당한 양의 마력을 몸에 담고 사는 마법사들의 위치는 금방 탐색되기 쉬웠다. 마법사인 레전트가 그런 사실을 모를 리가 없었다.

레전트는 지금 자신이 입을 로브 위에 그런 자신의 위치를 은폐하기 위해서 마력을 봉인하는 마법진을 그렸다. 이걸 입고 생활하면 마법을 사용할 수 없게 될 테지만 어차피 이런 몸으로는 마법을 제대로 사용할 수가 없었다.

손가락으로 그 끈적끈적한 액체를 찍으며 그림을 그리던 레전트는 문득 입을 열었다.

"아, 룬. 내 과거 이야기를 해준다고 했었지?"

"…해준다고 하지는 않았었는데."

"그랬었나… 들을래?"

"말해 준다면."

레전트는 피식 웃으며 입을 열었다.

Chapter 3 신념

8

"레전트님?"

"그냥 레전트라고 부르란 말이야. 왜 자꾸 님님 하는 거야? 사랑한 다면서?"

"하지만……."

에다인은 곤란한 얼굴로 웃으며 고개를 기울였다. 그런 에다인의 모습이 귀엽긴 하다고 생각한 레전트는 급히 얼굴을 돌리고 딱딱하게 말했다.

"어, 어쨌든 빨리 가자. 곧 있으면 수업 시간이잖……."

"어머, 레전트님. 얼굴이 빨개요. 열이라도 있는 거예요?"

레전트는 어느새 자신의 이마를 짚어보고 있는 손길을 느끼면서 더더욱 얼굴을 붉혀야 했다.

"아앗, 레전트님. 같이 가요!"

레전트는 멀어지는 에다인의 목소리를 뒤로하고 힘껏 달렸다. 처음에는 그녀도 그저 좋아하는 장난감 정도로 생각했었다. 하지만 그전에 좋아했었던 다른 여자들에 비하면 약간 묘한 점이 있었다. 그저 데리고 놀던 여자들에 비하면 그다지 예쁘지도 똑똑하지도 않았다. 그냥 곁에 있는 것만으로도 편안했고 다른 것을 요구하고 싶지도 않았다. 그녀도 레전트가 왕자라는 것을 생각해서 예의 바르게 대하기는 했지만 다른 여자들에 비하면 가식적이지 않은 모습으로 그를 대했다. 뭔가를 바라거나 하지 않는 그녀의 모습에 레전트는 그것을 이상하게 생각했다.

"어째서 다른 걸 바라지 않는 거야? 다른 여자들은 이것저것 해달라는 것도 많고 귀찮기만 한데."

그녀는 단지 빙긋 웃으며 이렇게 말할 뿐이었다.

"사랑하니까요."

수없이 여성들로부터 그런 소리를 들어왔던 레전트였지만 그 말을 듣고 당황했던 것이 벌써 4일째였다. 그동안 레전트는 계속 에다인을 피하려고 했고, 에다인은 그런 레전트와 같이 다니려고 안간힘을 쓰고 있었다. 레전트는 그 이후로 에다인을 볼 때마다 심장이 빨리 뛰고 얼굴에서 열이 나면서 이상한 기분을 느껴야 했다.
"나중에 마빌에게 물어볼까……."
레전트는 이곳 디스터로 유학을 와 있는 자신을 보호하기 위해서 파견되어 있는 자신의 보호자인 마빌의 모습을 떠올렸다. 아마 마빌이라면 분명히 자신의 의문에 대해서 답해줄 수 있을 것 같았다.

"레전트님!"

"오, 오지 마!"

레전트는 다시 눈썹이 휘날리게 뛰기 시작했다.

"허어, 그 증세 말입니까?"

"응, 알겠어?"

"으음… 알기는 하겠습니다만."

마빌은 이 상황을 기뻐해야 할지 걱정을 해야 할지 고민하기 시작했다. 이 어린 왕자님이 드디어 사랑에 눈을 떴다는 것은 나쁜 것은 아니지만 왕자란 그에 걸맞는 신분의 여성과 사귀어야 한다. 일반 평민과 사랑한다는 것은 스스로 왕자의 자리를 걷어차 버리는 것과 다름없었다. 게다가 누군가가 왕이 되면 다른 왕자들이나 공주들은 상당히 눈치를 많이 받게 되고 결국은 살해당할 수도 있다. 왕이 되지 못한 많은 불만을 품고 있기 마련이고, 반란을 일으킬 수도 있기 때문이다.

레전트의 미래를 위해서는 지금의 사랑은 오히려 걸림돌에 지나지 않았다. 지금 레전트가 이곳에 유학을 온 이유는 다른 왕자들과는 다른 능력을 계발하여 왕이 되기 위해서가 아니던가? 그것이 레전트의 호위이자 집사 역인 자신이 할 일이었다.

"응? 알면 말 좀 해줘."

"…아아, 그 병은 오랫동안 에다인을 보지 않으시면 낫게 될 겁니다."

"그래? 하지만… 학교 가면 계속 에다인을 보게 되는데?"

"아아, 그 점에 대해서는 제가 처리하도록 하겠습니다. 따로 선생님을 구하도록 하지요. 그 병을 치료하기 위해서는 얼마 동안은 계속 혼자서 지내셔야 할 것입니다."

레전트는 어렸다. 정확히는 어리다기보다는 주위의 환경을 너무나도 몰랐다. 그랬기 때문에 마빌은 레전트가 자신의 말을 따라줄 거라고 생각했다. 지금까지 계속 그래 왔고 레전트가 에다인에게 사랑이라는 감정을 느낀 것도 얼마 되지 않았으니까. 마빌은 레전트가 고개를 끄덕이는 것을 보면서 작게 미소 지었다.

'제가… 제가 악마가 되겠습니다, 레전트님. 당신은 반드시 왕좌에 앉으셔야 합니다.'

그리고 일 년의 시간이 흘렀다. 레전트는 그동안 억지로 탑 안에 갇혀 지내야 했다. 그리고 그동안 마빌은 레전트가 다른 생각을 하지 못하게 철저히 훈련을 시켰다. 레전트는 탑 안에서 어느 정도 기본적인 체력 단련도 해야 했다.

사리하사는 보통 사람이라면 하루 만에 지쳐 뻗어버릴 사막 지역이 많은 나라다. 그렇기 때문에 몸이 허약한 보통의 마법사로서는 사리하사의 왕이 될 수 없다는 것이 마빌의 지론이었다.

"으으, 더 이상 이렇게 했다가는 정말로 죽을 것 같아."

물론 상당히 엄살이기도 했지만 정말로 보통 마법사는 견디기 힘든 육체적 수행이었다. 하지만 사리하사의 인간은 기본적으로 사막에서 살기 때문에 몸이 강했고 레전트도 그런 혈통을 이어받고 있었다. 그래서 어느 정도 건장한 몸을 소유하고 있었던 레전트는 그런 수련을 무리없이 버텨낼 수 있었다.

마빌은 바닥에 쓰러져 천장을 보고 있는 레전트를 어두운 얼굴로 바라보며 말했다.

"레전트님."

"응? 뭐야? 힘들어 죽겠는데."

"에다인을… 아직 보고 싶으십니까?"

레전트는 그 말을 듣고 한숨을 푹 내쉬더니 상체를 일으켰다.

"아아, 이상하더라고. 그냥 좋아하는 장난감은… 버리면 좀 아깝기는 해도 다른 장난감이 생기잖아? 게다가 좀 지겹기도 하고. 그런데 에다인은… 뭐랄까… 에에, 계속 보고 싶어."

레전트가 약간 멋쩍은 얼굴로 그렇게 말하자 마빌은 한숨을 쉬었다.

"역시… 어쩔 수 없군요."

"응? 뭐가?"

"아무것도 아닙니다."

마빌은 바깥으로 나가며 레전트를 향해서 말했다.

"아마 오늘 밤. 에다인이 이곳으로 올 겁니다."

"뭐? 정말?"

"하지만… 그게 마지막이 될 겁니다. 다시는 에다인을 볼 생각도 하지 마십시오. 그럼 저는 이만……."

"아, 잠깐! 마빌!"

레전트는 급히 마빌을 불렀지만 마빌은 이미 문밖으로 나가 버렸다. 레전트는 잠시 동안 멍하게 있다가 에다인이 이곳에 온다는 말을 생각해 내고 흥분하기 시작했다.

"아아, 일단 씻어야 하나? 옷은 뭘 입지? 으음, 또… 또 그러니까… 에잇! 도대체 내가 왜 이러는 거야!"

레전트는 그렇게 혼자 중얼거리면서도 급히 바닥에서 일어나 자신이 입 밖으로 내뱉었던 일을 하나하나 하기 시작했다. 급히 찬물로 목욕을 한 레전트는 상당히 너저분하게 이것저것 널려 있는 방을 치웠다.

누군가가 자신의 방을 찾아온다고 이런 일을 했던 적이 있었던가? 그런 생각도 잠시 들었던 레전트였지만 곧 레전트는 자신이 그런 생각을 했던 것 자체도 잊어버리고 열심히 방을 치웠다.

"여전하시네요, 레전트님."

"아, 에, 에다인?"

레전트는 갑자기 뒤에서 들려오는 목소리에 급하게 뒤로 돌아섰다. 그곳에는 지난 일 년 동안 보지 못했지만 확실히 기억하고 있는 에다인의 모습이 서 있었다. 레전트는 잠시 당황해하면서 아무런 행동도 하지 못하다가 급히 자신의 책상에 있는 의자를 빼며 에다인을 앉게 했다.

"아, 앉아. 오랜만이네?"

"예… 오랜만이죠?"

"응, 그렇지?"

그리고 둘 사이에는 묘하게 침묵이 흘렀다. 레전트는 한참 동안 그런 분위기에서 속으로 생각했다. 도대체 자신이 왜 이렇게 바보같이 아무 말도 하지 못하고 있는 건지.

"아, 저… 날씨 참 덥지?"

"레전트님, 지금은 봄이에요."

"그, 그랬던가? 아하하하핫……."

평소 때의 레전트라면 자신이 얼마나 바보 같은 짓을 하고 있는지 알 수 있었겠지만 지금의 레전트는 자신이 무슨 말을 하고 있는지도 생각하지 못했다. 레전트는 그저 심장이 너무 빨리 뛰고 온몸에 열이 나서 가만히 앉아 있을 수 없을 것 같았다.

"아, 저, 마실 거라도 가지고 올게. 기다려."

레전트는 막 뒤로 돌아가서 나가려 하다가 누군가가 자신의 팔을 붙잡는 것을 느꼈다. 이 방에 있을 사람은 레전트 자신과 에다인밖에 없다. 그렇다면 자신의 팔을 잡을 사람은 에다인밖에 없을 거라고 생각한 레전트는 웃는 얼굴로 뒤를 돌아보았다.

"왜 그… 웁?"

레전트는 갑작스럽게 에다인의 얼굴이 자신의 눈앞에 있다가 따뜻하고 부드러운 뭔가가 자신의 입술을 막는 것을 느꼈다. 갑작스러운 상황에 당황한 레전트였지만 곧 그는 그 느낌의 정체가 에다인의 입술이라는 것을 알고 더 더욱 당황해했다. 하지만 곧 레전트는 눈을 감고 에다인의 입술에서 느껴지는 부드러움과 끈적거림을 음미했다. 잠시 후 에다인의 입술과 레전트의 입술이 떨어졌고 레전트는 에다인의 얼굴을 바라보다가 깜짝 놀랐다.

"레전트님… 저는……."

흰 달빛이 투명한 유리로 된 창문을 관통하여 레전트와 에다인을 비추었다. 흰 달빛은 에다인의 눈물에 반사되어 그 눈물의 주인의 심정을 대변하듯 슬프게 반짝였다. 레전트는 당황해하며 자신이 뭔가 잘못한 것이 있는지 잠시 생각해 보았다. 하지만 아무리 생각해도 알 수 없었다.

"에다인, 왜 우는 거야? 내가… 내가 무슨 잘못이라도 한 거야?"

하지만 에다인은 웃고 있었다.

"당신을 사랑할 수 있어서… 기뻤어요."

에다인은 그 말을 끝으로 문을 열고 바깥으로 나가 버렸다. 갑작스러운 상황에 당황해 딱딱하게 굳어 있던 레전트였지만 곧 레전트는 정신을 차리고 바깥으로 뛰쳐나갔다. 레전트는 탑의 계단을 뛰어 내려가는 가벼운 발걸음 소리를 듣고 넘어질 뻔하면서도 한꺼번에 계단을 몇 계단씩 뛰어 내려가면서 큰 소리로 외쳤다.

"왜 그래! 에다인, 가지 마!"

하지만 에다인은 이미 탑의 정문에 도착해 있었다. 에다인은 정문을 열고 계단을 뛰어 내려오는 레전트를 기다렸다. 레전트는 막 계단을 다 내려섰지만 왠지 모르게 에다인에게 가까이 다가가지는 못했다. 에다인은 슬픈 얼굴로 문밖으로 뒷걸음쳐 나가며 말했다.

"강해지세요, 레전트님… 저는 이제 당신 곁에 있을 수 없을 거예요. 부디 강해져서… 강해져서 훌륭한 왕이 되세요."

레전트는 고개를 흔들었다. 그동안에도 언젠가 에다인을 볼 수 있다고 생각했기에 에다인을 만나지 못하는 것을 참을 수 있었다. 하지만 이제 다시는 곁에 있을 수 없을 거라니? 레전트는 한 발 앞으로 나서며 큰 소리로 외쳤다. 자기 자신의 마음속에 있는 감정이, 자신이 느꼈던 증상이 무엇을 말해 주고 있는지 알 것 같았다.

"나를 사랑한다고 했잖아? 그러니까 내 곁에 있어줘! 나도… 나도……!"

그때였다. 갑작스럽게 문이 닫혀 버리고 뭔가가 뛰어가는 소리가 들려왔다. 레전트는 급히 문으로 가까이 다가가 문을 양손으로 두들겼지만 문은 단단히 닫혀 열리지 않았다. 레전트는 약간 뒤로 물러서 자신이 알고 있는 공격 주문을 캐스팅했다.

"빛! 파괴가 되라! 나의 적을 치는 화살이 되라!"

레전트가 급히 주문을 외우자 레전트의 주위에서 생겨난 빛이 문을 강타했다. 하지만 두꺼운 통나무로 만들어진 문은 쉽게 부서지지 않았고 레전트가 두 번째로 주문을 외우고 나서야 문은 부서졌다. 레전트가 바깥에 나가자 저 멀리로 뛰어가고 있는 에다인의 모습이 비춰졌다.

"나도 너를… 사랑한단 말이야!"

하지만 이미 에다인의 모습은 이리저리 막 지어져 있는 집과 창고 사이로 사라져 있었다. 그때 문득 마빌이 오늘 말했던 것이 생각났다.

"그게 마지막이 될 겁니다. 다시는 에다인을 볼 생각도 하지 마십시오."

"젠장… 누구 마음대로!"

가지고 싶은 것은 언제나 가졌던 그였다. 그게 지금 와서 깨질 수는 없다고 생각했다. 레전트는 부서진 잔해를 넘어서 막 달려가려고 하다가 멈칫했다. 멀리서 누군가가 이쪽으로 천천히 걸어오고 있었던 것이다. 곧 레전트는 그것이 마빌이라는 것을 알아차렸다. 그리고 마빌에게로 뛰어가 자신보다 머리 반 정도는 더 큰 마빌의 멱살을 움켜쥐고 외쳤다.

"병이 아니었지? 그래, 이게 그 몽상가들이 지껄이던 그 사랑이라는 건가? 마빌이라면 알고 있었을 거야. 그런데 왜 나에게 거짓말을 한 거지?"

"그래서 속였던 것입니다."

"뭐야?"

마빌은 자신의 멱살을 잡고 있는 레전트의 팔을 가볍게 쳐냈다. 왕자가 호위보다 강하다면 호위가 필요할 이유가 없었다. 레전트는 자신의 팔의 통증을 느끼며 살벌한 눈초리로 마빌을 노려보았다.

“레전트님은 왕이 될 분입니다. 이런 곳의 그런 평민 여자와 노닥거리 시간이 없으신 겁니다.”

“왕 따위는… 왕 따위는 되지 않아도 상관없어!”

“이미 늦었습니다.”

레전트는 문득 마빌의 몸 여기저기에 붉고 끈적거리는 액체가 튀어 있고 손에는 길다랗고 얇은 뭔가가 쥐어져 있는 것이 보였다. 달빛 아래였지만 레전트는 그것이 피와 머리카락이라는 것을 눈치 챌 수 있었다.

“마빌… 너……!”

“이미 왕께도 말씀드렸습니다. 그리고…….”

마빌은 손에 들고 있는 피에 젖은 머리카락을 들어 보이며 말했다.

“이것은 그 증거가 되겠지요. 에다인이라는 여인이 더 이상 이 세상에는 존재하지 않는다는 것의…….”

“마빌!”

레전트는 가장 기초적으로 인간이 행할 수 있는 공격 방법을 펼쳤다. 하지만 마빌은 마법사가 아닌 전사였다. 아무리 수련을 했다지만 마법사에 지나지 않는 레전트가 주먹을 휘둘러 마빌을 어떻게 해볼 수는 없는 노릇이었다.

마빌은 간단히 레전트의 손목을 잡아냈다. 레전트는 급히 손을 빼내려고 했지만 마빌은 오히려 손에 힘을 줘서 레전트가 손을 빼내지 못하게 했다. 레전트는 오른팔에 고통이 엄습하자 쥐고 있던 주먹을 펼 수밖에 없었고 마빌은 그 펴진 손 위에 뭔가를 올려두었다.

“유품이라고 생각하십시오. 그 여인은 당신을 만나는 것으로… 자신의 목숨을 지불한 겁니다. 자신의 의지로.”

레전트는 그것을 보고 온몸에 힘이 빠지는 것을 느끼고 땅에 쓰러지듯 주저앉았다. 마빌은 그런 레전트의 앞에 계속 서서 울고 있는 레전트를 바라보며 말했다.

"강해지십시오, 레전트님. 그래서 지금과 같은 아픔을… 다시는 겪지 않도록 노력하십시오. 그것이 그 여인의 마지막 말이었습니다."

"우욱……."

레전트는 항상 에다인이 품고 다니던 반지를 양손에 꼭 쥔 채 눈물을 흘렸다. 마지막으로 보았던 그녀의 얼굴을 되새기며.

"우아아아아아아악!!"

*　　　*　　　*

"산파극 같지? 산파극 맞긴 하지만… 어쨌든 난 그래서 내가 좋아하는 누군가가 죽는 건 싫어. 그리고 다른 사람들도… 누군가 좋아하는 사람일 수도 있으니까. 목숨은 소중한 거야."

레전트는 그렇게 어색하게 웃으며 말을 끝맺었다.

룬은 고민했다. 분명히 뭔가 좋아하는 인간이나 물건이 없어져 버린 거라면 확실히 기분이 좋을 리가 없었다. 하지만 룬의 입장에서 봤을 때는 그게 슬퍼해야 할 일인지는 알 수가 없었다.

지금 룬에게 가장 중요한 것은 자신의 검인 이터였다. 하지만 이터가 없어졌다고 해도 그것이 슬퍼할 일인 것인가? 룬은 스스로에게 자문했지만 그 답은 나오지 않았다.

어쨌거나 룬은 레전트가 결국 왕족으로서의 생활은 거의 하지 않았다는 것을 알 수 있었다. 그리고 그런 경험은 레전트가 보통 귀족과는 다르게 인간을 소중히 여기는 계기를 마련하게 했다는 것도.

"그래서 난 아버지가 싫어. 그리고 이 왕족이라는 신분도. 결국 나는 왕은 되지 못할 그릇이었을지도 몰라."

"너의 아버지라면… 왕인가?"

"응. 아, 그런데 그냥 왕이라고 부르다니… 뭐, 넘어가자. 우리 사이에 그 정도는 상관없겠지."

"…뭐냐. 그 우리 사이라는 건?"

레전트는 피식 웃으며 마법진의 마지막 점을 찍었다.

"다 됐다. 이제 말리기만 하면 돼."

마법진은 손바닥만한 정도의 크기였다. 룬은 레전트에게 로브를 받아 마법진이 그려진 부위가 접히지 않도록 조심스럽게 옆에 놓아두었다. 그리고 물건들을 정리하는 레전트를 바라보았다.

냉정하게 따지자면 그 여인이 희생된 건 레전트의 신분 때문이었다. 결국 룬의 눈에는 레전트가 자신의 신분을 왕자로 만든 왕, 자기 자신의 아버지에게 그 책임을 떠넘기려고 하고 있는 것처럼 보였다.

룬은 레전트가 그 사실을 모르지는 않을 거라고 생각했다. 다만 인정하기 싫은 것뿐일지도 몰랐다. 룬도 자신 때문에 자신의 소중한 그 무엇인가가 없어진다면 인정하기 싫어질 것 같기는 했다.

"그러고 보니 네가 깨어나면 물으려고 했는데 역시 영주는 뭔가 일을 꾸미고 있는 건가?"

"정확히는 모르겠지만… 뭔가를 꾸미고 있다는 것은 맞는 것 같아. 으음, 그때는 그냥 홧김에 세계 정복이냐고 물었지만 그 정도 키메라 몇백 가지고는 어림도 없는 소리고……."

사실 그 키메라들은 보통 훈련이 잘된 병사 몇 명이 달려들면 충분히 잡을 수 있는 정도였다. 아무리 강한 생물이라고 하더라도 생물인 이상 약점은 있었다. 게다가 룬과 레전트가 도망치는데도 불구하고 직접 그 흑기사가 나설 정도라면 키메라의 숫자가 많지 않다는 것을 어렵지 않게 예상할 수 있었다.

결과적으로 그 영주는 레전트에게서 얻으려고 했던 뭔가를 얻지 못했고, 그 마기의 덩어리인 라이칸슬로프의 심장을 얻지도 못했다. 라이칸슬로프의 심장 쪽이 조금 걸리기는 했지만 라이칸슬로프의 심장은 봉인된 채로 벌판에 굴러다니고 있을 것이다. 그 상태에서는 그 심장은 그저 돌덩어리에 지나지 않았다.

룬은 아무래도 상대방이 이쪽을 눈을 부릅뜨고 찾고 있을 것 같다는 생각을 버릴 수 없었다.

"역시 앞으로 사흘인가……."

"응? 뭐가 사흘이야?"

"아, 그게 말이지……."

크라우드를 믿어보는 수밖에 없었다. 룬은 누군가를 믿는다는 것은 상당히 바보 같은 짓이라고 생각하기는 했지만 크라우드가 영주에게 자신들이 있는 곳을 밀고하거나 하는 짓은 하지 않을 거라고 생각했다.

지금은 크라우드를 믿고 있는 것이 안전한 일었다. 그리고 룬은 이것이 지금 자신이 할 수 있는 가장 현명한 선택이라고 믿고 싶었다.

Chapter 3 신념

9

겨울이 코앞까지 다가온 가을의 벌판에는 낭만을 넘어선 황량함이 감돌고 있었다. 생명의 계절이 떠나가고 안식과 휴식, 그리고 죽음의 계절인 겨울이 몰고 오는 냉기 어린 바람은 그곳에 서 있는 몇 명의 인간들의 곁으로 다가왔다가 화들짝 놀라며 도망치고 말았다.

"아아, 대장은 언제 오는 거야?"

"곧 오겠지 뭐. 그럼 대장 기다리는 동안 카드나 할까?"

"아서라, 여기에 판 벌일 일 있냐? 어젯밤에 그렇게 돈 잃어놓고 잘하는 짓이다. 게다가 곧 있으면 그 마녀의 본대가 도착할 건데."

"크윽! 너, 지금 시비를 거는 거냐?"

"닥쳐! 자식아, 시끄러워."

그곳에는 정체를 알 수 없는 유쾌함과 친근함이 흐르고 있었다. 그리고 그 친근함을 과시라도 하듯 사방으로 뿜어내며 서로 간에 진솔한 육체적 대화를 나누고 있는 그들의 귓가에 아주 익숙한 목소리가 들려왔다.

"젝슨, 그렇게 패서 죽겠냐? 좀 더 세게 쳐봐."

청년들은 그 목소리가 들려온 쪽을 바라보았고 곧 그들은 방금 전까지 나누던 대화를 그만두고 하나 된 목소리로 외쳤다.

"대장?"

"어어, 워라쿤. 가드를 내리면 어떻게 해? 싸울 때는 싸움에 집중해야지."

다섯 명의 청년들은 그 목소리의 주인공 크라우드에게 뛰어갔다. 크라우드는 묘하게 뒤틀린 표정을 짓고 뛰어오는 그들의 얼굴에서 두려움을 느끼고 급히 뒤로 물러서려 했지만 그들은 순식간에 크라우드의 주위를 둘러싸고 천천히 압박해 들어왔다. 크라우드는 자신의 부대원들의 몸놀림에 감탄하며 마치 신음 소리와 같은 목소리로 중얼거렸다.

"쳐라."

"우와아아아아! 이 무책임한 대장아! 도대체 얼마 만이냐!"

"얼굴에 기름기 오른 것 보니까 꽤 잘 먹고 잘 놀았나 본데? 누구는 왕성에서 죽을 고생 해가면서 수련했는데!"

순식간에 크라우드는 몸을 움츠리며 머리를 숙였고 그런 크라우드의 등에 부대원들의 애정 어린 손과 발이 와 닿았다. 물론 크라우드 본인은 그 주먹과 발들이 와 닿을 때마다 자신이 그동안 얼마나 놀고 먹었는가에 대해서 뼈저리게 알 수 있었다.

"어쨌거나 오랜만인데? 반갑다, 대장!"

"…젠장할 녀석들, 두 번만 반가웠다가는 뼈 추리기도 힘들겠다."

잠시 후 구타가 멈추자 크라우드는 자신에게 손을 내미는 워라쿤의 손을 잡고 자리에서 일어섰다. 보통 사람이라면 전치 3주 정도는 나올 정도로 구타당한 크라우드였지만 크라우드는 몸에 묻은 먼지를 털어내면서 약간 기쁜 목소리로 말했다.

"어쨌거나 모두들 오랜만이다. 그래도 얼굴은 멀쩡한 거 보니까 그 마녀한테서 잘 버텨냈나 보네?"

"웃기지 마. 그 마녀가 얼마나 사람을 볶아댔는데. 두 달 전에 부러진 팔은 아직도 비가 오면 저린다고."

크라우드는 상당히 뭔가 쌓인 것이 많은 것 같은 얼굴로 그렇게 중얼거리는 워라쿤을 바라보며 어색한 미소를 지었다. 시라닌의 악명은 당해보지 않고서는 절대 모를 정도였다. 크라우드도 자신이 예전에는 시라닌의 밑에서 일했던 것을 생각해 보면 워라쿤의 이런 반응도 이해가 됐다.

"시라닌은?"

"곧 올 거야. 우리가 제일 먼저 도착했어."

크라우드는 문득 하늘 저편을 바라보면서 중얼거렸다.

"말 떨어지기가 무섭군. 역시 시라닌은 호랑이가 맞나 봐."

크라우드가 바라보던 지평선 위로 몇 개의 기구가 빠른 속력으로 이쪽으로 다가오고 있었다. 그리고 그 기구 아래에서도 수십 명의 인간들이 빠른 걸음으로 걸어오고 있었다. 그저 걷는 것만으로 보통 레인저 집단보다 더 빠른 이동 속력을 자랑하는 쉐도우 오브 라이트닝. 그리고 마법과 과학을 이용한 이동 수단으로 모든 지형을 무시하고 일직선상으로 통과함으로써 기적적으로 이동 시간을 줄이는 공중 특수 부대인 투스 오브 윈드(Tooth of Wind). 모두 지옥기사단의 고속 이동 부대였다.

특히 투스 오브 윈드에서 사용하는 특수 기구는 칼스의 도움을 받아 제작한 특제품으로, 네스트에서 단 20기밖에 존재하지 않는 특수한 기구였다. 보통 기구를 뜨게 하기 위해서는 뜨거운 공기나 가벼운 기체를 사용하지만, 그런 기체로 기구를 띄우면 아무래도 이동 속도나 물체의 적재량이 크게 낮아지기 마련이다. 그래서 칼스에서는 특별히 공기보다 가벼운 기체 중 하나를 골라 마법적 실험을 거쳐 더 더욱 가볍게 만들어 부력을 높였고, 후에 기구에도 여러 가지 장치를 장착하여 그 결과 투스 오브 윈드에서 사용하는 기구인 워 벌룬(War Balloon)이 만들어지게 되었다.

"소문은 퍼뜨렸고, 지금 마을과 성의 연락이 거의 완벽하게 단절되어 있다는 것도 확인했고, 으음… 또……."

크라우드는 이쪽으로 계속 다가오고 있는 기구를 바라보며 자신이 잘못해서 잊어버린 일은 없는지 생각했다. 크라우드는 지난 며칠 동안 집중적으로 영주에 관련된 갖가지 헛소문을 퍼뜨렸다. 시민들은 그런 헛소문을 전부 믿지는 않을 테지만 영주가 그런 헛소문을 제지하려고 하지 않는 이상 그만큼 영주에 대한 불신감은 커지게 될 게 뻔했다.

사실 영주에 관한 소문을 퍼뜨리는 작업은 지난 몇 개월 전부터 행해져 오고 있었다. 이런 작업은 오랜 시간 동안 유지되어야 그 힘을 발휘하게 되니까. 그리고 자신들은 그 불신감을 업고 영주를 제거해 버린 다음 대충 꾸며낸 사실을 주민들에게 말하면 되는 거다. 크라우드는 그 뒤의 일은 왕성에서 틀림없이 놀고 있을 대장에게 맡겨 버릴 작정이었다.

"여어~ 어서 와~"

크라우드가 멀리서 걸어오고 있는 수십 명의 남자들에게 그렇게 소리를 치자 그들은 크라우드를 한꺼번에 바라보았다. 크라우드는 흠칫 하면서 약간 묘한 웃음을 지었고, 크라우드를 바라보던 남자들 중에서 웅성거리는 소리가 터져 나오기 시작했다. 잠시 후 크라우드는 수십 명의 남자들이 살기에 찬 눈빛으로 자신에게 뛰어오는 것을 바라보며 최대한 빠르게 발을 놀려 뛰기 시작했다.

"젠장……."

잠시 후 크라우드는 정확히 45명의 남자들에게 두들겨 맞아 처참한 모습이 되어 팔을 주무르고 있었다.

크라우드의 속력을 따라올 사람은 쉐도우 오브 라이트닝 안에서도 몇 되지 않지만 그들은 45명이라는 인원수를 이용해서 크라우드를 포위하고 덮쳐 버렸다. 한 사람한테 한 대씩만 맞아도 45대. 하지만 그들이 자신들을 마녀 시라닌에게 맡겨 버린 채 혼자서 임무를 맡아 나가 버린 크라우드를 주먹 한 대 가지고 용서할 리가 없었다. 결국 크라우드는 머리를 양손으로 감싸고 몸을 웅크린 채 거의 수백 대에 이르는 주먹과 발길질을 맞아야 했다.

허리를 두드리고 팔을 주무르는 크라우드의 앞에는 시라닌이 성의 지도를 펴고 크라우드에게 이것저것을 물어보고 있는 중이었다.

"그만 중얼거려, 크라우드. 부하들 그냥 놔둔 네가 잘못이잖아."

"…그게 절반은 네 잘못이라는 것 알아?"

"무슨 의미야?"

크라우드는 그 순간 시라닌의 눈에 불꽃이 번뜩이는 것을 눈치 채고 어색한 웃음을 지으며 양손을 흔들었다.

"아, 아하하하하… 아, 아무것도 아니야."

"…어쨌든 확실히 적에게는 특별히 눈이 좋거나 하는 경우가 없는
거지? 있으면 공중 요격 하기가 힘들어지니까 확실히 말해 줘."

"아, 그건 확실해."

"어차피 이쪽에서는 기습만 하고 일단 지상 근처로 내려올 테니까.
나머지는 너희 애들한테 맡기면 되지?"

"응. 상대방 병력 수는 그다지 많지 않으니까… 그쪽에서 요격만 제
대로 해주면 처리 가능해. 그 괴물들은 우리 애들 3명 정도가 달려들면
힘들지만 처리가 가능한 정도니까."

이미 해는 서서히 지고 있었다. 적에게 적외선 시각이 없다면 밤에
활동하는 쪽이 이쪽에게는 훨씬 유리했다. 그리고 밤이 가져다 주는
공포와 암흑은 마을로부터 성으로의 시야를 차단할 것이다.

문득 크라우드는 자신을 도와줬던 그 무뚝뚝한 전사를 생각해 냈다.
그 전사라면 분명 이쪽에게 있어서 큰 전력이 될 테지만 한 개인을 군
사적 작전에 끼워 넣을 수는 없었다.

'역시 더 이상 신세를 질 수는 없겠군.'

"그럼 작전을 설명해 줄게."

"응, 최대한 간단하게 설명해 줘."

시라닌은 크라우드를 한번 째려보고 난 뒤 말했다.

"우리는 달이 뜨기 전에 성으로 폭시(爆矢)를 전부 쏘아 넣은 다음
공중으로 날아서 이쪽을 공격하는 녀석들을 요격할 거야. 그러니 너희
들은 성안으로 침입해서 영주를 생포하거나 살해해. 그러면 돼."

"끝이야? 의외로 간단하네?"

"네가 간단하게 설명하라고 했잖아!"

어차피 최종 목적은 영주의 죽음이니까. 시라닌은 크라우드에게 외

치면서도 왠지 씁쓸한 느낌이 드는 것을 느꼈다. 도대체 무엇이 사베이언 공작을 그렇게나 미치게 만든 걸까? 어쨌거나 크라우드는 시라닌이 잠시 조용해지자 그때를 놓치지 않고 급히 시라닌에게서 멀어지며 바닥에 앉아서 쉬고 있는 병사들을 일으켜 세우기 시작했다.

"자자! 이것들아! 이제 그만 쉴 시간이다! 기구를 숲하고 들판으로 옮겨! 빨리빨리 도우라고!"

"이봐! 대장은 뭐 하는 거야!"

"난 대장이니까 놀… 지는 않겠지. 아하하핫!"

크라우드는 시라닌의 눈총을 받고서야 가스통과 기구의 본체를 옮기는 병사들 속에 섞여 같이 일을 하기 시작했다. 일단 이 일은 최대한 은밀히 이루어져야 했다. 그들은 크라우드가 사전에 조사했던 지역 중 화살의 사정거리가 아슬아슬하게 닿고 사람의 발길이 별로 없는 곳을 골라 사전 준비를 시작했다.

가스가 빠진 기구를 그곳까지 무사히 옮긴 그들은 기구가 날아가지 않게 기구의 위치를 고정시키기 위해서 땅이나 나무에 픽을 박고 기구와 연결될 로프를 묶었다. 한 기구당 픽은 3개씩 박아져야 했는데, 그 이유는 하나의 점이나 두 개의 점은 넓이를 가지지 않지만 세 개의 점을 가지게 되면 넓이를 가지고 그 넓이에는 중심이 존재하게 되기 때문이다. 이렇게 되면 일단 기구의 위치가 고정이 되는 것이다.

움직이는 기구에서는 사실 정밀 사격이란 것이 거의 불가능하다. 하지만 이번 같은 경우에는 무차별적인 공격을 행하는 식이기 때문에 정밀 사격과는 거리가 멀어도 별로 상관없었다. 게다가 꼭 그것이 아니더라도 투스 오브 윈드의 실력은 네스트에서 첫째로 꼽히는 정예 중의 정예였다. 흔들리는 기구 위에서도 상당한 명중률로 정밀 사격을 할 수 있을 정도가 아니라면 투스 오브 윈드에 소속되는 것 자체가 불가능했다.

시간이 지나 해가 수평선 아래로 서서히 몸을 드리우기 시작하자 기구의 준비가 완료되었다. 궁수들은 각자 기구에 타서 기구의 상태를 다시 한 번 점검하기 시작했다. 그사이에 쉐도우 오브 라이트닝의 병사들은 빠르고 조용하게 성 근처로 다가가기 시작했다.

"모두 임무는 알고 있겠지?"

"예!"

"시라닌 코를 납작하게 만들어주는 거다!"

"오오!"

크라우드가 내뱉은 말 한마디에 그의 주위에 있던 병사들은 순식간에 분위기가 고조되기 시작했다. 하지만 그들은 그런 분위기와는 달리 마치 실체가 없는 그림자처럼 거의 아무런 소리를 내지 않으며 일정한 속도로 성으로 다가갔다.

바람이 불면 그 순간 바람에 몸을 담아서 번개처럼 움직여 풀을 헤치는 소리를 최소한으로 줄이고 그림자처럼 몸을 숨겨 주위에 모습을 비치지 않게 하는 그들의 모습은 누가 뭐라고 해도 전격의 그림자라는 호칭이 어울리는 모습들이었다.

그리고 마침내 시간이 되자 여기저기에 숨겨져 있던 기구가 하늘로 떠오르기 시작했다. 가스가 기구 안을 가득히 채우며 공기를 밀어내자 기구는 서서히 부풀었다.

시라닌은 주위에서 투명한 공기 주머니를 가스로 채우고 검은색 위장포를 씌운 기구들이 떠오르는 것을 보면서 자신의 뒤에서 가스를 조절하고 있는 병사에게 물었다.

“가스는 얼마나 남았지?”

“예, 두 번 정도 가스 공급이 가능합니다.”

“두 번인가?”

시라닌은 그렇게 중얼거리며 자신의 활을 집어 들었다. 원래 워 벌룬에는 총 3명이 승선하게 된다. 두 명은 활을 쏘아 적을 공격하고 나머지 한 명은 기구의 조종을 담당한다. 하지만 지금같이 폭시를 사용할 때는 나머지 한 명은 활을 쏘는 사람의 보조를 해주어야 한다.

폭약의 제조와 사용은 엄격히 제한되고 있다. 그만큼 폭약은 다루기 위험한 물건이라는 것이다. 폭시에 사용되는 폭약은 가장 흔한 흑색 폭약인 블랙 파우더보다 훨씬 파괴력이 강한 리벤지였다. 잘못 사용했다가는 기구에 타고 있는 인간들이 몰살할 위험도 있었다.

시라닌은 기구를 고정시키고 있는 줄이 팽팽해지는 것을 확인한 후 활에 폭시를 재어 힘껏 당겼다. 탄탄한 활이 부러질 것같이 둥글게 휘고 조준이 끝나자 옆에서 시라닌의 모습을 지켜보던 궁수가 재빨리 폭시에 달려 있는 도화선에 불을 당겼다. 당연히 도화선의 길이에 따라 폭파하는 점이 달라지지만 그들은 이미 이곳과 성까지의 거리를 계산하여 도화선의 길이를 아슬아슬하게 맞춰두고 있었다. 시라닌은 도화선이 타는 익숙한 소리가 들려오자 재빨리 활시위를 놓았고 폭시는 빠른 속력으로 공기를 헤치고 성을 향해 날았다.

피융—

모두들 시라닌의 신호를 기다리는 가운데 밤의 어둠에 그 몸을 숨긴 폭시는 아무런 방해 없이 성안으로 떨어졌고 곧 이어 폭시에 달려 있던 리벤지가 폭발하며 커다란 폭음과 불꽃이 번뜩였다. 그리고 그와 동시에 시라닌의 신호를 기다리고 있던 다른 기구에서도 수십 발의 폭시가 성을 향해 날아가기 시작했다.

폭시가 어둠을 휘감으며 성안으로 떨어질 때마다 커다란 폭발이 일어났다. 그런 폭발에 지병들은 막 바깥으로 뛰쳐나오려다가 부서지는 건물의 잔해에 파묻히기도 했다. 어떤 폭시는 우연히 막 하늘로 날아오르려던 비병이나 건물 바깥으로 나온 지병의 몸에 꽂혀 폭발하기도 했다. 그럴 때마다 역거운 냄새를 내며 타오르는 붉은 고기 파편이 주위로 흩어졌고 그 폭발에 휘말린 키메라들 역시 바닥에 뒹굴며 고통에 찬 비명 소리를 내질렀다.

기본적으로 폭약은 인간에게 사용하는 물건이 아니다. 물론 키메라들이 아무리 보통 인간보다 몇 배나 강한 육체를 가지고 있다고는 하지만 공성에 사용하는 폭약이 폭발하는 것을 몸으로 버틸 수는 없는 것이다. 삽시간에 성안은 완전히 아수라장으로 변해가고 있었다. 폭발에 직격당한 지병들의 갑옷 조각들이 사방으로 흩어지고 단단한 돌로 만들어진 성의 벽과 건물들이 무너져 내리고 있었다.

"이, 이게 무슨 일인가, 시드리칸!"

이벨은 자다가 엄청난 진동과 폭음에 흰 수염을 휘날리며 자리에서 일어났다. 그 폭발은 끝나지 않을 것처럼 계속되고 있었고 그는 한참 동안 어쩔 줄 몰라 하다가 부들부들 덜며 자신의 충실한 종이자 기사인 시드리칸의 이름을 불렀다. 그러자 문이 열리며 시드리칸이 무릎을 꿇고 머리를 조아린 채 말했다.

"죄송합니다, 주인님. 갑자기 폭발이……."

"이이… 안 돼! 우리 가족만큼은 다치게 할 수 없어! 시드리칸, 빨리 이 폭발의 원인을 찾아내서 제거하게! 당장!"

시드리칸은 절도있는 모습으로 고개를 숙인 다음 문을 닫고 물러섰다. 시드리칸은 곧장 성의 꼭대기로 통하는 계단을 오르기 시작했다. 성 꼭대기로 올라간 시드리칸의 눈에는 온통 불타고 있는 성의 모습이 그대로 들어왔다. 키메라들은 미처 반항도 하지 못하고 무차별적으로 살해당하고 있었다. 말 그대로 살육. 순간 시드리칸의 눈빛이 푸르게 빛났다.

"존재하는 자들이여! 나의 명령을 받으라!"

이벨이 시드리칸에게 내린 권능이 발현되자 키메라들은 순식간에 진정되기 시작했다. 자신의 이성이나 감정을 상실당하고 오직 권능의 주인의 명을 따르게 되는 마인드 컨트롤. 조잡한 키메라의 지성을 효과적으로 제어하기 위해서 만들어놓은 제약의 술법이 발동되었다.

"나를 따르라!"

시드리칸의 거대한 날개가 펼쳐졌다. 그리고 땅에서 상처를 입고 뒹굴거나 이런 갑작스러운 상황에 당황해하던 비병들도 날개를 펴고 하늘로 날아올랐다.

막 날아오르려던 비병의 머리에 폭시가 꽂혀 폭발하며 주위의 비병 몇의 날개가 찢겨졌지만 그들은 더 이상 동요하거나 하지 않았다. 그들은 주위의 동료가 불에 타거나 사체 조각이 흩어지며 역겨운 냄새를 내도 개의치 않고 하늘 위로 날아올랐다.

곧 하늘 위로 날아오른 시드리칸은 자신의 주위에서 날개를 퍼덕이고 있는 비병들에게 명령했다.

"찾아라!"

비병들은 눈을 번뜩이며 성을 향해 화살이 날아오는 방향을 살폈다. 하지만 폭시들은 검게 도색이 되어 있었기 때문에 적외선 시각 같은 능력이 없는 비병들로서는 화살의 방향을 짐작하기가 힘들었다.

결국 비병들은 대략적으로 화살이 날아오는 방향을 짐작하여 사방으로 흩어졌다. 시드리칸의 조종을 받는 그들은 훈련을 잘 받은 군인처럼 일사불란하게 움직이고 있었다. 그때 한 비병의 눈에 어둠 속에서 반짝 하는 빛이 보였다. 그 빛은 일정한 속력으로 번뜩이고 있었고 비병은 그것을 향해 가까이 날아갔다. 그리고 어느 정도 날아갔을 때 비병은 공중에 떠 있는 이상한 물체와 그 안에서 활을 쏘고 있는 인간의 모습을 볼 수 있었다.

"키에에에!"

날카로운 소리가 사방으로 울려 퍼졌다. 활을 쏘던 궁사는 급히 소리를 지르는 비병에게 활을 돌렸고 폭시는 활을 떠나 비병을 목표로 하고 날았다. 하지만 갑작스럽게 공격할 목표를 변경했기 때문에 폭시는 비병의 몸통에 맞는 대신 날개를 꿰뚫고 날아가 버렸고, 비병은 그 충격에 잠시 몸을 가누지 못했다.

폭시는 날개를 뚫고 속력이 줄어들어 성의 근처에도 가지 못한 채 폭발하고 말았고, 비틀거리며 몸을 가누던 비병은 그 다음에 날아온 두 발의 화살에 명중당해 땅으로 추락하고 말았다. 하지만 이미 그 비병이 지른 소리는 다른 비병들을 그곳으로 불러 모으고 있었다. 삽시간에 그 근처에 있던 비병 열 마리 정도가 워 벌룬으로 몰려들자 워 벌룬을 조종하고 있던 조종사는 급히 기구를 하강시키기 시작했다.

기구 안에 들어 있던 가스가 급히 빠져나가고 대신 공기가 그 안을 채우자 부력이 약해진 워 벌룬은 천천히 땅을 향해 떨어지기 시작했다. 하지만 비병들은 워 벌룬이 무사히 땅에 내려앉게 만들 생각은 없었는지 떨어지는 워 벌룬을 잡아뜯고 숏 소드를 휘두르려 하는 궁사의 팔을 물어뜯었다.

공중에서 보통 인간이 비병에게 이길 수 있을 리가 없었다. 삽시간에 워 벌룬에 타고 있던 인간들은 비병들에게 온몸을 창으로 찔리거나 이빨에 갈기갈기 찢겨져 기구 바깥으로 떨어졌다.

"으아아아악!"

날개가 없는 인간에게는 낙하한다는 것은 죽음. 그리고 그 죽음은 인간에게 공포를 가져다 준다. 궁수 두 명이 땅을 향해 떨어지자 비병들의 눈은 아직 기구의 바닥에 주저앉아 피를 흘리고 있는 조종사에게 향했다. 조종사의 눈은 공포에 질려 있었지만 그는 이 상황을 포기하고 있지는 않았다. 여기서 살아남을 수는 없지만 다른 길은 있다. 그는 품속을 힘겹게 뒤져 성냥을 꺼냈다.

"이… 괴물 놈들… 죽어버려라!"

인과 황이 마찰하자 뜨거운 불꽃이 성냥에 피어 오르고 비병들은 그 불꽃에 잠깐 눈을 찡그렸다. 조종사는 성냥의 불꽃에 비치는 비병들의 흉측한 얼굴을 보고 잔인하게 웃었다. 성냥의 불꽃은 조종사의 손을 떠나 아직 스무 발 정도 쌓여 있는 폭시 위로 떨어졌고 곧 조종사의 얼굴은 번쩍이는 폭발 속에 묻혀 버렸다.

콰릉!

남아 있던 폭시가 동시에 폭발하자 그 불꽃과 충격은 워 벌룬 근처에 있던 비병들의 몸을 찢어발기며 대기를 크게 진동시켰다. 갑작스럽게 일어난 폭발에 대기가 한순간 흔들렸고 폭발의 근처에 있던 기구들은 열풍이 기구를 휘감자 급히 기구의 중심을 제어해야 했다.

곧 그들은 중심을 잡기도 전에 근처에 있는 다른 기구에 신호를 보내고 하강하기 시작했다. 이 이상 공중에 떠 있다간 상대방에게 발견되는 것은 시간문제였다. 땅으로 하강한 기구에서는 화살과 폭시, 그리고 활을 든 궁수들과 조종사들이 땅으로 뛰어내렸다. 비록 워 벌룬이 비싼 물건이기는 하지만 목숨보다는 소중하지 않다는 것은 누구도 부정하지 않는 사실이었다. 게다가 버린다고 해도 적이 그것을 부수지 않는다면 회수할 수 있다.

시드리칸은 이를 갈며 공중에서 땅을 내려다보았다. 이미 성에서 일어나던 폭발은 멈춰 있었다. 그렇다는 것은 이미 적들이 성을 공격하던 것을 멈추고 은신에 들어갔다는 의미였다. 시드리칸은 비병들에게 주위를 탐색하도록 명령을 내린 다음 아까 폭발해서 거의 형체를 알아볼 수 없게 변해 버린 뭔가의 근처로 다가갔다. 그것은 아직도 연기를 내고 있었지만 시드리칸은 그런 것에 개의치 않고 부서진 잔해를 뒤졌다. 뭔가 단서를 발견할 수 있을지도 모른다고 생각했기 때문이다. 하지만 폭발은 아무런 단서조차 남기지 않은 것 같았다. 그저 역겨운 타는 냄새를 내고 있는 인간의 것으로 보이는 시체 조각밖에는.

"도대체 무슨 속셈이냐, 인간들······."

시드리칸은 분노하며 자신의 앞에서 연기를 내뿜고 있는 잔해를 검으로 후려쳤다. 폭발과 낙하의 충격으로 겨우 모습만 유지하고 있던 잔해들이 부서져 사방으로 흩어졌고 분노한 시드리칸은 온몸에서 악기를 뿜어냈다. 주위에 있던 풀과 나무들은 그 악기와 접촉할 때마다 생명을 놓아버리며 불에라도 탄 것처럼 새까맣게 타 들어가기 시작했다. 그렇게 악의에 가득 차 있는 시드리칸의 귓속으로 어디선가 인간의 기척이 파고들었을 때 시드리칸의 육중한 몸은 재빠르게 하늘로 날아올랐다.

"크어어어어어어—"

시드리칸의 감정을 그대로 실은 고함이 주위에 울려 퍼지자 막 그 근처로 왔다가 시드리칸의 모습을 보고 몰래 도망가던 궁수 두 명은 몸을 가누지 못하고 그 자리에서 쓰러지고 말았다. 시드리칸은 그 두 명의 위치를 확인하고 천천히 공중에서 다시 땅으로 내려왔다.

"무슨 일을 꾸미는 거냐, 네놈들!"

그런 두 명의 인간을 바라보는 시드리칸의 얼굴을 가리고 있는 헬름의 눈구멍에서는 푸른 불꽃이 일렁이고 있었다. 그 두 명은 시드리칸을 바라보며 원초적인 공포에 몸을 떨어야 했다. 하지만 잘 훈련된 병사답게 그들은 말을 하는 대신 행동으로 자신들이 무엇을 하고 있었는지 표현했다.

시드리칸은 그들이 무슨 행동을 하려고 하는 건지 몰랐지만 결코 자신에게 이로운 행동을 하려는 것이 아닐 거라는 걸 눈치 챘는지 급히 그들을 향해 검을 내려쳤다. 하지만 이미 그들을 중심으로 흡사 태양이 지상으로 강림한 것과 같은 빛이 뿜어져 나오고 있었다.

"준비 끝났나?"

레전트는 로브를 입고 망토를 걸친 상태로 고개를 끄덕이며 창밖을 바라봤다.

"저건 도대체 뭐지?"

"글쎄."

룬은 자신의 창을 들며 허리를 펴고 자리에서 일어섰다.

아까 처음으로 저 소리가 들려왔을 때 룬과 레전트는 겨울비가 오기 전에 날벼락이 치는 거라고 생각했다. 하지만 기다리던 빗방울은 떨어지지 않았고 그 소리는 일정하고 연속적으로 들려왔다. 직감적으로 룬은 이것이 우연이나 기상 현상 때문에 일어나는 소리가 아니라는 것을 눈치 챘다.

티아스는 룬이 뭐라고 하기도 전에 창문 밖으로 나가더니 잠시 후 돌아와서 성에서 뭔가 불길이 솟아오르고 있다는 소식을 전했다. 여기서 성까지 거리를 생각해 볼 때 맨눈으로 보일 만큼 만만한 거리가 아니었지만 티아스의 말은 진심이었다. 룬은 도망갈 거라면 지금이 기회라고 생각했고, 레전트는 자신의 로브에 그려져 있던 마법진을 손바닥으로 문대서 지워 버렸다.

오늘은 크라우드가 말했던 그 이틀째 되는 밤이었다. 룬은 이 폭발과 크라우드의 말이 무슨 연관이 있을 거라고 생각했다. 창밖으로는 여행자들이나 마을 사람들이 갑작스럽게 하늘을 찢어대는 폭음 소리에 놀라 뛰어나오는 것이 보였다.

어쨌든 떠나기에는 절호의 기회였다. 룬과 레전트는 미리 싸두었던 짐을 짊어지고 여관을 나섰다. 룬은 며칠 동안 자신들을 위해서 꽤 고생한 여관 주인에게 충분한 보상을 했다. 흔히 삼류 악당들은 보상 운운하면서 자신의 자취를 감춘답시고 자신을 도와줬던 인간을 너무나 간단하게 처리해 버리는 경우가 있지만 룬은 그런 삼류 악당들과는 달랐다.

일행은 막 바깥으로 나섰다. 하지만 아직 문제가 하나 남아 있었다. 티아스가 수정이 그 근처에서는 아직 움직이지 않고 있다고 했기 때문에 떠날 때 급히 그것을 회수해서 갈 생각이었던 것이다. 하지만 지금 상황으로는 성 쪽으로 가는 것은 굉장히 위험할 것 같았다. 룬이 잠시 동안 망설이다가 뭔가가 자신의 어깨를 가볍게 누르는 것을 느꼈다.

"티아스?"

하늘로 튀어 올라간 티아스는 어떤 집의 지붕 위에서 룬과 레전트를 내려다보았다. 바람이 불어 로브가 휘날리자 후드 사이로 티아스의 은발과 눈동자가 스쳐 지나갔다.

이런 상황에서 확실히 룬과 레전트는 별 도움이 되지 못할 것이다. 레전트도 티아스보다 더 빠른 속력으로 날 자신이 없었고 룬은 더욱 가망이 없었다.

휘릭―

잠시 룬을 바라보던 티아스의 모습이 지붕 건너편으로 빠르게 사라졌다. 룬은 티아스가 자신에게 뭔가를 말하려 한다는 걸 느꼈다.

"가자, 레전트."

룬은 뒤로 돌아섰다. 티아스를 기다릴 수는 없었다. 어차피 티아스와 이쪽은 아무런 관계도 아니었다. 어쩌다 보니 같이 행동하고 도움을 받았을 뿐이었다. 레전트는 앞장서서 걸어가는 룬의 뒤를 종종걸음으로 따라갔다.

'쳇, 뭔가 나쁘게 되어가고 있는가 본데… 시라닌은 무사할지 모르겠군.'

크라우드는 얼굴을 찡그렸다. 시간상으로 봤을 때 아직 공격이 멈추면 안 되는 시간이었다. 하지만 워 벌룬에서의 공격은 숲 쪽에서 큰 폭발이 두 번 일어나고 난 후 완전히 멈춰지고 말았다.

무슨 일이 일어난 것이 분명했다. 하지만 이대로 계속 있으면 성안에서 일어나고 있는 혼란이 가라앉아 버릴 것이 뻔했다.

"돌입한다. 신호를 보내."

크라우드의 명령을 받은 젝슨이 옆으로 신호를 보내자 마치 잔잔한

물결이 치듯이 재빠르게 사방으로 신호가 흩어졌다. 곧 거대한 검은
그림자가 빠르게 움직이기 시작했다. 이미 성의 여기저기가 상당히 무
너져 있었기 때문에 성안으로 침투하는 것은 어렵지 않았다. 삽시간에
오십이라는 숫자의 병사들이 성안으로 들어섰다.

"키익!?"

폭발에 당했다고는 하지만 아직 많은 수의 지병들이 버티고 있었다.
하지만 이미 눈앞에 있는 모든 것을 적으로 인식하고 있는 병사들은
각자 재빨리 조를 짜서 막 자신들에게 달려드는 키메라를 공격했다.
두 명의 병사가 각자 키메라의 다리를 자르면 그대로 한 병사가 목을
날려 버렸다. 몇 마리의 지병이 그 공격에 당해 금방 싸늘하게 식어버
린 고깃덩어리로 변하자 크라우드는 주위를 향해서 외쳤다.

"삼각 진형으로! 이 안에 인간은 없으니까 알아서들 처리해라! 위험
하다고 생각되면 싸우지 말고 도망쳐! 알겠나!"

"예!"

삽시간에 성안은 지병의 붉은 체액으로 물들기 시작했다. 간혹 그
공격이 완벽하지 않아 오히려 상처를 입는 병사들도 있었지만 몰매에
는 장사가 없었다. 공격 방식이라면 무조건 적을 베는 것밖에 모르는
키메라들은 힘을 가지고 있는 어린아이나 다름없었다. 병사들은 냉정
하고 침착하게 키메라들을 하나하나 처리해 나갔다.

"젝슨, 워라쿤, 다룬, 너희들은 나를 따라와!"

크라우드는 싸우고 있는 키메라들과 병사들을 지나쳐 성안의 복도
로 접어들었다. 비록 폭시에 의해서 여기저기가 많이 부서지기는 했지
만 아직 사람이 뛰어다닐 수 있을 정도는 되어 보였다.

"쳇, 너무 허술해. 가자, 애들아!"

"누가 애들이야!"

경비 체제가 너무 허술했다. 어느 한 지역을 지배하고 있는 영주가 이런 초보적인 경비 체제조차 제대로 짜고 있지 못하다는 것은 확실히 정상이 아닌 일이다. 세 명의 청년은 크라우드가 앞장서는 대로 달렸다.

크라우드는 일단 그 유리관들이 있던 곳으로 향하고 있었다. 그때 이벨의 태도에 따르면 이런 일이 벌어진 후 그 유리관에 들어 있는 시체들을 그냥 놔둘 리가 없을 거라고 예상한 것이다. 달려가는 도중 몇몇의 지병들이 튀어나왔지만 그들은 당황하지 않고 무사히 그곳에 도착할 수 있었다.

"여긴가?"

"아아."

크라우드는 주위를 경계하며 워라쿤의 질문에 건성으로 대답하고 자물쇠를 손으로 잡아당겨 보았다. 역시 이 정도는 수리해 둘 생각이 있었는지 자물쇠는 단단히 잠겨 있었다.

"이번에는 어차피 요란하게 저지르는 거니까."

크라우드는 그때 했던 것처럼 자물쇠를 잡고 힘을 주었다. 푸른 전광이 자물쇠를 감아 돌자 자물쇠는 간단히 부서지고 말았고, 크라우드는 부서진 자물쇠를 구석으로 집어 던져 버리고 문을 막 밀려고 하다가 이상한 기척을 느끼고 급히 뒤로 물러섰다.

콰앙!

두꺼운 통나무로 만들어진 문이 그대로 부서지며 앞으로 넘어졌다. 급히 뒤로 물러서던 크라우드의 팔에 나뭇조각이 박히며 깊은 상처를 냈지만 크라우드는 비명을 지르는 대신 나뭇조각을 빼내서 구석으로 던져 버리며 전투 태세를 취했다.

"역시 몸이 많이 무뎌진 것 같은데, 대장."

"쳇, 그러게 말이다. 수련을 좀 더 해야겠어."

하지만 지금은 그게 중요한 것이 아니었다. 크라우드는 돌 가루와 먼지가 휘날리는 가운데 서 있는 3크리짜리 괴물을 바라보았다.

"저거 오거야?"

"오거가 팔이 네 개 달렸겠냐."

크라우드는 그렇게 대답하며 손에 전광을 일으켰다. 이런 괴물을 귀하고 부서지기 쉬운 물건이 있는 곳에 놔둘 리가 없다. 그렇다는 것은 이미 이벨이나 시체들은 이 안에 없다는 소리인 거다.

"이 녀석부터 처리하자고. 그냥 가만히 있을 것 같지는 않으니까."

하지만 그 괴물은 공격을 하는 대신에 네 명의 남자를 쓱 둘러보았다. 크라우드들은 그 괴물의 기묘한 행동에 의아해했지만 곧 그 괴물이 입을 열어 말을 하자 더 더욱 놀라며 자신도 모르는 사이에 뒤로 몇 발자국 물러서고 말았다.

"너희들이냐? 감히 내 성을 공격하고 내 가족을 해치려고 한 놈들이?"

"뭐, 뭐야, 이거?"

모두들 이상한 표정으로 뒤로 물러선 가운데 크라우드는 자신의 예상이 빗나가지 않기를 기대하며 약간 비꼬는 듯한 목소리로 말했다.

"아아, 아마도 맞는 것 같은데, 공작 나으리."

"크크크… 그래, 너는 저번에도 본 적이 있었지. 며칠 전 우리 가족의 침소로 숨어들었던 그 쥐새끼로군."

그 소리를 들은 워라쿤은 크라우드를 한번 바라봤다가 다시 괴물을 경계하며 중얼거렸다.

"침소로 숨어들어서 뭘 훔쳐본 거야?"

"박제된 시체 세 구랑 미친 할아범 한 명, 그리고 네 머리통만한 검은 구슬. 별로 볼 만한 건 아니지?"

"그렇군."

어쨌거나 크라우드는 예상이 빗나가지 않았다는 것을 한심하게 기뻐해야 할지 고민했다. 상대방은 자신이 공작이라는 것을 부인하지 않았다. 물론 이 괴물이 공작 본인이라고 생각하기에는 상당히 무리가 있기는 했지만. 마법 중에는 상대방의 시야와 오감을 모두 공유하는 방법이 있다고 알고 있었다. 이런 마법을 사용하기 위해서는 적어도 상대방에게서 어느 정도의 거리를 유지해야 한다는 것도.

하지만 이 괴물의 몸을 빌린 이벨은 크라우드가 무슨 생각을 하는지 관심이 없는 듯 여전히 듣기 껄끄러운 목소리로 말했다.

"어차피 네놈들은 나의 상대가 되지 못한다. 그래, 나를… 나의 성을 공격한 것에 대한 대가는 너희들의 목숨으로 받아주지. 적어도 보통 인간들보다는 마력을 더 짜낼 수 있을 것 같으니까."

"글쎄? 증거도 갖춰졌겠다 우리가 임무에 실패하면 다음은 기사단 전체가 내려와서라도 여길 밀어버릴걸? 차라리 투항하는 건 어때?"

"그런 저급한 인간들 따위는 수백이 몰려와도 무섭지 않다. 나에게는… 나에게는 그분이 주신 힘이 있다!"

갑자기 괴물이 큰 소리를 내면서 쓰러졌다. 크라우드들은 갑자기 자신과 대치 중이던 괴물이 쓰러지자 깜짝 놀라며 각자 몇 발자국 뒤로 물러섰고, 그 괴물은 커다란 몸을 뒤척이며 말했다.

"아직 그분이 바라는 힘에 비하면 한참이나 모자라지만… 크크크…

그래, 나는 인간을 뛰어넘을 거다… 죽음에 아무런 대항도 하지 못하는 이런 저급한 인간 따위는……!"

괴물의 움직임이 멈추자 순식간에 주위에는 정적이 찾아들었다. 한참 동안이나 전투 태세를 취하다가 쓰러진 괴물을 노려보던 네 명의 남자는 어벙한 표정을 지었다. 그때 젝슨이 조심스럽게 그 괴물의 몸을 칼로 푹푹 찔러보기 시작했다. 하지만 그 괴물은 몇 번이나 칼에 찔렸음에도 불구하고 아무런 행동도 하지 않았다.

"죽… 었나?"

그때 갑작스럽게 괴물의 몸이 움찔거렸다. 젝슨은 급히 뒤로 물러섰지만 그 순간 괴물의 등에서 희고 길다란 뭔가가 튀어나와 젝슨의 다리에 꽂히고 말았다. 젝슨은 다리에 한순간 힘이 풀려 버린 탓에 그대로 쓰러져 버렸고 크라우드는 젝슨이 쓰러지는 것을 보고 급히 소리쳤다.

"워라쿤!"

"알았어."

급히 워라쿤이 앞으로 나가 그대로 땅에 쓰러져 버린 젝슨을 등 쪽에서부터 안고 뒤로 물러섰다. 크라우드는 그동안 있는 힘껏 전격을 형성시키기 시작했다. 그러는 동안에도 괴물의 몸은 여기저기가 뒤틀리다 못해 뼈가 피부를 찢고 바깥으로 마구 튀어나오고 있었다.

괴물의 등을 찢고 뭔가가 솟아 나와서 복도의 벽을 움켜잡았다. 크라우드는 그것이 인간의 팔과 비슷하게 생기기는 했지만 좀 더 굵고 이상하게 생긴 팔 뼈라는 것을 깨닫고 식은땀을 흘렸다. 그리고 그것은 마치 껍질을 벗고 태어나는 애벌레처럼 괴물의 몸을 찢으며 빠져나오기 시작했다. 누구라도 자신의 눈으로 보지 않았다면 믿기 힘들었을 광경이 네 사람 사람의 눈앞에서 펼쳐졌다. 원래 그 주인의 몸을 지탱하고 있던 괴물의 뼈가 마치 자아를 가진 것처럼 살아서 움직이고 있었다.

"도망가는 데 찬성하는 사람?"

크라우드가 신음 소리처럼 그렇게 중얼거리자 워라쿤과 다룬은 동시에 가볍게 고개를 끄덕였다. 뼈와 뼈 사이에서 내장과 근육, 그리고 붉은 체액이 흘러내리며 움직이는 거대한 골격은 도살되어 쓰러져 있는 것보다 더욱 끔찍해 보였다. 적어도 보통 생물은 뼈가 자기 마음대로 원래 주인의 몸을 찢으며 나오는 경우는 없었다.

살아 있는 생명체는 죽음을 거스르고 움직이는 생명체에 대해서 천성적으로 공포심을 가진다. 그다지 강한 몬스터가 아닌 좀비의 공격에 프로 용병들이 별다른 반항을 하지 못하고 죽어 나간다는 것이 그것을 증명한다. 그만큼 죽음의 공포는 인간이 함부로 지배할 수 없는 것이었다.

"이곳이 아니라면……."

그러는 중에도 크라우드는 급히 이벨이 있을 만한 곳을 생각했다. 과거의 성안 지도와 며칠 전의 탐색으로 알아낸 지역이 급히 크라우드의 머리 속에서 돌아가기 시작했고, 곧 크라우드는 대략적으로 이벨이 있을 만한 곳을 몇 군데 생각해 냈다. 그런 시체를 무사히 뇌둘 만큼 넓고 호화스러운 방은 이 성안에서도 특이한 몇 군데를 제외하면 없는 것이다. 이제 더 이상 지체할 때가 아니라고 생각한 크라우드는 아까부터 조금씩 모으고 있던 전광을 그 괴물을 향해서 던졌다. 그리고 그 괴물이 뒤로 쓰러지는 것을 눈으로 확인하자마자 뒤로 돌아서서 어딘가를 향해 뛰기 시작했고 워라쿤과 다룬도 급히 크라우드의 뒤를 따라서 뛰기 시작했다.

"도대체 저 괴물 뭐야!"

"몰라, 내 생전에 저런 괴물은 처음 봐!"

스켈레톤이나 본 골렘은 흔하지는 않아도 몇 번 보기는 했었던 크라우드였다. 하지만 본 골렘은 마법사가 뼈를 재조립해서 만드는 일종의 골렘이지 살아 있는 생명체의 몸속에서 빠져나오는 녀석은 아닌데다가 스켈레톤 역시 사악한 흑마법으로 죽은 자의 뼈를 강제적으로 움직이게 만든 언데드 몬스터인 것이다.

"그럼 우리가 최초로 저걸 발견한 걸로 하고 학명을 지어주는 건 어때?"

"이 판국에 그런 농담이 나오냐?!"

"그것보다… 쫓아오는데."

다룬의 말에 크라우드는 뒤를 힐끔 바라보고 웃어야 할지 울어야 할지 혼란에 빠져 버렸다. 그 뼈 괴물은 원래 손이었던 두 쌍의 팔로 땅을 짚고 원래 다리였던 부분을 전갈의 꼬리처럼 앞으로 기울인 채 빠른 속력으로 자신들의 뒤를 추격해 오고 있었다.

"저쪽 계단으로!"

보통 생명체는 전격을 맞으면 근육이 움츠러들거나 마비되기 때문에 크라우드의 능력은 상당히 유용하게 쓰였지만 지금 달칵거리는 소리를 내면서 크라우드들의 뒤를 쫓아오고 있는 저 괴물은 움츠러들 근육이나 충격을 받을 뇌조차 없었다. 저렇게 죽음을 뛰어넘은 괴물은 일반 전사가 싸우기에는 상당히 껄끄러운 타입인 것은 부정할 수 없다.

원래 이런 성에는 하인이나 지휘가 낮은 자들이 다니는 좁은 길이 따로 있기 마련이다. 크라우드는 저 뼈 괴물의 몸 크기로는 그런 좁은 길을 통과할 수는 없을 거라고 생각했다. 크라우드들이 계단을 올라섰을 때 그 괴물도 그 계단을 막 오르려고 손을 계단 위로 들이밀고 있었다.

키이이이— 키이이이익—

그 괴물은 자신의 몸을 계단의 입구에 마구 부딪치며 계단을 오르려 했지만 골격이 워낙 큰 탓에 그 계단으로 올라오지 못하고 뼈와 벽을 마찰시키며 이상한 소리만 냈다. 그 괴물은 거대한 원숭이형의 두개골을 마구 흔들며 억지로 계단을 오르려고 하다가 크라우드가 턱을 걸어 차자 더 더욱 크게 턱뼈를 열고 닫으며 발악하기 시작했다.

"대장! 빨리 올라와!"

크라우드는 위에서 들려오는 워라쿤의 말에 다시 한 번 전격을 형성해서 그 괴물에게 날려 버린 다음 위층으로 뛰어 올라갔다. 크라우드는 자신의 옷을 찢어 젝슨의 상처를 묶고 있는 워라쿤에게 물었다.

"많이 다쳤어?"

"걷지는 못할 것 같아."

젝슨의 다리는 상당한 굵기의 구멍이 나서 지혈을 했음에도 불구하고 계속 피가 흘러나오고 있었다. 크라우드는 얼굴을 찡그렸다. 이곳에서 가장 강적이라고 생각한 그 검은 갑옷의 기사는 등장하지도 않은 시점에서 이런 큰 부상자가 생겨 버린 것은 확실히 예상외였다.

"대장, 난 내가 알아서 탈출할 테니까 빨리 가봐."

크라우드는 젝슨의 말을 듣고 흔히 용사들이 말하는 것처럼 동료를 놓고 갈 수는 없다느니 따위의 말은 하지 않았다. 대신 약간 냉정하게 들릴 만큼 현실적으로 말하는 쪽을 택했다.

"알아서 탈출해라. 알고 있지? 우리 부대는……."

“알았으니까 빨리 가보기나 해.”

젝슨은 벽에 기대고 빙긋 웃었다. 어쩌만 최후가 될 수도 있는 미소. 크라우드는 약간 참담한 심정이 되기는 했지만 여기서 함부로 멈출 수는 없는 노릇이라고 되새기는 수밖에 없었다.

“그래, 그럼 나중에 보자. 반드시 살아서 보는 거다. 죽어 있으면 한 대 쳐줄 거니까.”

“시끄러워. 빨리 꺼져. 죽기는 누가 죽는다고 그래?”

이런 곳에서 부상자가 혼자 남는다는 것은 상당히 위험한 일이다. 하지만 이런 상황에서 부상자를 데리고 전투를 하기는 더 힘든 일이다. 잔인하지만 쉐도우 오브 라이트닝의 병사들은 그 사실을 알고 있었다. 차라리 목숨을 자신의 손으로 끊는 한이 있더라도 남의 발목을 잡아서는 안 된다. 자신의 목숨이 소중하다고는 하지만 그것 때문에 다른 사람의 목숨을 대신 희생시킬 수는 없는 노릇이니까.

크라우드는 더 이상 말하지 않고 그 자리를 떠났다. 홀로 남은 젝슨은 폭시 때문에 벽에 구멍이 뚫려 바람 소리가 을씨년스럽게 울려 퍼지는 복도를 둘러봤다.

“말은 그렇게 했지만… 좀 으스스한데.”

그 괴물도 더 이상 계단을 억지로 올라오려고 하지 않는지 주위는 온통 고요하기만 했다. 그저 바깥에서 들려오는 싸움 소리가 약간 시끄러울 뿐. 젝슨은 힘겹게 자리에서 일어나서 조심스럽게 걷기 시작했다. 비록 이 성의 구조에 대해서 아는 것은 없었지만 귀족들의 취미는 상당히 비슷한 경우가 많아서 건축물에서도 그 취미가 드러나기 마련이었다. 어느 정도 내려갈 길은 알고 있다는 소리인 것이다.

“뭐, 슬슬 가볼…….”

젝슨은 말을 마저 끝내지도 못했다. 뭔가 날카로운 것들이 천장에서 내려와 젝슨의 몸을 꿰뚫었다. 젝슨은 순간적으로 자신에게 무슨 일이 일어났는지 생각하려 했지만 그 순간 젝슨의 몸에서 길다란 것들이 빠져나가자 젝슨은 그대로 붉은 카펫이 깔려 있는 복도 위로 늘어지고 말았다. 젝슨의 눈은 허공 저 너머에서 천천히 자신에게 덮쳐드는 죽음의 검은 그림자를 보고 있었다. 그런 젝슨의 눈동자에서 살아 있는 자에게서나 볼 수 있는 생기가 완전히 사라지는 것은 그다지 오래 걸리지는 않았다.

키릭— 키릭—

그리고 젝슨을 공격했던 그것은 젝슨의 시체를 내려다보며 턱뼈를 열었다 닫았다 하는 것을 반복했다. 그 모습은 마치 살아 있는 생명체가 웃는 것같이 보였다.

그렇게 한참 동안 뼈와 뼈가 부딪치는 기분 나쁜 소리를 내며 천장에 매달려 있던 그것은 조심스럽게 복도의 벽을 타고 젝슨의 피로 더더욱 짙게 물들어가고 있는 카펫 위로 내려가기 시작했다.

건물 바깥에서 키메라들과 싸우고 있던 병사들은 더욱 놀라운 상황을 맞이하고 있었다. 조금 전까지만 해도 자신들과 칼을 맞대고 싸우던 키메라들이 하나둘씩 움직임을 완전히 정지해 버렸다. 병사들은 마치 석상처럼 굳어버린 키메라들을 어이없는 표정으로 바라보다가 갑자기 키메라들이 움직이는 것을 보고 다시 전투 자세를 잡았다. 하지만 그 키메라들은 병사들에게 공격을 하는 대신 괴상한 소리를 내면서 온몸을 부들부들 떨었다.

"크, 크어… 어……."

키메라들이 입고 있는 플레이트 메일의 틈새에서 고약한 악취를 내뿜는 체액이 흘러나오기 시작했다. 그와 동시에 키메라들의 몸을 감싸고 있던 플레이트 메일의 이음새가 급격히 부식되며 부서졌다. 사방에는 수십 년쯤 아무런 관리도 하지 않은 듯한 모습의 갑옷들이 바닥을 뒹굴었고, 그 갑옷을 몸에 걸치고 있던 키메라들 역시 죽어서 수십 년쯤 된 시체처럼 썩어 문드러진 모습으로 텅 비어버린 동공을 병사들에게 돌렸다.

병사들은 그런 키메라의 모습을 보고 마치 넋이 나가 버린 것처럼 아무런 행동도 하지 못했다. 순식간에 그곳엔 죽었지만 살아서 꿈틀거리는 수십 마리의 키메라들과 그런 죽음의 공포에 아무런 대항도 하지 못하고 굳어버린 병사들, 그리고 밤의 어둠 속에 그 존재를 숨기고 진득하게 묻어 나오는 마기가 흐르기 시작했다.

"어디서 정신 빼놓고 있는 거야!"

뭔가에 혼을 뺏긴 듯 멍하게 가만히 서 있기만 하던 병사들은 뒤에서 들려오는 째지는 목소리에 정신을 차렸다. 그리고 그 목소리가 들려옴과 동시에 뭔가가 바람을 가르고 지병의 몸에 박히더니 커다란 소리를 내면서 폭발했다. 근거리에서 폭발이 일어나자 거기에 대비하고 있지 못했던 많은 병사들이 귀를 막고 뒤로 물러서며 투덜거리는 소리를 냈다. 그 폭발을 일으킨 장본인인 시라닌은 태연하게 다시 한 발의 폭시를 활에 재며 병사들에게 들으라는 듯 소리쳤다.

"겨우 이런 거에 겁을 먹은 거냐! 얼굴로 따지면 너희들도 꿀릴 게 없잖아!"

시라닌은 뭔가 의미심장한 말을 남기고 활시위를 놓았다. 폭시는 막 내장을 덜렁거리며 앞으로 달려오려고 하던 지병의 가슴에 꽂혔다. 차라리 뼈만 남아 있었다면 화살이 비켜갔겠지만 아직 몸에 살이 남아 있었던 그 지병은 그대로 그 자리에서 꼬꾸라져 폭발에 집어삼켜지고 말았다.

키이이이익!

다른 지병 몇몇도 그 폭발에 휩쓸렸지만 나머지 지병들은 뼈를 그대로 드러내 놓은 모습으로 크게 울부짖더니 병사들을 향해서 달려들었다. 보통 육체가 있는 언데드는 속력이 굉장히 느리기 마련이다. 특히 좀비의 경우에는 팔다리가 잘리면 그대로 기동력을 상실하게 될 정도로 몸이 약한데 비하여 언데드로 변한 지병들은 플레이트 메일을 벗은 것 때문인지 오히려 아까보다 더 빠른 움직임으로 병사들을 덮치고 있었다. 하지만 이미 시라닌 때문에 정신을 차린 병사들은 뒤에서 자신들을 지원하러 나타난 궁수들을 엄호하며 각자의 무기를 힘차게 휘둘렀다.

'언데드라니!'

폭시를 이런 난전에서 사용하는 것은 굉장히 위험한 일이다. 하지만 시라닌은 어쩔 수 없다고 생각하며 아직 병사들과 조우하지 않은 언데드를 향해 활시위를 당겼다. 다른 몇몇 궁수들도 아직 병사들과 섞이지 않은 언데드들을 향해서 폭시를 쐈고 폭시에 명중당하거나 폭발에 휩쓸린 지병의 언데드는 그대로 사지가 박살나며 두 번 다시 일어서지 못할 몸으로 변해 버렸다. 하지만 몇 번 폭시로 공격하고 나니 폭시는 물론 일반 화살도 사용이 불가능해지는 사태가 벌어지고 말았다. 아군과 적이 마구 얽혀 버린 상태에서 화살로 공격했다가는 아군이 맞을 확률도 상당히 있는 데다가 기본적으로 언데드같이 고통을 느끼지 못하는 몬스터에게 그냥 화살은 상당히 효과없는 공격 방식이다. 그런 상황에서 병사들은 겨우겨우 지금의 상황을 유지하는 것이 최선이었다.

궁병들도 급히 자신의 몸을 보호하기 위해서 숏 소드를 뽑아서 휘두르기는 했지만 보통 인간보다 머리 하나 더 큰 지병이 휘두르는 바스타드 소드를 숏 소드로 상대할 수 있을 리가 만무했다. 그 모습을 잠시 바라보던 시라닌은 자신의 등 뒤가 어두워진 것을 눈치 채고 급히 뒤를 돌아보았다.

"치잇!"

시라닌은 어느 사이에 자신의 뒤로 돌아와 막 검을 내려치려고 하던 지병을 향해서 자신의 장궁을 휘둘렀다. 검을 뽑을 만한 여유가 없었던 것이다. 하지만 탄력있고 튼튼한 금속으로 만들어진 장궁의 위력은 결코 만만한 게 아니다. 지병은 그대로 머리가 으깨지면서 비틀거렸고, 시라닌은 급히 폭시 한 발에 불을 붙여 썩어서 부드러워진 지병의 가슴 한복판에 꽂아 넣었다. 시라닌은 폭시에 달려 있는 도화선의 길이가 점점 짧아지는 것을 보면서 급히 그 지병에게서 멀리 물러섰고 곧 큰 폭발이 일어나며 육편이 사방으로 흩어졌다.

'설마 이런 일을 꾸미고 있을 줄은…….'

어차피 목표는 이벨 사베이언 공작 하나뿐이라고 생각했기 때문에 시라닌은 이번 일에 전투력보다 기동력을 살린 부대를 고른 자신의 결정에 이를 악물었다. 시라닌은 자신이 너무나도 경솔했다고 생각했다. 뭔가 일을 꾸민다고는 생각했고 그게 마법에 관계된 일이라는 것도 알았지만 이런 일일 줄은 예상도 못했다. 조금 냉정하고 침착하게 생각했더라면 이 사태를 짐작할 수 있지 않았을까. 시라닌은 그렇게 생각하며 다시 자신에게 덤버드는 지병에게 장궁을 휘둘렀다.

‘크라우드… 제발, 서둘러 줘.’

　조금 과민 반응일지도 모르지만 많은 여행자들이 입구로 몰리는 바람에 입구의 경계가 상당히 강화되어 있었다. 하지만 룬과 레전트에게는 별로 소용이 없는 일이었다.
　마법사치고 상당히 날렵한 몸을 가진 레전트는 근처를 순찰하던 수비병의 모습이 사라지자 재빨리 담을 타 넘었고 마을 바깥의 담 밑에서 레전트를 기다리던 룬은 레전트가 작은 소리를 내면서 착지를 하자 허리를 펴고 달릴 자세를 취했다.
　“가자.”
　“야, 룬.”
　레전트는 룬의 말에 대답하는 대신 룬을 불렀고, 룬은 약간 의문스러운 생각이 들어 뒤를 바라보았다. 레전트는 뭔가 상당히 의미심장한 표정을 짓고 룬을 향해서 말했다.
　“가고 싶냐?”
　“…뭐가?”
　“티아스 양 말이야. 아까부터 은근히 신경 쓰는 것 같던데.”
　룬은 아무 대답도 하지 못했다. 어쩐지 신경 쓰이던 것은 확실히 사실이었다.
　“가고 싶지?”
　“…별로.”
　레전트는 상당히 거만한 웃음을 짓고 팔짱을 긴 채 룬을 바라보며 말했다.
　“하긴, 어차피 우리는 티아스 양에게 아무런 도움이 되지 못하니까.

게다가 수인족의 힘에 비하면 우리의 힘은 너무나도 미약하지.”

룬은 어둠 저편에서 희미하게 보이는 레전트의 얼굴을 바라보았다. 왠지 모르게 그런 레전트의 태도에 화가 나려고 했다. 하지만 레전트 는 룬이 막 입을 열려고 하는 순간 팔짱을 풀고 평소와 다를 바 없는 장난기가 묻어나는 얼굴로 말을 끝맺었다.

“너, 분명히 이런 생각을 하고 있는 것 같긴 한데… 집어쳐.”

슬슬 달아오르던 화가 급속히 식어버렸다. 레전트는 룬이 어떤 표정 을 짓고 어떤 반응을 보이는지는 상관하지 않고 계속 말을 이어갔다.

“너, 너무 자신의 힘을 과소평가하고 있는 거 아니야? 솔직히 너 상 당히 강해. 물론 전사로서의 이야기야. 그 흑기사는 괴물이었으니까 어쩔 수 없었다고는 하지만… 넌 나를 보호하겠다는 생각 때문에 스스 로의 힘을 오히려 다 발휘 못하지? 저번의 그 지병이라는 녀석에게도 당할 만큼 넌 약한 놈이 아니야.”

룬은 아무 말도 하지 못했다. 틀린 소리가 아니었다.

“물론 의뢰인으로서의 나를 무시하라는 건 당연히 아닌데… 난 네 가 옛날에 보호했던 그런 보통 인간 하고는 다르다고. 생각해 보니까 너도 나 상당히 무시했구나. …이건 자존심 상하기는 해도 번번이 네 말에 넘어갔던 내 문제이기도 하니까 일단 넘어가도록 하고.”

사실이었다. 룬은 레전트를 너무 무시하고 있었다.

객관적인 입장으로 레전트의 전투력은 어디 내놔도 빠지지 않을 정 도였다. 어떤 의미로는 자신보다 더 강한 인간을 보호하겠다고 무의미 한 짓을 하던 중이라는 사실이 냉정하게 룬의 뇌리 속으로 파고들었다. 룬이 레전트를 보호하거나 도움을 준 적도 상당히 많지만 레전트도 룬 의 생명을 몇 번이나 구해주었다.

"룬 크리서드, 잘 알아둬. 나는 누구의 짐이 될 정도로 약하지 않아. 의지하라고까지는 말 못하겠지만 그 정도는 믿어보는 게 어때? 그리고 명령 하나 하겠어. 들어줄래?"

레전트는 룬이 뭐라고 대답을 하기도 전에 계속 말을 하기 시작했다.

"그 크라우드라는 녀석이 이쪽 일에 관여하지 말라고는 했지만 나는 지금 저기 불타고 있는 성이 굉장히 신경 쓰여. 그리고 그 공작 놈한테는 받을 빚도 있고. 티아스도 어떻게 될지 상당히 신경 쓰이거든? 자, 그럼 명령이다. 물론 너는 내가 고용한 인간인만큼 여기에 거부권은 없어. 거부하고 싶으면 그 칼이랑 돈 주고 네 갈 길 가는 거야. 알았지?"

룬은 레전트의 말에 밀려 다만 고개를 끄덕였다. 레전트는 그런 룬을 보더니 빙긋 웃으면서 말했다.

"가자."

순간 룬의 머리 속에서는 여러 생각이 지나갔다. 자신이 라이칸슬로프와 싸워서 이길 수 있었던 것, 그리고 여행을 떠나 불과 이 주 정도 되는 시간 동안 많은 일을 겪으며 이상할 정도로 자신의 정신이 성장할 수 있었던 것. 룬은 그것이 자신의 고용인, 레전트를 만나게 된 것 때문이라는 생각이 들었다.

"명령이라면."

무의식 중에 룬은 이 마법사를 짐으로 보호해야 할 대상으로 인식하고 있었다. 그뿐만이 아니다. 누구도 믿을 수 없었기에, 누구도 믿지 않았기에 수많은 전투에서 살아남았지만 그만큼 룬의 몸의 흉터는 점점 늘어가기만 했었다. 지금 생각해 보면 그 싸움들이 힘들었던 건 그 이유 때문인지도 몰랐다. 자신 혼자서 모든 짐을 떠맡으려고 했기 때문에.

"믿어보지."

믿는 것과 의지하는 것은 달랐다. 룬은 문득 그 사실을 깨달았다. 그리고 룬은 지금 공중에 서서히 날아오르며 자신에게 손을 뻗는 마법사, 레전트 페일 알카티온을 믿어보기로 했다.

"큐스일프에리스 카마르딜 크디파피 기라디마크 지타디레크… 티크프 디키디스 크스마스 네리디마디마프 리지큐 두딘 티크프레파 에하일프레 크……."

온통 암흑만이 가득 차 있는 방. 암흑 자체가 변질된 것과 같이 이상한 힘이 방 안을 가득 채우고 있는 방의 한가운데, 이벨은 그 방의 한가운데서 그 변질된 암흑을 토해내고 있는 검은 구슬을 만지작거리며 주문을 외우고 있었다.

"인간 놈들, 이 정도로… 이 정도의 죽음의 공포에 대항하지 못하는 약한 무리들… 크크큭… 나는 너희와 다르다… 다르단 말이다… 우욱!"

이벨은 계속 중얼거리다가 갑작스럽게 피를 토해냈다. 이미 그의 몸은 죽음과 공포, 암흑의 거대한 압박감을 이기지 못하고 점점 부스러지고 있는 중이었다. 하지만 이벨은 자신의 몸이 어떻게 변해가든 상관하지 않고 계속 주문을 외우며 구슬의 한가운데에 마법진을 그려 넣었다. 그러자 그 주위에 있던 네 구의 시신들의 모습이 점점 바뀌기 시작했다. 암흑이 시신들의 몸으로 스며들어 가자 시신들의 피부 아래로는 검은 피가 흐르고 푸석푸석하고 창백했던 피부도 검붉은 색으로 점점 변해가며 윤기가 돌기 시작했다.

"살아 있는 자는 죽음을 벗어나 영원히 살고… 죽은 자는 다시 살아나 영생을 누릴지니……."

누워 있던 시신들이 눈을 뜨기 시작했다. 비록 원래 눈동자가 있어야 할 곳에는 붉은빛의 구슬이 어지럽게 돌아다니고 있었기는 했지만 그들은 이미 살아생전의 모습과 크게 다른 것이 없을 정도로 변해 있었다.

"오오… 드디어 나의 염원이 이루어질 때가 왔다. 내가 나약한 인간들을 구원하는 거다. 전염병도, 굶주림도, 그리고 거기에서 오는 죽음도 더 이상 두려워할 필요는 없게 되리라."

"누가 그렇게 되기를 바란대?"

갑작스럽게 문이 부서지자 방 안의 암흑이 흔들리기 시작했다. 부서진 문틈으로 희미한 빛이 스미자 암흑이 비명을 지르며 흩어졌다. 이벨은 분노한 목소리로 막 문을 부수고 안으로 들어온 크라우드를 향해 소리쳤다.

"네, 네놈! 감히 여기가 어디라고… 이 쥐새끼 주제에!"

"쥐새끼고 자시고, 뭐? 당신이 인간을 구원해? 당신이 신이야? 아아, 그런 거 따지기는 귀찮아. 일단 나는 당신을 한 대 쳐야겠어! 물론 양해는 바라지 않을 테니까 욕할 테면 해!"

크라우드는 화난 목소리로 전격을 모으더니 바로 이벨을 향해 달려들었다. 이벨은 허둥거리기는 했지만 그 외의 아무런 행동은 하지 못했고, 크라우드는 이벨의 복부를 향해 전격이 가득히 모인 주먹을 날렸다.

이벨은 온몸을 부르르 떨더니 그대로 자리에 주저앉았지만 크라우드는 화가 식지 않았는지 막 쓰러지려 하는 이벨의 턱을 무릎으로 차

올렸다. 당연히 이벨은 막 뒤로 나가떨어지려 했지만 크라우드는 쓰러지는 이벨의 멱살을 잡고 외쳤다.

"뭔 짓을 하고 있는지 모르겠지만 당장 중지해! 이 대륙의 인간 누가 당신한테 기대기나 할 것 같아?"

"쥐새끼 같은 놈… 너 같은 하등한 인간이 나의 생각을 이해할 리가 없겠지. 그래, 너도 내 은총을 몸으로 받으면 알게 될 거다."

생각 같아서는 이벨을 죽여 버리고 싶은 크라우드였지만 이런 술법은 술사가 죽으면 오히려 멈추는 것이 불가능해지게 된다. 크라우드는 숨을 길게 몰아쉬고 멱살을 잡고 있는 반대 편 손으로 웃고 있는 이벨의 턱을 올려치고 나서 으르렁거리듯 말했다.

"그 따위 은총 받고 싶은 생각 없으니까 당장 중지시키지 못해?"

"늦었다. 이미 의식은 발동된 지 오래야. 밖에서 들려오는 비명 소리… 아마 너와 같은 쥐새끼들의 비명 소리겠지. 하지만 고통은 한순간이다. 결국 우리는 모두 영생을 누리게 되는 거야… 후후… 후하하하!"

크라우드는 미친 듯이 웃는 이벨의 턱을 다시 한 번 올려붙이려고 하다가 순간 이벨의 몸이 부풀어 오르는 바람에 이벨의 멱살을 놓치고 말았다. 크라우드의 손에서 벗어난 이벨의 몸은 옷을 찢으며 도저히 인간으로 보이지 않을 정도로 계속 부풀어 올랐고, 크라우드는 급히 숏 소드를 뽑은 채 전격을 뿜어냈다. 곧 숏 소드에 파란 불꽃이 튀기 시작했고 크라우드는 그대로 부풀어 오른 이벨의 몸을 향해서 검을 휘둘렀다.

키이이이잉—

하지만 숏 소드는 이벨의 피부에도 닿지 못하고 강렬한 쇳소리를 내

면서 팅겨내어지고 말았다. 크라우드는 팔을 지나 몸 전체를 떨리게
만드는 그 진동에 이를 악물어야 했다. 마치 부서지지 않을 만큼 단단
한 물체를 후려쳤을 때와 같이 느껴지는 진동. 마법적 성질이 충돌하
면서 만들어낸 그 진동은 크라우드의 뇌를 흔들어 크라우드는 잠시 자
신의 몸을 가누지 못했다. 그래서 막 자신의 귀에 들려오는 워라쿤의
급박한 목소리에도 아무런 행동을 할 수가 없었다.

"대장!"

"이익!"

시라닌은 쓰러져도 쓰러져도 다시 일어나서 달려드는 언데드들의
끈질김에 치를 떨어야 했다. 언데드가 얼마나 끈질긴지 몰랐던 것은
아니지만 지금 자신들을 공격하고 있는 이 언데드들은 그 끈질김의 강
도가 너무 심했다. 스켈레톤이나 좀비처럼 육체가 바스러지면 다시 못
일어서는 것같이 되면 좋으련만 이것들은 다리가 잘리면 팔로 땅을 짚
고서, 팔이 잘리면 몸으로라도 공격을 해오고 있었다.

상대방에게 육체가 있는 이상 어떻게든 쓰러뜨릴 방법이 있다고 생각
했었던 시라닌은 자신의 생각이 완벽히 틀렸다는 것을 느낄 수 있었다.

"후퇴해!"

최종적인 시라닌의 결정에 병사들은 기뻐하기는 했지만 지금은 도
저히 후퇴할 상황이 아니었다. 상대방이 검을 내려치며 이빨을 드러내
고 달려드는 이런 상황에서 후퇴를 한다는 것은 말도 안 되는 소리였
다. 하지만 시라닌의 말대로 후퇴하지 않으면 지금 이곳에서 살아날
사람은 없게 될지도 몰랐다. 시라닌은 자신의 철궁에 얻어맞고 일어서
려 하는 지병의 가슴에 폭시를 꽂아버리며 소리쳤다.

"어떻게든 살아남아서 후퇴하라! 후… 퇴?"

시라닌이 내뱉던 말이 마지막에 기묘한 울림을 내며 흩어졌다. 막 폭시를 박아 넣은 시체에서 물러서던 시라닌은 그 자리에서 몸을 떨며 쓰러지고 있는 언데드들을 보면서 아무런 말도 하지 못했다. 그것은 병사들도 마찬가지였다. 죽을힘을 다해서 싸우던 상대가 그대로 쓰러지는 이 상황은 참으로 어처구니없는 것이니까.

"뭐, 뭐야 이거?"

아무 말도 하지 못하고 가쁜 숨을 몰아쉬며 그대로 멈춰 버린 병사 중 한 명이 어이없다는 듯이 말을 내뱉자 다른 병사들도 동감하는 눈빛으로 고개를 끄덕이거나 각자 한마디씩 중얼거렸다.

시라닌도 마찬가지로 가만히 있다가 뒤쪽에서 조금 전 자신이 꽂아 넣은 폭시가 터지면서 큰 소리를 내자 정신을 차리고 병사들을 뒤로 물러서게 했다.

"궁수들 폭시 장전! 목표는 쓰러져 있는 언데드들!"

그 소리를 듣자 병사들은 급히 폭시의 사정권 바깥으로 벗어났고 궁수들은 하나둘씩 폭시를 활에 재기 시작했다. 시라닌은 어떤 일이 일어나서 저 언데드들을 지탱해 주던 힘이 끊어졌다고 생각했다. 하지만 그 힘은 어떤 형태로든 다시 발동될 수 있었다. 그런 상황을 생각한다면 그 힘이 발휘되는 육체를 사라지게 만들어 버려야 했다.

"발사!"

시라닌의 외침과 함께 폭시들이 지병들의 위로 쏟아지기 시작했다. 도화선을 짧게 자른 폭시들은 번개가 떨어지는 듯한 커다란 소리를 내며 폭발했고 근처에 있던 병사들은 그 엄청난 소리에 눈을 찌푸리며 귀를 막았다. 그 소리는 폭시가 바닥이 날 때까지 계속되었다. 저 언데드들이 얼마나 끈질긴지 알고 있는 그들로서는 만에 하나라도 저들이 다시 일어나서 자신들에게 덤비는 게 얼마나 무서운 일이 될지 알고 있었다.

콰콰콰콰콰쾅―!

폭약의 살상력은 대단히 뛰어나며 그에 비례하여 폭약의 폭발력이 클수록 그만큼 소음이 커진다. 귀마개를 하고 있는 궁수들이나 귀를 막고 폭발로부터 등을 돌리고 있는 병사들도 귀가 멍멍해지는 효과를 느낄 수 있었다. 곧 폭시가 바닥이 날 때쯤 지병이 쓰러져 있던 곳에서 불똥이 바람을 타고 휘날리기 시작했다.

이미 지병들의 사체는 그 본모습을 짐작하기 거의 불가능한 모습으로 분리되어 온 사방에 흩어져 불타고 있었다. 동물성 기름은 기름인 만큼 잘 타지만 그만큼 상당히 참고 맡기 어려운 냄새를 동반한다. 병사들은 그 냄새에 코를 막고 뒤로 물러서다가 갑자기 위에서 들려오는 소리에 전부 고개를 들었다.

차창―

요란한 소리와 함께 투명한 유리 조각들이 달빛을 반사하며 비산했다. 그리고 그와 동시에 성 한가운데에 있던 탑의 맨 꼭대기에서 한 남자가 막 한 여자를 끌어안고 땅을 향해 떨어져 내렸다. 시라닌은 그런 갑작스러운 상황에서도 그 여자의 등을 향해서 주먹을 찔러 넣는 그 남자가 누군지 알아볼 수는 있었다.

"크라우드?"

그 여자는 크라우드의 주먹질에 반응하는 대신 검은색의 날개를 펼쳤다. 보통 성인 신장의 두세 배는 가볍게 넘어 보이는 날개가 그 여자의 등에서 솟아 나오자 그들의 몸은 바람을 타고 떨어지는 속력이 늦쳐졌다. 하지만 크라우드는 그 날개에 숏 소드를 찔러 넣은 다음 전격을 흘려 넣었고 그 여자는 한쪽 날개가 제 역할을 하지 못하자 중심을 잡지 못하고 성벽을 향해 날았다.

"키에에에에에— 엑!"

마치 하피가 내지르는 소리처럼 끔찍한 여자의 비명 소리가 고요해진 성벽의 안쪽에 가득히 울려 퍼지다가 뭔가에 의해 멈춰지기라도 한 듯 갑작스럽게 중지됐다. 그 여성은 자신이 부딪친 성벽에 그로테스크한 검은 핏자국을 남기면서 미끄러져 땅으로 추락했다.

그들이 떨어진 성벽의 잔해에서 뿌옇게 돌 가루가 날려 시야가 가려졌고 곧 이어 비명 소리와도 혼동될 만큼 처절한 고함 소리가 그곳에서 퍼져 나왔다.

"크아아아악! 젠자앙!!"

모두가 눈을 엷게 감을 정도로 밝은 빛이 무너진 잔해 사이에서 뿜어졌다. 그리고 잠시 후 크라우드가 그 먼지구름을 헤치며 병사들 사이로 걸어나오자 모두들 깜짝 놀랐다. 왼팔에서는 구멍이 뚫려 피가 흘러나오고 있었고 그 외에도 온몸에 크고 작은 상처가 말도 못할 정도로 나 있었다.

병사들은 급히 비틀거리는 크라우드를 부축했고 시라닌은 가쁜 숨을 몰아쉬는 크라우드에게 가까이 다가갔다. 아까 그 언데드들이 쓰러지는 것을 보고 크라우드들이 일을 제대로 했기 때문이라고 생각했던 시라닌이었다. 그런데 지금 이 크라우드의 모습은 그런 시라닌의 생각을 뒤집고 있었다.

"크라우드! 도대체 이게 무슨 일이야? 저 여자는?"

"그… 헉, 헉… 빌어먹을… 공작 자식… 크……!"

그때 뭔가가 돌 가루를 주위로 흩날리며 공중으로 날아올랐다. 모두들 깜짝 놀라서 아무런 행동도 하지 못하는 사이에 그 여인은 어느 사이에 검은 날개를 펴고 탑 주위를 빙글빙글 돌며 날기 시작했다. 떨어지던 속력을 거의 그대로 살려서 단단한 성벽에 부딪쳐서인지 그 여인의 머리에서는 검은 핏물이 가득 배인 누런 뭔가가 흘러나오고 있었다. 하지만 그 상처는 마치 시간을 급속히 흘려 보내는 것처럼 빠른 속력으로 점차 치유되고 있었다.

"가벼운 상대가 아니야. 빨리… 빨리 후퇴해. 우리만으로는 도저히……."

그때 탑이 무너져 내리기 시작했다. 정확히는 방금 크라우드가 떨어진 탑의 맨 위쪽 부분이 점차 무너져 내렸다. 꽤 오랜 세월 동안 그 자리를 지켰을 돌들이 탑 안쪽으로부터 가해지는 강한 압력을 이기지 못하고 무너져 내리자 그 사이에서 뭔가가 모습을 나타냈다.

건너편 세계에서 소환되어 시체에 기생하는 마물. 카오스 엔젤들은 자신에게 육체를 가져다 준 자신들의 계약자를 지키기 위해서 검은 날개를 펴고 하늘로 날아올랐다.

"젠장, 역시 죽지 않았… 쿨럭!"

네 명의 카오스 엔젤들이 성을 빙글빙글 돌기 시작한 지 얼마 되지 않아서 뭔가가 탑의 한가운데에서 천천히 일어나기 시작했다. 카오스 엔젤들의 검은 날개와는 판이하게 다른, 마치 상아를 깎아만든 것처럼 윤기를 내며 빛나는 흰빛의 날개가 뻗어졌다. 하지만 그 날개는 그 주인의 몸을 공중에 떠우게 해줄 것 같지는 않은 모습을 하고 있었다. 뼈로 짜여진 날개는 공기를 탈 수 없는 것이다.

"성공했나? 그래, 성공한 건가? 크크크… 그래, 나는 성공한 거다!

나는 이제 죽음에 괴로워하고 죽음을 두려워하는 인간이 아니야! 크하하하하하!!"

해골이 등에 날개를 달고 광소하고 있는 모습은 어떻게 보면 웃기게 보일 수도 있는 광경이었다. 하지만 병사들은 웃는 대신 몇 발자국씩 뒤로 물러서는 쪽을 택했다. 머리보다 몸이 먼저 그 해골에서 느껴지는 공포를 받아들인 것이었다.

"빨리 도망치라니까, 이놈들아!"

크라우드의 말이 떨어지자 넋을 빼놓고 있던 병사들이 급히 성벽 바깥으로 뛰쳐나가기 시작했다. 하지만 완전히 모습이 변해 버린 이벨은 계속 광소하기만 할 뿐 아무런 행동도 하지 않았다.

"폭시 남은 녀석들! 장전한다! 목표는 저 탑 꼭대기에 있는 해골!"

시라닌도 넋을 빼놓고 있다가 급히 주위에 있는 궁수들에게 명령을 내렸고 궁수들은 급히 폭시를 활에 재기 시작했다. 하지만 이벨은 밑에서 무슨 일이 벌어지든 신경 쓰지 않고 희열에 찬 광소를 끊임없이 내뱉을 뿐이었다.

"그것을 내놔라."

도리도리.

티아스는 고개를 흔듦과 동시에 자신에게 내려쳐지는 거대한 검을 피해냈다. 저번에도 시드리칸에게 당한 적이 있는 티아스는 이번에는 결코 방심하지 않겠다고 다짐하고 있었던 것이다. 물론 저번의 그 싸움은 전투에서의 노련함이 문제였겠지만.

시드리칸의 모습은 상당히 많이 망가져 있었다. 근거리에서 폭시 수십 발이 터지는 폭발력은 아무리 그의 갑옷인 어둠이 단단하다고 하더라도 완전히 견딜 수 있는 종류의 것이 아니었다.

갑옷의 여기저기가 찌그러지고 구멍이 난 모습은 볼썽사나운 모습이었지만 시드리칸은 그에 신경 쓰지 않고 자신의 눈앞에 다시 나타난 티아스를 노리고 예리하게 검을 휘둘러 댈 뿐이었다. 성에서 소란이 벌어지는 이때에 자신이 이곳에 있다는 것은 원래 말도 안 되는 소리였지만 지금 티아스는 자신의 주인이 바랐던 그것을 손에 쥐고 있었다.

"내놓으면 목숨만은 살려주마! 어차피 너희가 인간 세상에 관여할 이유는 없잖느냐!"

티아스는 시드리칸의 외침에 고개를 강하게 흔들었다. 시드리칸을 납득시키기 위해서가 아니다. 바로 자기 자신을 납득시키기 위해서였다. 순간 은빛 머리카락에 가려져 있던 티아스의 오른쪽 귀에 엷게 새겨져 있던 은빛 문신이 빛났다. 그 빛은 짧은 시간에 피가 혈관을 타고 달리듯 티아스의 오른쪽 팔을 뒤덮었고, 시드리칸은 그 빛에 헬름 아래의 얼굴을 찌푸리며 검을 휘둘렀다.

"어디서 헛수작을!"

하지만 티아스는 그 공격을 피하지 않은 대신 빛이 휩싸인 팔을 앞으로 내밀었다. 원래대로라면 티아스의 팔 정도는 가볍게 절단할 정도의 기세로 내려쳐지던 시드리칸의 검이 티아스의 손에 잡혀졌다. 시드리칸은 자신의 검을 잡아버린 티아스의 손을 뿌리치고 다시 자세를 바로잡으며 의외라는 듯 중얼거렸다.

"성수화? 몸의 일부를 성수화한 건가? …하지만 그렇다고 네가 나를 이길 수 있을 것 같은가! 주인님에게서 힘을 받은 이 나를!"

티아스의 오른팔은 은빛 털로 뒤덮여 있었고 손에는 짐승에게서나 찾아볼 수 있을 법한 길다란 발톱이 자라나 있었다. 몸의 일부를 자신이 다루는 성수의 일부분과 같이 만드는 성수화는 수인화보다 훨씬 어려운 기술이다. 물론 원래대로라면 티아스도 사용하는 것이 불가능한 기술이지만 대사제는 어린 티아스에게 위험이 닥칠 것을 생각해서 제한된 성수화를 사용할 수 있는 주문을 티아스에게 걸어주었다.

시드리칸은 성수화를 보고 약간 놀랐을 뿐 다시 두려워하지 않고 검을 휘둘렀다. 아무리 성수화로 날카로워진 발톱이라고 해도 어둠을 찢을 만큼 큰 위협은 되지 않는다고 생각한 것이다. 하지만 티아스는 막 자신에게로 내려쳐지는 검을 피해냄과 동시에 오른손으로 시드리칸의 머리를 후려갈겼다. 시드리칸은 성수와 티아스의 힘이 그대로 담긴 손바닥이 자신의 머리를 후려치자 순간적으로 눈앞이 깜깜해질 정도로 강한 충격을 받고 비틀거리며 놀라워했다.

'이, 이 정도였던 건가?

티아스도 그나마 몸이나 팔다리보다는 머리를 치는 것이 더 효과가 클 것 같아서 머리를 공격했던 것이었지만 의외의 효과에 다시 한 번 공격을 가하려고 하다가 이번엔 시드리칸이 휘두른 검을 피해 멀찍이 뒤로 물러섰다. 시드리칸은 머리를 흔들어 정신을 차리고 다시 자세를 바로잡으며 중얼거렸다.

"왜 저번에는 그걸 쓰지 않았지? 썼었다면 나에게 그렇게 일방적으로 당하지는 않았을 텐데… 아니, 그 힘이라면 나를 죽일 수도 있었을 거다."

"……."

티아스는 그저 아랫입술을 깨물며 다시 오른팔을 앞으로 내밀었다. 잠시 동안의 대치 상태가 지속되었지만 곧 시드리칸은 땅이 약간 울릴 정도로 강하게 땅을 내디디며 티아스를 향해 달려왔다. 티아스는 시드리칸의 검을 움켜잡기 위해서 오른손을 쫙 폈고, 시드리칸은 그런 티아스를 향해서 아무런 형식 없이 오직 힘만을 실어 검을 휘둘렀다.

키아아악—

그때 시드리칸은 갑자기 자신의 눈앞이 캄캄해지는 것을 느꼈다. 곧 이어 뭔가가 시드리칸의 머리를 후려쳤고, 시드리칸은 아까와 그다지 다르지 않을 정도로 강한 일격에 하마터면 뒤로 넘어질 뻔하다가 겨우 중심을 잡았다.

티아스는 갑작스럽게 일어난 상황을 제대로 정리하지 못했다. 티아스의 눈에는 갑자기 뭔가가 자신의 눈앞에 나타나더니 엄청난 속력으로 시드리칸을 후려치고 나서 비틀거리는 시드리칸의 등 뒤로 착지하는 것이 보였을 뿐이었다. 그것은 엄청난 속력을 이기지 못했는지 땅을 몇 바퀴나 구르다가 벌떡 일어서서 손을 털었다.

"손이 아프군."

"크, 크윽! 네놈!"

시드리칸은 방금 자신을 공격하고 나서도 상당히 무심하게 들리는 목소리에 분노하며 티아스가 있는 것을 잊어버렸는지 뒤를 돌아보았다.

"나이스 타이밍은 아니지만 그럭저럭 괜찮은 것 같지?"

티아스는 자신의 머리 위에서 들려오는 밝은 목소리에 고개를 들었다.

"아, 티아스 양, 괜찮아요?"

"…어째서. 왔죠."

"그런 표정 짓지 말아요, 짐은 되지 않을 테니까."

한편 갑옷 여기저기가 구멍이 뚫리고 찌그러진 시드리칸을 바라보던 룬은 창을 몇 바퀴 돌리더니 자세를 잡으며 특유의 무심한 말투로 시드리칸을 향해 말했다.

"꼴이 말이 아니군."

"한 번 죽을 뻔한 놈이 살아 나가더니 간이 부었나 보구나!"

"글쎄."

룬은 막 자신을 향해서 휘둘러지는 검을 피해내고 창을 꽉 움켜잡았다. 전에는 갑옷에 틈이 없었지만 어쩐 일인지 지금 시드리칸의 갑옷 여기저기에는 구멍이 나 있었고 찌그러져 있는 곳도 있었다. 룬은 갑옷이 몸이 약한 생명체가 그 몸을 방어하려고 만든 수단이라는 것을 알고 있었다. 갑옷은 인공적인 껍질에 지나지 않았다.

최대한 땅에 몸을 밀착시켜서 허리께를 가로지르는 시드리칸의 검을 피해낸 룬은 수없이 많이 보이는 시드리칸의 빈틈에서 가장 치명적으로 적에게 충격을 줄 수 있을 것 같은 빈틈을 찾아내서 창을 찔러 넣고 비틀었다.

창날이 갑옷 속의 시드리칸의 몸을 헤집었고 시드리칸은 오랜만에 느껴보는 날카로운 공격의 통증에 놀라며 몸을 휘청거렸다.

"크아아악! 이, 이익!"

룬은 창이 뭔가 부드러운 것을 파고들어 가는 것을 느낌과 동시에 자신을 향해 내려쳐지는 시드리칸의 검을 보았다. 시드리칸이 검을 휘두르며 몸을 트는 바람에 창을 회수할 겨를이 없었던 룬은 창을 놓고 급히 몸을 뒤로 빼면서 이터를 뽑아 들었다. 아직 완전하지는 않았지만 이터의 날은 어느 정도 재생되어 있었다.

"네놈! 감히, 감히 이 몸에 상처를 입히다니!"

시드리칸은 허리쯤에 박혀 있는 창을 빼내서 아무렇게나 던졌다. 갑옷 사이로 검고 끈적끈적해 보이는 액체가 쏟아지기 시작했다. 보통 인간이라면 그대로 절명할 수도 있는 치명적인 상처였다. 룬은 자신이 상대방의 폐를 가르고 창자를 찢어냈다는 것을 알고 있었다. 하지만 시드리칸은 그런 통증은 상관하지 않고 검을 휘둘러 왔다.

"죽여주… 크악!"

시드리칸은 말을 끝맺기도 전에 비명을 질렀다. 레전트가 불러낸 마법의 뇌전이 시드리칸의 머리 위에 내리꽂힌 것이다. 부서진 암흑은 뇌전으로부터 착용자를 완벽히 지키지 못했다. 어둠의 틈으로 스며든 뇌전이 상처 입은 시드리칸의 육체를 강타했다.

시드리칸은 분노했다. 자신이 인간에게 당했다는 것이 치욕스러웠다.

"빌어먹을 인간 놈들!"

시드리칸은 막 자신을 향해 달려드는 룬을 향해 검을 쳐들었다. 뇌전으로 수축된 근육이 마음대로 움직이지 않았지만 시드리칸은 의지로 몸을 움직였다.

룬은 갑옷 사이를 찌를 틈새를 재빨리 살피며 디스트럭션을 외쳤다. 원래대로라면 마력탄이 저 갑옷을 꿰뚫을 수 있는지 장담할 수 없었지만 지금은 확실한 틈이 있었다.

이터에 마력이 감기며 룬의 몸을 서서히 압박했다. 룬은 자신을 향해 떨어지는 투 핸드 소드를 오른쪽으로 피해내며 왼팔의 건틀릿으로 검의 옆면을 후려쳤다. 육중한 반동이 룬의 팔을 지나 어깨로 스며들었지만 별다른 충격은 없었다. 시드리칸은 팅겨 나가 버린 검을 회수하는 것을 포기하고 대신 자신의 코앞까지 접근한 룬을 향해서 발길질을 했다.

퍼억—

하지만 이번에는 룬이 피하기도 전에 시드리칸의 뒤쪽에서 나타난

티아스가 수인화가 걸려 있는 오른손으로 시드리칸의 머리를 강하게
후려갈겼다. 시드리칸의 머리를 감싸고 있던 헬름이 박살나며 헬름의
아래에 숨겨져 있던 시드리칸의 얼굴이 드러났다. 시드리칸은 당황하
는 얼굴로 자신을 향해 뛰어드는 룬을 바라보았다.

"네, 네놈들!"

룬은 시드리칸의 갑옷의 틈새로 이터를 강하게 찔러 넣음과 동시에
회수했다. 마력탄이 텅 빈 공간을 통과하여 시드리칸의 육체를 갈기갈
기 찢으며 갑옷의 등 부분에 충돌했다.

쾅!

뭔가 터지는 듯한 소리가 나며 시드리칸의 육중한 몸이 허공을 날았
다. 마력탄은 어둠을 파괴시키지는 못했지만 대신 어둠과 충돌하여 사
라지며 막대한 운동 에너지를 진행 방향으로 쏟아 부었다.

잠시 허공을 날던 시드리칸의 몸이 요란한 소리를 내며 바짝 마른 땅
위로 떨어졌다.

인간이라면 회생이 절대로 불가능한 상처였다. 아니, 오거라도 불가
능했다. 시드리칸의 허리는 마력탄의 폭발력에도 용케 끊어지지 않은
상태였다. 지금 이 자리에서 다시 일어나지 못하고 죽어도 이상하지
않을 상처였다.

"제, 제법이군… 감히 이 나에게……."

부서진 헬름은 더 이상 시드리칸의 얼굴을 가리지 못했다. 갑작스럽
게 불어닥친 가을바람이 짧은 검은 머리를 휘날렸다. 하지만 시드리칸
의 검은 머리카락은 룬의 것과 달랐다. 뭔가에 변질된 것 같은 푸석푸
석한 그런 검은 머리카락이었다.

시드리칸은 상처에서 검은 체액이 꾸역꾸역 밀려 나오는데도 투 핸

드 소드를 땅에 꽂고 일어서려 했다. 룬은 어둠 저편에서 서슬 시퍼렇게 번뜩이는 시드리칸의 눈동자를 바라보며 다시 이터를 바로잡았다. 죽일 수 있을 때 죽인다. 시드리칸이 원래의 몸 상태를 회복해서 이쪽을 치러 온다면 이길 자신이 없었다.

룬은 킬 블레이드가 발동된 이터를 높이 쳐들었다. 헬름이 날아간 머리 부분을 노린다면 확실히 죽일 수 있을 것 같았다.

"이번엔 너희가 이긴 것으로 쳐주마!"

시드리칸은 쥐어짜듯 소리치며 날개를 펼쳤다. 하지만 룬은 이 뒤의 상황을 고려하고 싶은 생각이 전혀 없었다. 이터가 대기를 찢어내기 위해 크게 내려쳐졌다. 마력이 실린 이터는 어김없이 대기를 얇게 찢어내며 진공파를 형성시켰고 진공파는 시드리칸의 머리를 노리고 대기를 질주했다.

텅!

갑자기 하얀 뭔가가 진공파의 진행 방향에 섰다. 진공파는 그 하얀 뭔가에 부딪치자 간단히 소멸되고 말았고 룬은 눈을 찌푸렸다. 룬은 고개를 돌려서 이쪽을 바라보고 있는 티아스를 노려보았다.

"왜 막는 겁니까?"

룬은 펜릴을 조종해 진공파를 막아낸 티아스를 향해 말하며 다시 킬 블레이드를 쓰려는 자세를 취했다. 티아스의 생각이야 어찌 됐든 룬은 시드리칸을 죽이기 위한 행동을 멈추고 싶은 생각이 없었다. 그러자 방금 진공파를 막아냈던 펜릴이 갑자기 룬에게 뛰어들더니 이터를 쥐고 있는 팔을 물고 늘어졌다. 룬은 이것이 노마인이 알에게 사용했던 속박의 술법과 같은 것이라고 생각했다. 고통은 느끼지 못했지만 팔이 움직여지지 않았다.

"미안해요. 하지만 나. 그냥 죽게. 놔둘 수는……."

"레전트!"

룬은 티아스의 말을 끝까지 들으려고 하는 대신 아직 공중에 떠서 이 상황을 내려다보고 있을 레전트의 이름을 외쳤다. 레전트는 상황을 정확히 파악하고 재빨리 매직 미사일을 캐스팅했다. 곧 여섯 개의 빛덩이가 시드리칸을 노리고 날아들었지만 시드리칸은 자신의 날개를 있는 힘껏 펼쳐 빛덩이들을 막아냈다.

"너, 인간. 앞으로 다시 볼 날이 있을 거다! 너와 저 마법사, 그리고 저 수인족 계집년은 반드시 내 손으로 죽여주겠다!"

박쥐의 피막과도 같은 거대한 날개가 펼쳐지자 시드리칸의 몸이 공중으로 날아올랐다. 레전트가 재빨리 다른 마법을 캐스팅하려고 했지만 펜릴들이 하늘 위로 올라가 레전트의 팔다리를 물고 늘어져 그가 마법을 사용하지 못하게 했다. 룬은 시드리칸의 모습이 성 저편으로 사라지는 것을 보며 이를 악물어야 했다.

잠시 후 룬을 묶고 있던 펜릴은 속박을 풀고 티아스에게 돌아갔다. 룬은 이터를 검집에 넣고 일단 한숨을 쉬었다. 그리고 땅을 바라보며 머뭇거리고 있는 티아스에게 걸어갔다. 티아스는 그에게서 눈을 돌리고 땅을 바라보고 있었다. 룬은 그런 티아스의 모습이 야단맞을 것을 각오한 어린아이와 비슷하다고 생각하며 입을 열었다.

"그 녀석을 살려두면 앞으로 어떤 일이 일어날지 모릅니다."

"…미안해요."

"미안하다고 될 일입니까!"

막 하늘에서 내려오던 레전트는 룬의 화난 음성을 듣고 깜짝 놀라며 움찔거렸다. 하지만 룬의 격렬한 반응에도 티아스는 침착하게 다시 한 번 말할 뿐이었다.

"미안해요."

룬은 아무런 행동도 하지 못했다. 가슴 깊은 곳에서 뭔가 울컥하는 기분이 들자 룬은 반사적으로 손을 뻗어 티아스의 어깨를 꽉 움켜잡았다. 하지만 그 이상의 행동은 하지 못했다. 룬은 이런 기분에서 자신이 어떤 행동을 해야 할지를 알지 못하고 있었다.

티아스는 자신의 어깨를 꽉 움켜쥔 룬의 힘에 얼굴을 살짝 찡그렸지만 룬의 손을 뿌리치지는 않았다. 룬은 잠시 후 짧은 한숨을 내쉬며 티아스의 어깨를 움켜잡았던 손을 치웠다.

"무슨 일이야? 그 녀석 왜 그냥 보낸 건데?"

"모르겠다. 티아스 양에게 묻도록."

레전트는 평소 때보다 더 더욱 딱딱하게 굳어버린 룬의 얼굴을 보며 무안스러운 듯 뒤통수를 긁적였다. 잠시 둘의 상태를 지켜보던 레전트는 고개를 내저으며 룬을 향해 말했다.

"성에서 무슨 일이 일어난 건지는 모르겠지만 그 괴물 기사 녀석이 그렇게 만신창이가 됐을 정도라면 가벼운 일은 아니겠는데… 어쩔래? 살려둘 생각 없지?"

"그래."

룬은 바닥에 떨어져 있는 창을 집어 옷깃에 체액을 닦았다. 그러는 동안에도 티아스는 여전히 우울한 표정으로 땅을 바라보고 있었다.

"티아스, 미안하지만 좀 기다려 줄래요? 아니면 따라와도 좋고."

"…따라갈게요."

티아스는 레전트의 말에 작게 대답했다.

룬은 레전트에게 매달린 채 하늘을 날아가기 시작했고 티아스는 빠른 속력으로 둘의 뒤를 쫓았다. 아직 기회는 있었다. 룬은 무슨 일이 있어도 이런 절호의 기회를 놓칠 생각이 없었다. 그러는 한편 룬은 왜 티아스가 그 기사를 놔줬는지에 대해서도 생각했다.

며칠 전 티아스가 입었던 상처는 결코 가벼운 상처가 아니었다. 치명적이라면 치명적일 수도 있는 상처였다. 그리고 티아스에게 그런 상처를 준 자가 누구인지 대충 예상할 수 있었다.

자신의 목숨을 노렸던 자를 살려 보낸다는 것은 룬에게는 절대로 이해되지 않는 행동이었다. 앞으로도 이해할 수 없을지도 몰랐다. 하지만 룬은 창을 꽉 움켜잡았다. 그리고 티아스가 또다시 자신을 방해할 경우의 일을 생각했다.

룬은 티아스를 해칠 수 없었다.

인간의 정이나 그런 것 때문이 아니었다. 룬과 티아스는 힘의 차이가 너무나도 명확했다. 객관적인 입장에서 오히려 티아스가 그 기사에 비해서 더 강해 보였다. 하지만 티아스가 방해를 한다고 해도 어떻게 해서든 그 기사를 처리해야 했다. 룬은 그렇게 되새기며 불타오르는 성을 주시했다.

"성이… 윽?"

레전트가 당황하며 갑작스럽게 멈춰 서자 룬은 날아가던 힘을 이기지 못하고 공중에서 크게 휘둘러졌다. 룬은 떨어지지 않기 위해서 레전트를 더욱 꽉 움켜잡았고 레전트는 얼굴을 찌푸리면서 성을 바라보았다.

"큭, 역시 그 성주 놈… 뭔가를 꾸미고 있었던 건가?"

성의 한가운데에 있던 탑의 꼭대기가 무너져 내림과 동시에 썩은 시체가 타는 냄새와 함께 이상한 기운이 가을바람에 실려 레전트와 룬을 휩쓸었다.

레전트는 코를 막아버리고 싶었지만 룬을 잡고 있는 손을 놓을 수 없었기 때문에 얼굴을 찡그리기밖에 할 수 없었다. 레전트는 고약한 냄새와 함께 신경을 거슬리는 그 이상한 기운의 정체를 정확히 집어냈고 룬도 곧 그게 뭔지 깨달았다.

"뭐지 이건?"

"이 정도의 마기라… 솔직히 상대하기 싫은데."

레전트는 신음과 비슷한 소리로 중얼거렸다. 평소에는 그저 약간 끈적거리는 정도로 느껴지던 마기가 몸을 강하게 짓누를 정도가 되어 있었다. 마법사인 레전트는 그 느낌을 룬의 몇 배 이상으로 느껴야 했고 자신도 모르는 사이에 조금씩 뒤로 물러서고 있었다.

"그냥 가는 게 좋지 않을까?"

룬은 레전트의 말에 고개를 끄덕였다. 조금 아쉽기는 해도 별수없었다. 룬도 지금 느껴지는 마기가 굉장히 위험하다는 것을 직감할 수 있었다. 그 마기는 인간으로서 맞설 생각을 희석시킬 만큼 강하게 룬과 레전트의 온몸을 짓눌렀다.

하지만 티아스는 달랐다. 티아스는 그 마기가 느껴지자 오히려 속력을 올렸다. 레전트는 그런 티아스를 향해 뭐라고 소리치려 했지만 이미 티아스는 성벽을 박차고 올라가고 있었다.

"마기를 봉인하고 제거하는 것이 티아스의 임무라면 그냥 지나칠 수는 없는 거겠지… 당연하기는 하지만……."

"……."

"어쩌지?"

"돌아가고는 싶지만."

“응?”

룬은 슬슬 다시 화가 나기 시작했다. 앞뒤가 맞지 않는 티아스의 태도 때문인지, 아니면 다른 이유 때문인지는 몰라도 룬은 그런 티아스의 행동이 마음에 들지 않았다. 그리고 이대로 놔두고 갈 수는 없다는 생각이 들었다.

‘어색하니까.’

어색하다는 말은 틀릴지도 몰랐다. 하지만 지금 룬은 뭔가 적당한 다른 말이 떠오르지 않았다. 지금 이 순간에는 그저 이런 느낌으로 표현할 수밖에 없었다.

“티아스가 올라가고 있는 성벽 위로. 빨리.”

레전트는 룬의 말에 아무런 군소리를 하지 않고 재빨리 성벽 위로 날아갔다. 티아스는 빠른 속력으로 성벽을 ‘뛰어서’ 올라가고 있었다. 직각에 가까운 성벽을 뛰어서 올라가는 것은 일반적으로 볼 수 없는 광경이었다. 중력이 티아스의 몸을 끌어당길 때마다 티아스는 수인화가 걸려 있는 오른손을 성벽에 박아 넣으며 중심을 잡은 후 다시 성벽의 틈을 박차며 위로 뛰어 올라갔다.

레전트는 티아스가 성벽 위에 올라가기 전에 아슬아슬하게 성벽 위에 도달할 수 있었다.

타다닥— 휘릭—

돌벽을 걷어차는 소리가 연속으로 들리더니 티아스가 성벽 위로 모습을 드러냈다. 티아스는 공중에서 한 바퀴 회전을 하더니 그대로 성벽 위로 가볍게 착지했다.

“싸울 겁니까?”

티아스는 아주 작게 고개를 끄덕였다. 룬은 그 기운이 느껴지는 쪽을 향해서 고개를 돌렸다. 아직 그것의 모습은 보이지 않고 있었다. 하지만 룬은 그 마기와 함께 자신의 몸을 압박하는 뭔가를 느꼈다.

죽음에 임박했음을 알리는 뭔가가 심장에서 고동치고 있었다. 먼지가 뿌옇게 흩날리는 탑의 꼭대기에서는 뭔가 좋지 않은 것이 사방으로 흘러가고 있었다. 룬은 주변의 공기에 실려 부딪쳐 오는 그 기운이 몸에 닿을 때마다 몸이 차가워지며 심장 박동조차 느려지려고 하는 것을 느끼고 온몸에 힘을 넣고 정신을 똑바로 차리려 노력했다.

레전트도 결코 좋은 기분이 아니었다. 처음 느껴보는 뭔가가 몸속의 마력을 흩트리며 점차 몸 안으로 스며들어 오려고 하고 있었다. 레전트는 몸속의 마력을 유지하려고 하며 있는 힘껏 그 기운을 몸 바깥으로 밀어내었다.

룬은 유일하게 정상을 유지하고 있는 티아스를 향해서 입을 열었다. 자신들을 해칠 수도 있는 잠재성을 가진 자를 살려 보내면서도 이런 큰 뭔가에 대항하려고 하는 건 이성적으로 올바르지 않은 행동이었다.

"그러니까 도대체 왜 그를 살려 보……."

콰콰콰콰쾅!

룬은 더 이상 말을 잇지 못했다. 안구가 타 들어갈 만큼 강렬한 빛이 순간 퍼졌고 그와 거의 동시에 엄청난 폭음이 사방으로 퍼져 나갔다. 빛과 소리가 강하게 퍼져 나가는 순간 룬은 본능적으로 레전트의 머리를 내리누르며 자세를 낮췄다.

등 뒤로 머리카락이 지직거리는 소리를 낼 정도로 엄청나게 뜨거운 바람이 스쳐 지나갔다. 그 바람은 룬과 레전트를 성벽으로 떠밀어 버릴 것처럼 강하게 몰아닥쳤고 티아스조차 눈을 감고 자세를 숙이며 정면에서 불어닥치는 열풍에 대항해야 했다. 주위에서 흐르던 그 이상한 기운조차 어디론가 사라질 정도로 격렬하고 뜨거운 열풍이었다. 잠시 후 룬은 고개를 들고 그 폭발이 일어났던 곳을 바라보았다.

완전히 걸레가 되어버린 뭔가가 공중에 떠 있었다. 붉게 달아오른 금속 조각이 급격히 식어가자 잠시 그것이 무엇인지 알아보지 못했던 룬은 그것이 무엇인지 깨달았다. 조금 전만 해도 갑옷이었던 그 검은 금속 조각들은 어떤 힘에 의해서 공중에 둥둥 떠 있었다.

처참하지는 않았다. 폭발의 중심에 서서 이벨에게 쏟아지던 폭시를 막아낸 시드리칸의 약한 육체는 흔적도 없이 사라져 있었다. 진공파조차 흠집밖에 내지 못했던 어둠조차 갈가리 찢겨지는 그 폭발의 한가운데에서 형체를 유지하기에는 살아 있는 생명체의 몸은 너무나도 약했다.

"뭔가 시원섭섭하군."

룬은 그 목소리에 흠칫 놀라 고개를 들고 정면을 바라보던 레전트의 중얼거림에 무의식 중에 반응하여 고개를 끄덕였다. 어쩌면 이곳까지 온 것이 헛수고가 되어버린 걸지도 몰랐다.

『나의 충실한 종, 나의 기사 시드리칸… 다시 태어나는 거네. 이 죽음은 결코 죽음이 아닐 것이야. 신이 인간에게 내린 형벌인 죽음, 우리는 그 죽음에 대항할 거네. 반드시…….』

어디선가 속삭이는 듯 작은 목소리가 들려오자 막 몸을 일으키려고 하던 룬은 급히 다시 자세를 낮췄다. 흰 뭔가가 룬의 위를 뛰어넘어 앞으로 달렸다. 룬은 급히 성안 쪽으로 몸을 날리려고 하는 티아스의 다리를 움켜잡았다. 하지만 티아스는 자신의 발목을 잡은 룬의 팔을 강하게 걷어차서 풀어버리고 그대로 성벽 끝으로 달려갔다.

"내 적을 가두어라. 내 적을 구속할 무형의 사슬이 되어라. 홀드!"

룬의 눈에는 절대로 무모한 짓이었다. 여기서 폭발이 일어난 탑까지

의 거리는 거의 백 미터 정도. 어떤 생물이든 뛰어서 넘을 수 있을 정
도로 가까운 거리가 아니었다. 그리고 만약 지상으로 떨어진다고 해도
이 정도의 높이면 핏덩어리가 되어버리기에는 충분했다.

레전트는 룬이 티아스의 다리를 놓치자 급히 마법을 사용해서 티아
스의 몸을 묶었다. 티아스는 뭔가가 자신의 몸을 갑작스럽게 구속하자
그대로 땅에 쓰러지고 말았다. 돌 바닥이 얼굴의 피부를 긁어내며 상
처를 만들었지만 티아스는 놀라거나 당황해하지 않았다. 티아스는 크
게 소리를 지르며 몸을 흔들었고 티아스의 온몸을 묶고 있던 무형의
사슬이 하나둘씩 풀려 점차 사라지기 시작했다.

"히, 힘으로 홀드를 풀어?!"

레전트는 팔과 다리, 몸에 걸려 있는 홀드의 사슬을 차례대로 힘으
로 풀어내는 티아스를 보고 질린 목소리로 외쳤다. 룬은 재빨리 다리
를 구속하는 무형의 사슬을 끊어내는 티아스의 등을 잡았다. 냉정하지
는 않지만 그래도 상당히 침착한 모습을 보이던 티아스의 모습이 사
라져 있었다. 티아스는 자신을 말리려고 하는 룬에게 미친 듯이 몸을
흔들며 반항했다.

『수인족 처녀여, 왜 그렇게 흥분하는가?』

룬은 아까 환청과도 비슷하게 들렸던 목소리가 똑똑히 들려오자 사
방을 둘러봤지만 그 목소리는 어디에서 들리는지 모르게 사방에서 들
려오고 있었다.

『시드리칸은 배신당했다. 그리고 그는 진정으로 살기를 원했다. 그
리고 너희의 신을 저주했지… 그는 이제 다시 태어나서 영생을 누리게
될 것이다. 배신과 죽음의 덫에서 벗어나서. 그리고 이곳에 있는 모든
자들에게도 똑같은 축복을 내리리라. 죽음이라는 약속된 저주로부터

너희들을 해방시킬 것이다.』

"크아악! 아악!"

룬은 어깨뼈가 나가 버릴 것 같았지만 이를 악물고 미친 듯 몸부림 치는 티아스를 잡았다. 무게의 차이에도 불구하고 티아스는 룬의 몸을 날려 버릴 듯 마구 몸부림쳤다.

『나에게 무엇을 하려고 하냐고 묻던 마법사 녀석도 거기 있군.』

"…역시 이거 영주 녀석의 목소리로군."

레전트는 심드렁한 말투로 중얼거리며 주문을 외우더니 손 위에 생 겨난 붉은 불덩어리를 꼭대기가 무너져 내린 탑을 향해 던졌다. 불덩 어리는 그대로 탑에 직격하여 큰 폭발을 일으켰고 레전트는 그 폭발을 바라보며 룬을 향해서 손을 내밀며 말했다.

"역시 미친 짓이라는 생각밖에 안 들어. 룬, 빨리 여기를 뜨자. 이대 로 있으면 위험해."

하지만 룬은 어떻게 할 수가 없었다. 티아스는 여전히 미친 듯이 몸 부림치고 있었다.

"진정해요! 제발 진정해요!"

"캬악! 캬아악!"

룬은 자신의 품 안에서 몸부림치는 티아스를 향해서 그렇게 외쳤 다. 하지만 그때 요동을 치던 티아스가 자신도 모르는 사이에 룬에게 잡혀 있던 팔을 빼내 팔꿈치로 룬의 턱을 올려쳤다. 룬은 순간 세상이 어찔해지는 느낌을 받으며 몸에 힘을 풀고 말았다. 턱이 부서졌을 것 같은 강렬한 충격에 룬은 제대로 몸을 가누지 못하며 팔을 허우적거 렸다.

"티아스!"

레전트는 막 자리에서 일어나는 티아스를 불렀지만 티아스는 대답조차 하지 않았다. 룬은 쓰러진 몸을 일으키려고 했지만 뇌가 충격을 입었기 때문에 몸을 일으키기가 쉽지 않았다. 레전트는 급히 룬의 상체를 일으켜 세우며 티아스가 뛰어가는 방향을 바라보았다. 룬도 겨우 티아스가 뛰어간 방향으로 고개를 돌렸지만 시야가 흔들리며 사물이 인식되지 않았다.

티아스는 이성을 잃은 상태에서 성벽 끄트머리에서 몸을 날렸다. 레전트는 이를 악물고 룬을 받쳐 주고 있던 손을 놔버리며 공중으로 뛰어올랐다.

"칫! 좀 이대로 있어봐!"

룬은 세상이 마구 흔들리는 것을 어지럽게 느끼며 그대로 다시 땅에 쓰러졌다. 하지만 계속 이렇게 누워 있을 수는 없었다. 룬은 약간 버둥거리다가 이번에는 자력으로 몸을 약간 일으키고 주위를 둘러보았다.

티아스의 비행은 그리 오래되지 않았다. 탑이 폭발하면서 뭔가가 강력하게 뿜어지며 티아스의 몸을 밀어냈다. 불과 십여 미터를 뛰지 못한 티아스의 몸

이 성벽의 안쪽에 격돌할 무렵, 레전트가 아슬아슬하게 티아스의 몸을 끌어안으며 위로 솟구쳐 올랐다. 레전트는 다시 성벽 위로 올라와 바닥에 쓰러져 있는 룬을 향해서 손을 뻗었다.

"일어설 수 있겠어?"

룬은 막 고개를 끄덕이다가 급히 이터를 뽑아 들었다. 레전트도 룬이 이터를 뽑아 들자 뭔가를 느꼈는지 재빨리 바닥으로 낙하하듯 납작하게 엎드렸고, 덕분에 룬은 아무런 걸림 없이 이터를 넓게 휘두르며 킬 블레이드를 외칠 수 있었다.

조금 어정쩡한 자세에서 휘두른 이터의 칼날이 공기를 찢어발겼고, 막 레전트의 뒤에서 날아오던 검은 날개를 달고 있는 남자는 그 진공파의 물결을 피하지 못했다. 날개가 반쯤 잘려 나가 중심을 잡을 수 없게 되자 그 남자는 몸을 휘청거리다가 그대로 성벽에 격돌해서 진득한 검은 액체를 사방으로 뿌렸다.

룬은 메스꺼운 느낌을 억지로 참으로 이터를 검집에 꽂아 넣고 레전트를 향해서 손을 내밀었다. 티아스는 충격 때문인지 정신을 잃고 축 늘어져 있었다. 아무래도 두 사람을 들고 하늘을 나는 것은 조금 무리일 것 같았다.

"레전트… 뒤!"

"어?"

잠시 망설이던 레전트는 룬의 말에 이상한 기분을 느끼고 뒤를 바라보았다. 탑의 꼭대기 부분에서부터 검은 구름이 마구 번져 나오고 있었다. 그 구름은 성 전체를 뒤덮어 버리려는 듯 바람에도 흩어지지 않고 사방으로 번져 갔다.

마치 지옥의 유황 구덩이에서 올라오는 것 같은 그런 오싹한 느낌이 그 검은 구름에서 느껴졌다. 레전트는 더 이상 망설이지 않고 자신에게 내밀어진 룬의 손을 움켜잡았다. 그리고 등 뒤에서 몰아닥치는 검은 구름을 피해 성벽에서 뛰어내렸다.

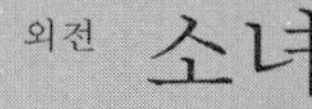

외전 **소녀**

소녀

"괜찮아… 괜찮으니까……."

"끼잉……."

은빛 단발을 반짝이는 소녀는 작게 미소 지으며 자신의 가슴에 안겨 있는 작은 새끼 늑대를 꼭 껴안았다. 새끼 늑대는 그런 소녀의 얼굴을 핥으며 작은 신음 소리를 냈고, 소녀는 오른쪽 집게손가락을 자신의 입술에 가져다 댔다.

작디작은 두 생명. 그 생명의 불꽃이 점점 꺼져 가고 있었다. 원래는 붉은빛이었던 소녀의 입술은 보랏빛을 띠고 있었고, 새끼 늑대도 몸 여기저기에 상처를 입어 몸을 떨고 있었다. 조그마한 소리라도 내면 둘 다 위험해지는 걸 알고 있는 소녀였지만, 소녀는 새끼 늑대가 작게 신음하는 것을 말리지는 못했다.

"캬오오!"

소녀는 재빨리 고개를 숙이며 나무에서 뛰어내렸다. 소녀가 있던 자리에 난폭한 마수의 발톱이 날아들었고, 수많은 나뭇조각들이 사방으로 흩어졌다. 곧 그 마수는 자신의 목표가 사라졌다는 것을 인식하고 소녀를 따라 나무의 아래로 뛰어내렸다.

나무 아래로 떨어진 소녀는 자신의 뒤를 이어 머리 위로 떨어져 내려오는 마수를 바라보며 몸을 굴렸다. 그 마수가 노리고 있는 것은 자신의 목숨과 자신의 품에 안겨 있는 새끼 늑대. 어느 것 하나도 소녀에게 소중하지 않은 것은 없었다.

"크아아아!"

원숭이 같은 모습을 한 마수는 자신의 사냥감이 예상보다 재빠르다는 것을 눈치 채고 분노를 가득 담은 목소리로 울부짖었다. 하지만 소녀는 그 마수가 울부짖든 말든 다시 안전한 곳을 확보하기 위해서 대지를 박차며 나무 위로 뛰어올랐다.

마수들은 이 희한한 사냥감을 쫓으며 당황해했다. 지금까지 이만큼이나 자신들의 손톱과 이빨을 피해 도망다닌 먹잇감은 없었다. 소녀에게 막 공격을 퍼붓던 마수는 좀 더 쉬운 먹잇감을 찾아볼까 생각하기도 했지만 곧 생각을 다시 굳히고 나무 위로 뛰어올랐다. 그 먹잇감은 이미 상당히 지쳐 있었다. 지금에 와서 포기하면 지금까지 저 먹잇감을 쫓아다닌 것이 무의미하게 변해 버린다.

"캬악?!"

뭔가가 막 나무 위로 뛰어 올라가던 마수의 머리를 강하게 내리찍었다. 그 마수는 자신의 두개골에 금이 가는 것을 느끼며 그대로 낙하해 버렸고, 막 뛰어오르며 마수의 머리를 짓밟아 버린 소녀는 그 마수를 지지대로 삼아 다른 나무로 뛰어올랐다.

“키익!”

그때 갑작스럽게 나무의 사이에서 뛰쳐나온 마수가 소녀의 몸을 그대로 들이받았다. 공중에서 중심을 잃어버린 소녀가 급히 중심을 잡으며 급히 몸 가눌 곳을 찾으려 할 때, 또 다른 마수가 튀어나와 소녀의 머리를 향해서 팔을 휘둘렀다. 소녀는 급히 새끼 늑대를 안고 있던 한쪽 팔을 들어 그 마수의 공격을 막아내었다. 하지만 그다지 무겁지 않은 소녀의 몸은 마수의 힘을 이기지 못하고 그대로 대지에 내팽개쳐졌다.

“괜찮… 으니까…….”

소녀의 목소리가 평소와 달라진 것을 눈치 챈 새끼 늑대는 귀를 쫑긋 세우며 소녀를 올려다보았다. 소녀의 입가에 흐르는 붉은 피. 그리고 점점 광채가 사라지는 눈동자. 그 눈동자는 울고 싶다고 절규하고 있었지만 소녀는 울음을 삼키고 입가에 흐르는 피를 닦아내었다.

“에딜… 제발 빨리…….”

그때 소녀의 등 뒤에서 뭔가가 나타났다. 소녀는 그 기척에 깜짝 놀라 뒤를 돌아보았지만 불행히도 그 기척은 소녀에게 호의적인 상대의 것이 아니었다. 마수의 피에 굶주린 붉은 눈은 겁에 질린 소녀의 진보랏빛의 눈동자를 똑바로 응시하며 분노로 타올랐다. 소녀는 급히 다른 곳으로 도망치려고 했지만 이미 때는 늦었다. 충격을 받은 소녀의 몸은 쉽사리 움직이지 못했고, 크게 휘둘러진 마수의 손톱이 소녀의 등을 스치고 지나갔다.

“꺄악!”

“깨갱!”

단지 스치는 것뿐이었지만 소녀의 가벼운 몸은 몇 미터나 공중을 날아 반대 편에 있던 나무에 부딪쳤다. 소녀는 비틀거리며 자리에서 일어나 나무에 등을 기댔다. 마수의 붉은 안광이 숲 여기저기서 모습을 드러내고 있었다. 더 이상 도망치는 것은 불가능했지만 소녀는 그런 상황에서도 희미하게 웃었다.

"괜찮으니까… 무서워하지 말아……."

"끼잉……."

새끼 늑대는 소녀의 마음을 알기라도 하듯이 작게 울며 소녀의 얼굴에 흐르는 피를 핥았다.

"틀린 일을… 하진 않았어. 그리고 최후까지……."

설사 헤르세니안의 대신관이라고 해도 소녀가 틀린 일을 했다고는 하지 않을 것이다. 소녀는 그런 생각을 하면서 자신의 가슴에 안겨 두려움에 떨고 있는 새끼 늑대를 더 더욱 강하게 끌어안았다. 자신이 죽더라도 이 작은 생명만은 살아날 수 있기를 빌면서.

크아아~

난폭한 야수의 울부짖음이 숲 속을 뒤흔들었다. 정신을 조금씩 잃어가던 소녀는 그 포효 소리에 정신을 번쩍 차렸다. 소녀가 그토록 기다리던 어떤 존재의 분노가 그 울부짖음에 뒤섞여 나무의 사이를 메아리쳤다. 마수들은 갑작스러운 살기에 긴장하며 주위를 살피기 시작했다.

"이놈들!"

나무 사이에서 뛰쳐나온 그 존재는 마치 한줄기 섬광과 같이 소녀에게 달려들었다. 소녀는 자신의 몸이 흔들리는 것을 느끼고 힘겹게 눈을 떠 자신을 걱정스런 눈으로 바라보는 남자를 바라보았다. 그는 소녀가 눈을 뜨자 표정이 약간 밝아지며 흥분된 목소리로 외쳤다.

"틴! 틴! 괜찮아? 응? 괜찮은 거야?"

"…응… 나보다… 이 아이를……."

소녀는 품에 안고 있던 새끼 늑대를 떨리는 손으로 잡아 그에게 내밀었다. 그가 손을 뻗어 새끼 늑대를 받자 소녀의 손이 힘없이 축 처졌다. 그는 당황해하며 소녀가 숨을 쉬고 있는지 귀를 기울였다. 작은 소리기는 했지만 아직 심장은 뛰고 있었다. 그는 안도하며 매서운 눈초리로 주위를 둘러보며 외쳤다.

"물러서라! 이 사악한 마수 놈들!"

마수들은 새로운 인물의 등장에 당황해했다. 하지만 곧 그가 자신들의 먹이를 뺏어가려는 것으로 생각한 마수들은 이빨과 발톱을 곤추세우며 키익거리는 소리를 내기 시작했다.

그는 마수의 반응을 바라보다가 손에 들고 있던 새끼 늑대를 다시 소녀의 곁에 놔두며 조용히 속삭였다.

"같이 있어주렴."

"끼잉?"

그 다음 순간 그는 빛이 되어 사라졌다. 마수들은 자신들의 목표가 사라지자 순간적으로 당황해했다. 그때 한 마수가 단발마의 비명을 지르자 모든 마수는 그쪽을 바라봤고, 곧 그 마수들은 태어나 생전 처음으로 공포라는 감정을 배울 수 있었다.

반쯤 수인화된 몸을 가지고 있는, 뭔가가 눈에서 푸른 안광을 내면서 주위를 둘러보고 있었다. 그의 발 밑에는 머리가 터져 버린 듯한 마수가 몸을 꿈틀거리며 피를 뿜어내고 있었다.

"쿠오오오!"

그리고 잠시 후 그 마수들은 자신들이 느꼈던 공포가 생애 최후의 공포가 되는 것을 느껴갔다. 그리고 그 공포는 죽음이라는 이름의 칼날로 바뀌어 마수들을 처참히 찢어내었다.

*　　　*　　　*

뭔가가 얼굴을 간지럽히는 느낌에 소녀는 잠시 얼굴을 움찔거리다가 몸을 뒤척였다. 하지만 소녀는 곧 등 뒤에서 느껴지는 강렬한 아픔에 깜짝 놀라 몸을 떨며 눈을 번쩍 떴고, 곧 자신의 얼굴을 간지럽히던 범인을 찾아낼 수 있었다.

"컹! 컹!"

"여기는…….'"

소녀는 자리에서 일어나 새끼 늑대를 안아 들고 주위를 둘러보았다. 익숙한 갈색의 낡은 나무들, 그리고 구석에 놓여진 탁자와 의자, 자신이 누워 있었던 오래된 침대. 희미하지만 모든 것이 어제 자신이 나왔던 집에서 본 것과 같은 광경이었다.

"일어났구나."

"에딜…….'"

소녀는 흐릿흐릿한 눈을 문지르며 목소리가 들려온 쪽으로 고개를 돌렸다. 아직 소녀의 눈에는 흐릿흐릿하게 보이는 에딜은 뭔가를 들고 소녀에게 다가와서 말했다.

"몸은 괜찮아?"

"괜찮아."

소녀는 눈을 문지르던 것을 멈추고 다시 그를 바라보았다. 다음 순간 소녀의 동공이 확대되며 소녀의 입에서는 떨리는 목소리가 새어 나왔다.

“다쳤어……?”

“이거? 별로 안 다쳤어.”

소녀는 그 말을 믿을 수 없었다. 얼굴의 반과 상체의 절반을 붕대로 감고 웃고 있는 그의 모습에 소녀는 참혹하다는 느낌까지 느꼈고 그와 동시에 에딜이 별로 다치지 않았다고 하는 건 거짓말이라고 생각했다.

“많이 다쳤잖아. 거짓말이야…….”

“너도 많이 다쳤는데 괜찮다면서?”

소녀는 그제야 자신의 몸을 내려다봤다. 상체 전부와 팔다리에도 붕대가 감겨져 있는 모습은 결코 그에 비하여 더했으면 더했지 절대 덜 하지는 않은 모습이었다. 소녀는 고개를 푹 숙이고 아무 말도 하지 않고 새끼 늑대를 꼭 안았다.

“나…….”

에딜이 손에 들고 있던 나무그릇을 침대 옆에 놔두고 한참의 시간이 지나 그릇 속의 내용물이 식어갈 무렵. 침묵하던 소녀가 입을 열었다.

“약하지……?”

“…….”

에딜이 아무 말도 하지 않자 소녀는 그의 침묵이 긍정이라도 되는 듯 계속 말을 이어 나갔다.

“이 아이의 엄마도 지켜주지 못했고 이 아이도 지켜주지 못했어. 바보 같아… 내 몸도 지키지 못하면서. 에딜, 나…….”

소녀는 얼굴을 들어 그의 눈을 바라보며 마지막으로 말했다.

“약한… 거지?”

무거운 얼굴로 소녀의 눈을 바라보던 에딜은 손을 들어 소녀의 머리에 올렸다. 손의 무게에 소녀의 목이 견디지 못하고 숙여지자 그는 조용한 목소리로 소녀의 머리 위에서 말했다.

"넌 아직 어리니까 약한 게 당연하잖아? 겨우 열 살 조금 넘었으면서."

"하지만……."

"넌 네가 한 행동이 틀리다고 생각해?"

그러자 머리를 들려고 꼼지락거리던 소녀의 행동이 정지했다. 그는 그런 소녀의 머리에 계속 손을 올린 채로 내려보았고 소녀는 잠시 후 고개를 흔들며 말했다.

"아니."

"그럼 된 거잖아?"

"그래도……."

"넌 강해질 거야. 내가 보증할게. 하지만 넌 아직 어리니까 그런 생각은 하지 말아. 알았지?"

에딜은 그 말을 마지막으로 소녀의 머리를 누르고 있던 손을 내렸다. 하지만 소녀는 여전히 고개를 숙인 채 가만히 있었다. 에딜은 그런 소녀를 내려보다가 문을 열고 나가며 마지막으로 말했다.

"그거 약이니까 써도 먹어. 안 먹으면 너네 아버지 오셔서 혼내도 몰라."

소녀는 고개를 끄덕일 뿐 아무 말도 하지 못했다. 문이 닫히고 나자 소녀의 어깨가 위아래로 약간씩 떨리기 시작했고 새끼 늑대는 그런 소녀의 품에 안긴 채 그녀의 뺨에 흐르는 짠물을 핥았다.

"강해질 거야. 나, 에딜보다 더 강해져서… 다른 아이들을 지킬 거야. 그래서 너같이 불행하게 만들지는 않을 거야……."

소녀가 다 식어버린 약그릇을 들어 입가에 가져가자 바깥에서 문에 기대고 서 있던 그는 그제야 숲 속으로 천천히 걸어가며 중얼거렸다.
아무도 듣지 못할 정도로 작게. 오직 자기 자신만이 알아들을 수 있을
정도의 목소리로.

"네가 강해지는 건 당연하잖아. 나는……."

바람이 그의 주위를 휘몰아치며 그가 마지막으로 내뱉은 말을 훔쳐
공중으로 날아올랐다.

〈3권으로 이어집니다〉

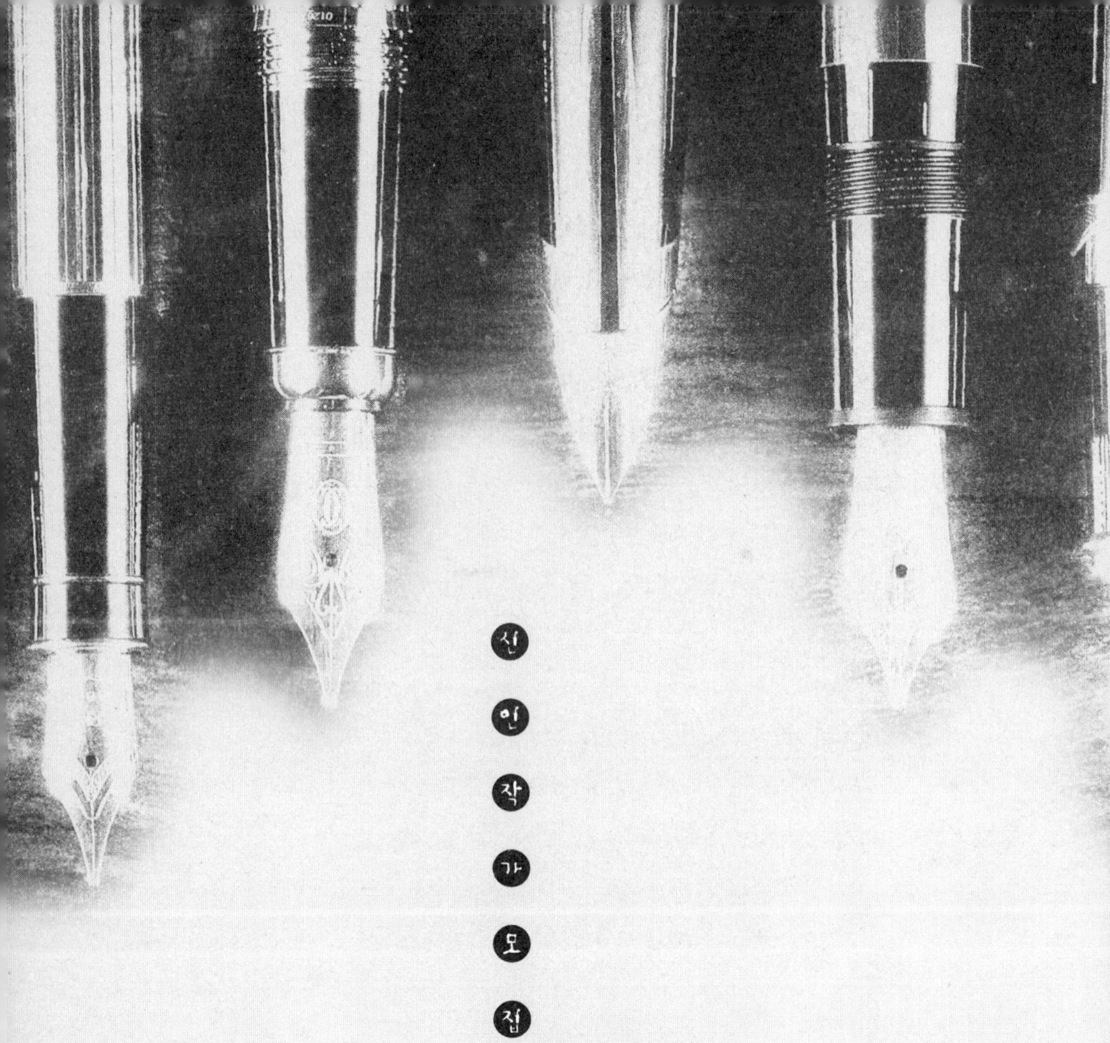